FOLIO POLICIER

Éric Maravélias

La faux soyeuse

Gallimard

Éric Maravélias est né dans la banlieue sud de Paris. Après un parcours chaotique, il vit aujourd'hui dans le sud de la France. *La faux soyeuse* est son premier roman publié.

À mon père.
À ma mère.
À tous les criquets.

Moi qui en santé et contentement fus jadis
Suis aujourd'hui troublé par grande maladie
Et affaibli par les infirmités ;
Timor mortis conturbat me. [La peur de la mort me trouble.]

Notre plaisir ici-bas est vaine gloire
Et ce monde faux seulement transitoire
Et la chair fragile et le démon rusé
Timor mortis conturbat me.

Le sort de l'homme change et varie
Tantôt fort, tantôt faible, joyeux puis marri
Tantôt à danser, tantôt à mourir
Timor mortis conturbat me.

Rien sur cette terre qui sûr soit jamais
Comme sous le vent ploie le roseau
Ainsi ploient les mondaines vanités ;
Timor mortis conturbat me.

À la mort même les puissants s'en vont,
Princes, prélats et potentats,
Riches et pauvres en toutes conditions.
Timor mortis conturbat me.

Ni le seigneur en dépit de sa puissance,
Ni le clerc en dépit de son intelligence
Elle n'épargne ; à son terrible coup nul n'échappe.
Timor mortis conturbat me.

Comme elle a saisi tous mes frères,
Ainsi ma vie elle ne laissera en paix.
De force sa proie je serai.
Timor mortis conturbat me.

WILLIAM DUNBAR, *La complainte des poètes*

1

12 septembre 1999
9 h 6

Mes réveils se ressemblent tous, désormais. Je suis baigné d'humeurs poisseuses et dans mon corps, mille douleurs commencent à frémir, pâle avant-goût de la torture profonde, des tourments indicibles à venir. Immanquablement, mes yeux s'ouvrent sur le halo grisâtre qui m'entoure, puis la mémoire me revient, charriant dans son lit boueux tant de tableaux immondes que je pense en mourir chaque fois. Très vite, mes entrailles se déchirent et entre mes lèvres sèches, morve et larmes mêlées se glissent. Je suis là, seul, baigné d'une aube au goût de sel. Je ne pleure pas, non. C'est tout mon être qui se liquéfie, broyé par l'étau de cette insupportable absence de came. Anéanti par la maladie.

Souvent, pour me donner du courage, j'allume une cigarette et la fumée, fer et goudron, transperce mes poumons, me coupe le souffle un court moment. C'est une sale habitude et je reste assis, immobile, à fumer dans la pénombre qui recouvre d'un voile terne la saleté innommable de l'endroit, ce terrier de misère habité d'ombres sourdes, captives, emprisonnées entre des murs de cendre grise fissurés par le temps et l'oubli. Ces instants maladifs et sournois ne contiennent ni pensées ni sentiments. Non, cela ressemblerait plutôt à un puits sans fond, un immense précipice sur le bord duquel je me tiendrais debout, tentant d'appréhender le jour qui vient sans être pris de terreur, sujet au vertige. Un vertige chronique. Incurable. Létal. C'est après que les sentiments investissent mon âme, que je revois avec effroi toutes les horreurs passées, les dernières années. Les derniers mois. Ce que j'éprouve alors est sans comparaison, sans égal. C'est comme si une ombre froide enveloppait ma mémoire en l'habillant de noir.

Depuis combien de temps en est-il ainsi ? Je ne sais plus. Je crois que tout a empiré quand Carole est partie. Qu'elle m'a laissé seul face à ce vide insupportable. Seul avec des souvenirs que je ne peux plus porter, simplement. Je n'en ai plus la force, plus l'envie ni le courage. Tout ce que je touche est voué à la pourriture et à la destruction. J'ai semé la violence et la mort tout autour de moi. J'ai brisé des vies, volé, frappé, détruit et abîmé. On m'a trahi, sali, trompé.

*

Quand je parviens finalement à m'extraire de mon duvet crasseux, le jour est avancé. La matinée enfuie. Il fait chaud, lourd, et l'air moite retient toute la puanteur qui stagne en ceignant la poussière. J'ai soif. Je me mets difficilement debout, ankylosé, courbaturé. Habité de douleurs têtues et de songes grotesques. Mon corps est pitoyable avec ses côtes saillantes et sa peau flasque et terne. Jamais je n'aurais imaginé en arriver là.

Je feins, comme chaque jour, d'ignorer le miroir. Brisé. Comme moi. Capable de blesser la moindre main tendue. Comme moi. Dans ma colère et ma démence, je n'ai plus supporté de m'y voir, et quand désormais par mégarde mon reflet s'y accroche, il me renvoie une image éclatée, explosée en une multitude de fragments acérés.

Mais ce matin n'est pas un des pires. Il m'arrive de plus en plus souvent de vomir, secoué de spasmes violents qui m'arrachent les tripes, semblant vouloir les faire jaillir hors de moi. Des convulsions qui me laissent anéanti et vidé de toute substance. J'ai terriblement maigri et je suis sujet à des crampes qui me paralysent littéralement. Je sais que la fin est proche. Pourtant, je ne peux pas y croire. Je ne parviens pas à m'imaginer comme les autres, ceux que j'ai vus crever de près, exsangues, livides et froids, leur chair putride, corrompue. Ça ne pouvait pas m'arriver. Pas comme ça. Je jette un coup d'œil sur la porte, mais mon regard se porte au-delà. Je pense au flingue planqué dans le couloir depuis que je l'ai récupéré. J'y pense comme à une sortie honorable. Une échappatoire.

Je suis debout, en slip, et malgré la chaleur, je tremblote comme un vieillard, sans savoir pourquoi.

Une fois mes vêtements réunis en tâtonnant, le corps toujours tremblant de froid et de misère, je m'habille lentement, l'esprit rongé de culpabilité, pétri de mensonges et hanté par des angoisses que je vois vivre dans les yeux des autres. Cette image difforme et pitoyable de moi-même que leur regard me renvoie systématiquement. Méfiants et mal à l'aise, comme s'ils sentaient confusément la présence d'une tare cachée, un vice destructeur dont il leur faudrait se prémunir. Ce qu'ils soupçonnent, ce qu'ils devinent, c'est la présence de cette putain blanche tapie au fond de moi. Et cela me désarme et m'obsède, si loin de ce que je suis vraiment, si loin de ce que je fus un temps. Mais elle a fait de moi un autre homme. Et ça se voit. Ça se sent.

Mon quartier me ressemble, ou peut-être est-ce moi qui, peu à peu, par une espèce d'osmose, l'ai rejoint dans la décrépitude. Délabré, sali, abandonné à son triste sort, il couve en son sein des embryons de haine et de désespérance qui s'épanouissent sous l'influence de maîtresses perverses. La peur et l'indifférence. Mon paysage, fait de tours immenses et ternes, de cités en perdition, abrite une humanité malade et désenchantée, juxtaposition de détresses, sans fin, jusqu'à l'extrémité du ciel où l'horizon côtoie les fumées grises et les pigeons malades. Où que se portent les yeux, ce ne sont que fractures et précipices. Amas de blocs ternes sur le flanc des collines, de béton et d'acier, tous ces regards de verre, fenêtres alignées sur un monde aveugle. Quelques étendues autrefois vertes et sauvages résistent encore, vivant à peine, mornes, vite investies par les détritus, les junkies et les bagnoles volées. Et puis tôt ou tard, des machines en fer, grues et camions, finiront d'anéantir les vestiges de nos souvenirs d'enfants, enterrant sous les murs de béton les dernières traces de nos pas dans l'herbe, l'ultime écho de nos rires. Toute cette insouciance. Le passé ne sera plus très vite qu'un lointain mirage, une chimère échouée sur le sable et noyée sous le flot impitoyable des jours qui s'enchaînent et nous lient.

J'habite un trou crasseux fiché en haut d'un escalier interminable. Le dernier palier d'un taudis misérable. Là, sous le toit pourri, court un long couloir toujours obscur où rats et vermines chahutent. La nuit, quand je ne dors pas, je les écoute. Je tends l'oreille aux milliers de grattements, de frottements qu'à coup sûr j'amplifie jusqu'à fantasmer sur des monstres improbables tous issus de mon cerveau malade. Dans mon état, monter les quatre étages de ce putain d'immeuble suffit à m'éreinter. Cet escalier interminable. Massif. Solide comme on les faisait à l'époque. Tout en haut, il y a encore huit marches, plus petites, certes, mais plus abruptes aussi. Des vicieuses. Qui profitent de la moindre occasion pour vous envoyer valser. Des fourbes. Après ça, je suis enfin au cinquième, palier humide qui sent la mort. Malheureusement, impossible d'y couper. Même en admettant que je sois capable de subsister sans m'alimenter, il y a toujours le manque pour me faire sortir de mon trou.

Je ne possède absolument plus rien, et même si à une époque j'ai pu faire des jaloux, aujourd'hui, je suis le dénuement même. Un moine. Le décor de la pièce me donne la nausée. Les rideaux, blancs jadis, pendent lamentablement, laissant voir des vitres si crasseuses que le soleil, tels tous les dieux face à mon âme, peine à en pénétrer la noirceur.

Mon univers s'exhibe dans un rectangle opaque, derrière des vitres sales drapées de rideaux gris. À l'ombre de deux peupliers, observateurs silencieux de ma lente décomposition. Un bout d'azur terni, usé, témoin indifférent de tant d'horreurs mais de plaisirs fugaces, aussi, ces rares moments de joie, comme une ponctuation, des instants en italique dans ces récits fiévreux. Ces odyssées meurtrières. Un coin de ciel pris au hasard et balayé par la cime de deux grands arbres. Bientôt, l'hiver venant, les quelques feuilles encore accrochées à ces deux géants sembleront vouloir dire que rien ne meurt jamais vraiment, mais une humeur plus vive du vent mettra les deux colosses comme à la révérence, éparpillant leur reste de parure aux quatre coins du ciel.

J'ai toujours rêvé d'un petit jardin dans lequel il y aurait eu des arbres. Deux ou trois, pas plus. Des arbres qui m'auraient été si familiers que j'en aurais connu la moindre nervure, le plus petit rameau et la plus humble feuille. Et j'en aurais pris soin au fil du temps. Je les aurais aimés.

Je peux, des heures durant, accrocher mon regard sur un simple nuage, à la poursuite de quelque jour heureux, mais dès lors, je dois chercher si loin que ma mémoire s'égare et dévie vers des sentiers brumeux et torturés qui la conduisent jusqu'à ces jours maudits. Il n'y a que Carole qui m'ait fait entrevoir ce qu'était le bonheur et son souvenir lui-même est terni, presque occulté par les tragédies violentes et les coups de boutoir incessants de la destinée. Et puis il y a Cathy.

Seigneur, pardonne-moi pour elles.

Mon regard se pose sur les boîtes de médicaments éparpillées sur le réfrigérateur. Des antirétroviraux, antiprotéase et autres inhibiteurs non nucléosidiques sur lesquels la poussière se dépose. Oubliés depuis longtemps. Relégués dans le coin le plus sombre de ma mémoire. Plus de traitements. Plus de suivi, de bilans, de soins débilitants aux effets secondaires souvent plus pénibles que la maladie elle-même. Plus rien. Allez vous faire foutre et laissez-moi en paix. Partout, je ne vois plus que le vice et la déchéance. Autour de moi, les poubelles s'entassent et je n'ai plus le courage de les descendre. Ça pue. Tout est si dégueulasse, ici. Je n'ai plus envie de rien et tout m'indiffère. Je suis simplement trop lâche pour débarrasser le monde de ma triste personne. Il me suffirait pourtant de me saisir du flingue planqué dans le couloir et de me tirer une balle dans la tête. Mais je l'aime encore, cette vie de paria. Sans savoir ce qui m'attache à elle, je ne veux pas partir. Les jours sont si noirs, maintenant, pourtant je ne veux pas mourir. Pas encore. Je me rends compte que c'est contradictoire. Mais je ne sais plus. Ce ne sont que des hauts et des bas qui se succèdent et me malmènent, poussière grise emportée par des vents furibonds.

J'ai atterri ici après les événements tragiques. Après que le destin nous a frappés si durement. J'ai quitté Les Voyageurs, cet hôtel minable de la rue de Paris, pour échouer là, épave grimaçante, et je sombre peu à peu. Avant, je dormais dans ma bagnole ou au squat, alors je suis quand même content d'avoir trouvé cette merde pour finir mon temps. J'en peux plus. Le passé m'obsède. C'est le vieux qui m'a filé le plan. Léon. Il aurait aussi bien pu me laisser crever. Il ne me parlait plus, de toute façon. Ou si peu. Il devait penser que je savais tout depuis le début et que je l'avais trompé. Mais comment aurais-je pu savoir ? Comme si ça ne m'avait pas tué, moi aussi !

*

Depuis quelques jours, c'est la canicule, sur Paris. On est au mois de septembre et, ma parole, la chaleur a dû taper sur la tête des caves. Tout le monde parle de fin du monde et d'apocalypse. Mais de tous côtés, les hommes se déchirent et s'entre-tuent. Pas moins de cent suicides dans les différentes prisons de l'Hexagone, depuis le début de cette année. Sans compter les viols, les sévices en tout genre et le sida, bien sûr. Alors la fin du monde… ils me font rigoler. Une fois dans la rue, je me mets à la recherche d'un peu de monnaie pour acheter le journal. Ce n'est pas que les nouvelles m'intéressent particulièrement, mais plutôt pour m'occuper pendant le trajet. Constatant que mes poches sont vides, c'est d'un pas rapide que je prends la direction de Bagneux. Pour être exact, je dois dire que j'ai de l'argent. Je n'ai pas de monnaie, voilà tout. J'ai quatre cents balles, sur moi. Quarante feuilles, c'est le minimum pour aller choper. Même pas la peine d'y aller avec moins.

De mon trou, je n'ai que quelques rues à emprunter pour être au cœur de la cité, et il est environ midi lorsque je débouche sur le parking, cimetière de carcasses pourries qui surplombe le bout de la rue des numéros 20 et 22 aux numéros 32 et 34. Ça a son importance, car les plans se communiquent grâce à ces nombres et les deals changent souvent de passerelle. Genre :

— Ils sont où, ces enculés, aujourd'hui ?

— Ils doivent être à la 30 !

Bref. Sur ce parking tour de guet s'entassent les bagnoles et les scooters taxés dans les alentours. C'est ici qu'ils sont dépouillés puis abandonnés. Juste derrière, il y a le champ de la Thomson. On l'appelle comme ça car il longe le grillage d'enceinte de la société. C'est une pissotière à clebs et accessoirement, on peut s'y cartonner tranquille, à l'abri des arbres. Plus bas, cernée par les cités, la N 20 éventre la ville en se ruant sur Paris, frontière bruyante et polluée qui nous sépare de Cachan. Ici, sur la butte, on domine tout. Il n'y a qu'en arrivant par l'ouest de la capitale, en passant par Châtillon, qu'il ne faut pas grimper.

Moi, je viens du RER de Bagneux. Je coupe à travers les blocs et je prends le pont du chemin de fer qui sépare les cités avant de déboucher directement sur le rond-point. Ensuite, je n'ai plus qu'à longer le champ et je suis sur le parking. Je passe toujours par là. C'est le point culminant de la butte et de cette manière, étant légèrement en hauteur, je peux inspecter les lieux au cas où les flics, sur un coup de zèle ou une injonction du maire après la trois cent millième plainte des locataires, seraient en train de faire une descente en force. Ici, il n'y a pas de demi-mesure. Quand ils débarquent, c'est le bataillon complet. Mais en principe, si les guetteurs sont visibles sur les passerelles, c'est que le business tourne et que l'accès aux caves est autorisé. Dans le cas contraire, pas un chat.

Le deal de rue, coke ou héro, et dans une moindre mesure le shit, est un truc un peu spécial. Généralement, ça se passe dans les cités. Pour la banlieue, toujours. Paris, c'est autre chose. Au niveau le plus bas, la vente est gérée par de petits gangs à l'intérieur desquels existe une espèce de hiérarchie. C'est en premier lieu l'argent qui détermine le rôle, le standing de chacun. La violence, ensuite. Deux éléments pratiquement indissociables et qui forgent la réputation. Les rapports de force sont constants, incessants. Si un pion fait défaut, il est immédiatement remplacé. Les successions, surtout pour une position « élevée », la défense du territoire, aussi, peuvent donner lieu à des explosions de démence sans mesure. Il faut à tout prix conserver les clients parce que les criquets, ou les tox, c'est pareil, sont super mobiles. Ils ont vite fait de trouver un autre plan. Et comme tous les concurrents des alentours sont là pour ratisser et appâter le chaland… À partir de là, inutile de faire un dessin. On imagine sans peine l'idée qui peut germer dans la tête de ceux qui trépignent. Tous les envieux, les jaloux, les lâches et ceux à la rancune tenace. Un mot glissé aux condés, et emballez, c'est pesé.

Au sommet de ces petits gangs — et je dis petits comparés aux gangs américains ou, pire encore, sud-américains, qui dépassent allègrement plusieurs centaines voire milliers de membres — se trouvent celui ou ceux, deux ou trois, guère plus, qui ont de quoi mettre la mise de départ. Ou celui qui connaît un mec susceptible d'avancer la dope — ils sont légion. Bien entendu, posséder le pognon ou le contact ne suffit pas. Il faut savoir tenir sa place ensuite. Être à même d'allumer tout ce qui pourrait menacer une position chèrement acquise, même si, c'est vrai, il n'existe plus de braqueurs de dealers comme lorsque j'étais minot. Alors l'union fait la force et le fric fait l'union. Il suffit d'appliquer la relation de Chasles pour en conclure que c'est donc le fric qui fait la force.

Au-dessous, il y a les revendeurs qui sont eux-mêmes assistés de guetteurs. Il est fréquent qu'au départ, faute de moyens, les mêmes cumulent toutes les fonctions. Plus bas, on trouve les rabatteurs. Ils sillonnent la région en scooter à la recherche de criquets en galère. Ils ont un œil de lynx et ne se trompent jamais. Un coup de klaxon et ils dirigent le mec vers le point de vente. Ce point de vente peut changer d'un jour à l'autre et dans ce cas, les tox se le disent entre eux.

Les plus jeunes peuvent avoir une douzaine d'années et ceux qui ont atteint leur majorité les exploitent sans vergogne. Les petits sont trop contents qu'on les remarque enfin et c'est le pied d'imiter les caïds de la cité en empochant un gros biffeton au passage. En supposant qu'ils se fassent serrer, étant mineurs, ils ne risquent rien. On pourrait penser que le danger, pour les plus vieux, serait de se faire balancer. Pas du tout. Il ne faut pas croire que leur jeunesse les prédispose à envoyer les grands au trou. Ça arrive, bien sûr, mais beaucoup parmi eux sont déjà de véritables petits durs. En plus, ce serait le meilleur moyen de se griller définitivement dans le quartier. Bref, tous ces mômes sont de vraies crapules, aguerries aux coups de vice en tout genre et adeptes du « Un pour tous, tous sur un ».

Inconsciemment, ces jeunes forment le terreau idéal pour l'implantation d'un libéralisme débridé. Passionnés par la libre entreprise, les commissions et bakchichs de toutes sortes, ils sont prêts à tout pour un billet de dix sacs. Le plus frappant, c'est que se sont de véritables réactionnaires en herbe, des défenseurs virulents de la propriété qui tireraient à bout portant sur le premier qui toucherait à leur bagnole, leur scooter, ou quoi que ce soit d'autre leur appartenant. Faire de la prison est plutôt valorisant, chez ces gamins bandits. Ça vous pose un mec et on y apprend chaque jour davantage de choses. Des trucs parfois bien utiles pour se réinsérer dans la société. Celle des magouilleurs, bien entendu. Tous ces gamins, n'en déplaisent à certains, sont français. Beaucoup étaient mes potes. Ils sont morts, aujourd'hui. Mais je sais ce qui se passe encore dans les quartiers. Les mots qui blessent, les regards en coin, le harcèlement de la flicaille, les insultes. Chaque jour. Rien n'a changé.

Toujours est-il qu'en ce qui concerne les guetteurs, ils passent leur temps, ceux de Bagneux comme d'ailleurs, à glander sur leurs perrons respectifs en fumant des joints à la chaîne et en terrorisant, souvent sans le vouloir, les habitants de l'immeuble qu'ils ont décidé de squatter.

Ils sont tous habillés plus ou moins de la même manière. À l'image des gangs américains, encore. Ils déambulent de cette démarche chaloupée, arborant un air de défi perpétuel à la face du monde. Uniformisés, lobotomisés par une télévision omniprésente, omnipotente, détentrice de l'ultime vérité, ils vivent sous la dictature de l'argent, de la loi du plus fort et de celle du talion. Pubs et marques sont leurs dieux. *Scarface*, leur référence.

La grande majorité de ces mômes ne touche pas à la came. Ce ne sont pas des consommateurs. Juste des commerçants. De mauvais commerçants. Qui visent un profit immédiat. Le long terme n'existe pas chez eux et, par conséquent, ils n'ont aucune tolérance, aucune patience, pas de pitié. Si un type s'amène malade comme un chien et qu'il lui manque ne serait-ce que vingt balles, ils l'envoient chier. S'il insiste, ça peut mal tourner. Je les ai vus à plusieurs reprises lâcher leurs chiens sur un tox qui pleurait pour un chrome. C'est le genre de truc qui les fait marrer. Toutes ces choses n'existaient pas, il y a dix ou quinze ans. Cette violence gratuite. S'ils ne touchent pas à cette merde, c'est en grande partie parce qu'ils voient des crevards de pleureurs trop souvent. De leur point de vue, il faut vraiment ne plus avoir aucune dignité pour s'afficher de la sorte. Ces larves de camés peuvent se mettre à chialer et mendier sans aucune pudeur, aussi, et ce genre de spectacle ne leur inspire que dégoût et haine. Ils ont trop peur de leur ressembler un jour pour y goûter, en somme.

J'ai vu, et même connu, plusieurs gonzesses, et pas des putes mais des jeunes filles de bonne famille, comme on dit, commencer à toucher à la dope, s'accrocher, et finir par tailler des pipes aux dealers pour un paquet. J'ai vu des couples venir acheter leur came avec leur nouveau-né et qui se shootaient dans leur caisse, se passant le môme à tour de rôle. Comment ne pas être dégoûté ? Mais les pleureurs sont des faibles, à la base. Ils n'ont pas le courage d'aller chercher l'oseille en prenant des risques ou de souffrir en silence. Ils tapent papa et maman, la grand-mère, demandent une pointe aux toxicos quand il faut les emmener sur un plan et qu'ils ont une caisse. Ils vendent leur chaîne stéréo ou volent leurs proches et ainsi de suite, tout le reste à l'avenant. Des plans de bouffons. Des caves, en vérité. Perdus au milieu des loups.

2

12 septembre 1999
11 h 35

Une fois bien certain que tout est calme, je m'apprête à quitter le parking pour rejoindre la rue quand je perçois dans mon dos ce sifflement caractéristique des racailles de banlieue et d'ailleurs. Ça consiste en une aspiration de l'air, lèvres en cul-de-poule. C'est idiot, mais ce truc s'est répandu à travers le pays comme une épidémie de gastro, devenant le son préféré de tous ceux qui veulent attirer l'attention sans se faire remarquer. Ça marche à tous les coups. Ce sont les Rebeus qui doivent avoir inventé ce truc-là. Ou les Blacks. Enfin, je ne sais pas vraiment. Tout ça pour dire que ce petit sifflement dissimule tout un univers. Celui des parias, des exilés de toutes sortes. Des hommes de la marge ou de l'ombre. Une façon discrète de communiquer sans qu'un indésirable, même à proximité, s'en aperçoive. Mais pas seulement. Le son peut aussi porter très loin. Prenez les minettes, par exemple. Les gisquettes de banlieue, ça peut les faire vibrer direct et vous les voyez se retourner des dents plein la bouche. Moi, c'est pareil. N'étant pas différent des autres, cela me fait immédiatement sursauter. Par contre, lorsque je me retourne, il est très rare que je rigole. Ce coup-ci encore moins.

Je sursaute, donc, et regardant dans mon dos, j'aperçois Momo qui débouche de derrière l'épave rouillée d'une 604. En m'approchant, je constate immédiatement qu'il est salement malade. Les pupilles lui mangent l'œil, en mydriase, comme disent les médecins. De grosses gouttes de sueur lui roulent sur les tempes et tombent de son front dans ses yeux fourbes. Il renifle sans arrêt et même là, sur ce parking en hauteur, il pue quelque chose de bien. Il fait une telle chaleur, aussi, que ça n'aide pas. Mais le manque, ça suinte et ça pue tout ce que ça peut. Ça suppure. On croirait qu'un flot de merde vous sort du corps par tous les orifices. Habillé comme un vrai clochard, tendu, l'air aux abois, Momo me dit :

— Putain ! Ça va Eckel ?

Un surnom à la con que les mecs du coin m'ont collé à cause de ma soi-disant ressemblance avec les deux corbeaux du dessin animé *Eckel et Jeckel*.

J'ignore sa main molle et moite qu'il porte aussitôt à son cœur. C'est une coutume hypocrite qui ne veut absolument rien dire, dans notre milieu. Un geste que beaucoup de Rebeus font machinalement. Venant de ce petit enculé, ça me tue.

— Tu cherches chose quelque ?

— Nan.

C'est faux, bien sûr. Qu'est-ce que je foutrais là, sinon ? Mais je me méfie. Je le laisse en venir au fait sans l'aider. C'est rarement bon signe de se faire brancher par un camé. Surtout en manque. Et par lui, encore moins que par un autre. Pas question que je le tourne. C'est fini, ce temps-là. Qu'il se démerde tout seul. À le voir, les affaires ne semblent pas florissantes. Mais ça ne m'étonne pas. Ce n'est qu'une petite lope. Camé et sans couilles.

Un instant je me dis que ça y est, que son frangin a enfin décidé de passer aux actes et de se venger, mais j'oublie ça aussitôt. Il faudrait qu'il soit complètement con. Je devrais le buter sur place, ce chien de Momo, comme son frère, et pourtant je ne fais rien. J'ai pitié. Et je me sens coupable. Il était amoureux, ce blaireau. Comme moi. Comment lui en vouloir ?

Rachid, c'était pas la même chose. Il avait voulu me faire mal. Par jalousie, cet enculé. Je n'arrivais toujours pas à l'avaler. Même Traoré, je lui en voulais moins, et pourtant, c'était bien sévère ce qu'il avait fait à Carole. Mais si je dois dire la vérité, j'avais ce que je méritais. Je récoltais ce que j'avais semé, dans cette putain d'histoire. Sans le vouloir, mais quand même. Et ça me bouffait.

Momo a cet air étonné et perdu, comme celui qu'ont les chiens quand des ordures les larguent sur le bord d'une route avant de filer comme des lâches. Un abandon têtu. Qui laisse désemparé, avec au fond des yeux cette minuscule étincelle d'incrédulité ou d'espoir, au choix.

— Qu'est-ce que tu fous là ? je demande.

Il ne répond pas tout de suite. Il me regarde. Il me jauge. À ce moment précis, je suis persuadé qu'il cherche un mec pour le tourner. Mais il tergiverse trop. Surtout dans son état, encore une fois. Il me dit :

— Tu sais quoi, Eckel ?

— … ?

— Y a mon frère, Rachid, qu'est en bas, à la 26…

— Ouais ? Qu'est-ce que tu veux que ça m'foute ?

— Tu gardes ça pour toi, Eckel… la vérité… si mon reuf il apprend…

— Vas-y, accouche, je le coupe.

On dirait ces gamins d'aujourd'hui, ces petites crapules. Ils prennent des airs de conspirateurs, de caïds, sont prêts à te menacer de trucs pas possibles au cas où tu aurais l'idée d'aller raconter ce qu'ils veulent bien te confier, mais tout ça c'est du vent. Ils ne tiennent pas la route et souvent, tout le monde sait déjà depuis longtemps de quoi il retourne. Tout va bien trop vite, par ici. Il continue :

— Ils vont jamais vouloir m'vendre un quépa, si j'y vais. Il leur a dit d'pas m'servir. Tu sais pourquoi. Tu veux pas y aller pour moi, Franck ?

Putain de saloperie de vie. Son frangin fourguait de la came aux gamins. Ici, en plus ! Et il avait donné comme consigne de ne pas servir Momo. Ce petit blaireau était coincé. Il avait dû voir passer pas mal de criquets, déjà. Mais à qui faire confiance ? Il avait jeté son dévolu sur moi, ce naze, tellement il était grillé partout. Sans doute qu'il aurait pu aller sur un autre plan. Mais ça n'aurait pas changé la donne. N'importe qui aurait pu l'apercevoir et le balancer à son frère. On se connaît tous. Trop risqué. Et puis quand on est tellement dans la merde, c'est dans le quartier qu'on peut trouver une solution, gratter un criquet, mettre une carotte ou faire un chrome. Cet enculé de Rachid ! Et dire que nous partageons la responsabilité d'une horreur impossible. Rien que ce nom, Rachid, me rappelle la mort et la désolation. Il a eu de la chance de s'en tirer. J'aurais dû finir le boulot. Ne pas m'enfuir comme une petite fiotte. C'est ma faute. Je suis un lâche. Incapable d'aller au bout des choses. Après ce qui s'est passé, ce qu'il a fait, cette ordure, il est encore là, à filer sa merde aux gosses. Les petits de son quartier. Et moi, bouffon pitoyable, c'est à lui que je lâche peut-être mon fric. Indirectement, certes, mais quand même. Quand je pense que c'est lui qui venait me mendier, il n'y a pas si longtemps. Il se foutrait bien de ma gueule s'il me voyait là. La roue tourne, comme on dit, et putain, ce qu'elle avait mal tourné. Toute cette histoire me hante. Me ronge. M'a détruit lentement.

— T'as du blé ?

Momo extirpe de sa poche un billet de vingt suivi de quatre biffetons de cinquante, qu'il me tend. Ils sont froissés, poisseux. Je les prends en me disant que ça me fera un peu plus d'oseille.

— T'attends où ? là ?

— T'as raison, t'es con ou quoi, Franck ? Si les keufs…

— Écoute-moi bien, Momo, espèce de… putain ! Traite-moi encore de con et…

Je lui colle une baffe dans la gueule et il en reste

muet. Et quoi ? Je sais très bien ce que je fais. On me connaît suffisamment, dans toute cette banlieue. Franck le ouf. Eckel, le taré. N'empêche qu'il faut absolument que je me contrôle. Je n'étais pas comme ça, avant. Mais j'ai changé. J'ai trop morflé et dans ma tête, quelque chose a lâché. Et c'est vrai, je suis devenu violent et sans pitié.

Mais une baffe dans la gueule, c'est rien. Un sourire, de ma part.

— Vas-y, dégage !

D'une poussée, je le balance sur le capot de la 604.

— Attends, Eckel !… Oh ? C'est une façon d'parler, putain ! On n'a qu'à s'retrouver à la Thomson, si tu veux. OK ?

Du coup, il maintient une certaine distance entre nous et tant mieux. Ça pue moins, comme ça.

— Où ça, à la Thomson ?

— Chez l'comique. En face. C'est bon ?

Je dis oui par fourberie.

Un humoriste excessivement célèbre dans les années 80, décédé depuis, avait grandi dans une des grandes tours grises qui dominent la ville, près de l'endroit où nous nous tenions.

Malgré ce qu'on avait voulu nous faire croire, c'est du sida qu'il était mort. Pas d'autre chose. Coluche, lui, il était à Montrouge. Pas loin. Pas étonnant qu'ils soient devenus potes. Pas étonnant non plus qu'il soit tombé dedans, lui aussi.

— Casse-toi.

— Tu speedes, Franck…

— …

Je laisse ce con. Ce que j'ai à lui faire payer va lui

coûter cher, un jour. C'est ce que je n'arrête pas de me répéter depuis ce qui s'est passé tout en sachant que je ne lui ferai rien. C'est trop tard. C'était à se demander s'il était conscient du désastre qu'il avait causé. Mais on avait tous joué notre rôle, dans cette terrible affaire. J'étais plutôt bien placé pour savoir que ce n'est pas la mort qui pouvait nous émouvoir beaucoup, mais là… c'était différent. Pendant qu'il s'éloigne en direction du champ, je prends les escaliers pour rejoindre la rue et passer à l'arrière de l'immense bloc et de ses passerelles. Le ciel hésite entre le gris et un bleu délavé. Au loin, j'aperçois le clocher de l'église des Blagis, tendu vers les nuages ternes qui s'effilochent en lambeaux, impalpables, laborieux et lascifs, dessinant des formes chimériques que le vent promène. J'ai mal partout et à cause de cette truffe, j'ai encore perdu du temps. Je presse le pas et franchis le talus qui borde la route.

Il y a une dizaine d'années, peut-être plus, cette rue, qui longe le bâtiment, était bordée de vieux acacias. Accrochés à une pente abrupte recouverte d'une pelouse rachitique et malodorante, ces arbres cachaient aux yeux perçants des flics ce qui se passait sur les fameuses passerelles. C'est ce qu'ils disaient en pleurnichant pour expliquer leur impuissance chronique. Alors ils ont été arrachés. Et cette stratégie malheureuse a eu pour résultat de surtout bien dégager la route et permettre finalement aux guetteurs de surveiller celle-ci plus efficacement qu'auparavant, évitant ainsi les surprises désagréables. Comme par en bas il est totalement impossible d'arriver sans se faire repérer… Du coup, ils en ont replanté d'autres, et ceux-ci tentent de grandir tant bien que mal, arrosés à la pisse de clebs et maltraités par les mômes. Même la nature subit la violence ambiante et pousse tordue, torchée, sous la torture. Deux grandes arches percent la masse titanesque de cette barre de béton et permettent de passer de l'autre côté sans avoir à la contourner. Rendu à l'arrière de l'immeuble, je me dirige rapidement vers le hall 26. À proximité, deux guetteurs sont postés. Deux toxicos qui essaient de garder les yeux ouverts au cas où. Ils sont payés en came. Si Rachid est là, il ne sera pas de ce côté. C'est déjà ça.

À l'intérieur du hall, il fait plus frais et la volée de sept ou huit marches qui donne accès aux caves est encombrée. Trois types et une gonzesse se tiennent debout devant la porte fermée. La fille me tourne le dos. Les deux mecs juste après sont deux Rebeus de Vanves que je connais comme ça. Ils sont venus me brancher, un jour. Ils voulaient de la dope. Je vendais, à cette époque.

Ils s'étaient pointés devant chez Léon, ça m'avait chauffé, et on avait eu une petite altercation.

J'avais pourtant dit :

— Personne ne vient me brancher en dehors des heures de deal. Et surtout, jamais chez Léon !

Mais ils ne pouvaient pas le savoir. Ce n'étaient pas des clients à moi. Ils avaient tenté leur chance car ils étaient en galère. Alors j'en avais bousculé un. Depuis, je les avais revus sur d'autres plans à droite à gauche. Je leur fais un signe de tête. Le troisième mec est un grand échalas dégingandé, à l'air déprimé et à l'œil absent. Jamais vu. Les deux mecs de Vanves m'ont jeté un coup d'œil à la dérobée, quand je suis arrivé, mais sans manifester autre chose que cette expression particulière, faite de sentiments contradictoires, d'espoir et d'angoisse, figés dans l'attente et pourtant, acculés à l'urgence. Ils n'ont pas répondu à mon salut.

En bas des escaliers, à gauche de la porte du sous-sol et percé dans le mur à hauteur d'homme, se trouve un trou grossier. Assez large pour laisser passer argent et came, mais trop étroit pour rien apercevoir de ce qui se passe derrière, dans la noirceur humide des caves. Vu la gueule du trou, les mômes ont dû le faire à coups de marteau. Pendant qu'on poireaute, deux autres débris viennent se joindre à nous, deux autres paumés en quête d'artifice et auxquels je ne prête pas attention, car après tout, il y a des mecs dehors qui sont là pour ça. Pour éviter les mauvaises surprises.

Les dealers attendent souvent que les clients s'entassent de façon à servir tout le monde d'un coup et ainsi minimiser les risques. J'ai déjà vu jusqu'à trente personnes se serrer ici, dans le hall, débordant dehors. Mais c'était il y a longtemps.

Le mec à la tronche de cocker me tourne le dos. Il porte une longue queue-de-cheval attachée à l'aide d'un ruban rouge, et tandis qu'il introduit son fric dans l'orifice, je l'entends qui demande un demi d'héro. Immédiatement, son paquet apparaît et il s'en saisit rapidement, seulement, au lieu de se casser fissa, comme tout le monde après avoir casqué, le voilà qui va pour l'ouvrir. Sûrement pour s'assurer que c'est bien de la came. Ou pour voir si c'est bien servi.

Alors pendant qu'il est là, au beau milieu du hall, à essayer d'ouvrir son enveloppe, on entend soudain, comme il fallait s'y attendre, un des minots planqués dans la cave hurler de derrière la porte :

— HÉ ! DÉGAGE DE LÀ TOI ! Qu'est-c'qu'il fout cet enculé ? EHHH ?

Mais rien à faire. L'autre ne semble pas saisir que c'est à lui qu'on s'adresse. On lui dit bien de bouger, nous aussi, mais il continue et insiste à vouloir ouvrir son ballot. Mais putain, ballot, c'est lui qui l'est, sur ce coup-là. Il n'y a pas de carottes, ici. Pas de cette manière.

Les arnaques, quand arnaques il y a, sont faites par les plus jeunes, qui profitent soit d'une pénurie de quelques jours, soit qu'une descente ait eu lieu, pour enfiler cagoules et écharpes et prendre la place des grands. Le temps que la nouvelle se répande, il y a du blé à faire. Ils ont préparé des paquets qu'ils ont remplis d'une merde quelconque, le plus souvent des cachetons comme des Antalvic, ayant un goût amer pour faire illusion au cas où un méfiant voudrait goûter, et en l'espace d'une demi-heure, après avoir laissé les clients s'amasser, car ils apprennent vite, ils empochent le maximum. Ensuite, ils disparaissent. Ils savent que si les vrais dealers les chopent, ça va faire mal. Le temps que les clients s'aperçoivent de l'arnaque, c'est déjà bien trop tard. Les vrais dealers ne cautionnent pas ça dans la mesure où ça leur fait perdre tous leurs clients. Quand il y a des carottes sur un plan, les criquets migrent direct. Le blé est trop dur à trouver et se faire enfler, lorsqu'on est en manque, est trop douloureux.

La plupart des toxicos sont incapables de reconnaître la dope à son goût. C'est con pour eux. Moi, je la reconnais même à l'odeur. Et à travers le paquet, s'il vous plaît. Enfin, pas à tous les coups. Mais au goût, sûr. Alors le plus souvent, ces cons-là attendent d'être rentrés chez eux ou bien de rejoindre une cave, un champ, leur bagnole, que sais-je, l'endroit où ils se cartonnent habituellement, et ce n'est que quand ils versent l'eau sur le cacheton pilé et que celui-ci, au lieu de se dissoudre complaisamment, se met à former un petit bloc compact ou à flotter, qu'ils comprennent enfin qu'ils se sont fait baiser. Mais les mômes n'ont pas accès aux caves et ils font ça directement dans le hall ou bien dehors.

On n'entend plus aucun bruit et personne ne se fait servir. Ça sent la mort. Brusquement, la porte s'ouvre à la volée et un jeune, casquette et foulard sur le nez pour dissimuler ses traits, en jaillit, percutant la fille qui attendait en haut des marches pour se faire servir et l'envoyant dans le mur. Puis dans un même élan, il fond sur le baba stupéfait et lui colle un coup de boule en plein sur le nez et putain, je jurerais l'avoir entendu craquer. Ensuite, d'une balayette tout en finesse, il balance à terre le pauvre type qui gémit, les mains sur son visage ensanglanté, et lui envoie pour faire bonne mesure une série de coups de pompe bien appuyés. Dans les vapes direct, l'autre !

À l'exception de la gonzesse, tout le monde s'était écarté précipitamment quand le jeune avait surgi des caves. On s'y attendait. Maintenant, on n'entend plus que les gémissements du mec qui gît recroquevillé sur le carrelage crado du hall. Une sourde plainte qui résonne dans un silence presque total, épais et suffocant. Personne ne moufte. Le pauvre type perd pas mal de sang, à cause de son nez écrasé. Le môme, lui, est sorti siffler les deux loques censées surveiller les alentours et qui n'ont rien remarqué. Lorsqu'il revient suivi des deux junkies, vu que le mec est HS, il leur dit de le choper, un par les jambes et l'autre par les bras, et de le virer, mais comme un de ces deux charlots est trop défoncé, il lâche prise et s'affale. Alors son compagnon décide de traîner seul ce poids mort. J'entends la tête du blaireau faire deux bruits sourds en rebondissant sur les marches. Une fois l'encombrant colis largué un peu plus loin dehors, les affaires peuvent reprendre et le jeune réintègre son trou en prenant bien soin de refermer à clé derrière lui.

Pendant que l'autre abruti se faisait allumer, je n'ai pas quitté son paquet des yeux. Et je sais qu'un des mecs de Vanves non plus. On s'est regardés. On s'est compris. Mais à aucun moment ce con n'a lâché son précieux trésor. L'instinct de survie. Sûr que quand il va reprendre conscience, s'il en reste dedans, il sera bien content de le trouver. Sûr qu'il aura tout de suite moins mal, aussi. En tout cas, s'il l'avait laissé échapper, on aurait été au moins deux à poser le pied dessus. Et ça aussi, c'est sûr.

Une fois le calme revenu, la gonzesse allume une cigarette. Elle a quelques difficultés à se remettre de ses émotions. Elle est toujours adossée au mur et j'en profite pour l'observer. Elle est blonde. Une fausse blonde. Je peux voir la racine brune de ses cheveux gras et mal entretenus. Son visage, qui n'est pas désagréable au premier abord, se révèle légèrement bouffi. Comme celui de certains alcoolos, il est sillonné de petits vaisseaux éclatés qui se regroupent autour de son nez jusque sur ses pommettes, et le fond de teint ne parvient pas à les cacher totalement. De longs cernes soulignent ses yeux au regard éteint, morne. Elle est presque entièrement vêtue de rouge et seul son chemisier noir tranche dans ce tableau monochrome. Des auréoles de sueur maculent le dessous de ses bras. Ses mains portent les traces de piqûres récentes sur de plus anciennes, cicatrices sur des veines sclérosées, stigmates d'un passé de camée. C'est une pute. Et ça se voit.

Lorsque son tour arrive, elle demande « Hélène » et « Caroline », c'est-à-dire de l'héro et de la coke, en vieux dialecte parisien, mais le mec lui dit qu'il n'y a pas de CC, aujourd'hui. Juste de la dope. Un instant, elle semble désemparée. Elle hésite. Un des Rebeus lui lance :

— Tu bouges ton cul, ou quoi ?

La fille ne répond pas. Elle préfère sans doute les ignorer. Surtout après ce qu'elle vient de voir. Un coup de tête dans le nez, c'est pas terrible, pour quelqu'un qui fait son beurre grâce à sa tronche. Même si c'est son cul qu'on vise. Finalement, elle se décide pour deux demis d'héro avant de tracer vers la sortie sans un regard pour ses admirateurs. Eux, par contre, n'ont pas manqué d'apercevoir la liasse que cette conne a eu l'imprudence d'exhiber une demi-seconde de trop et c'est fissa qu'ils se font servir avant de ressortir, subitement hilares. Immédiatement, je me dis que si la pute est à pied, elle va y avoir droit dans les grandes largeurs et aussi sec, je pense que sans ces deux enculés, elle aurait été pour moi. Putain de merde ! Un coup à au moins deux mille balles, peinard et presque sans risques. Si je dis « presque », c'est pour la bonne raison que dans mon état, vu mon poids et la masse musculaire que j'ai perdue, je pourrais aussi bien me prendre une branlée. Ce ne sont pas des putes du coin, des lycéennes ou bobonne qui arrondit les fins de mois. Elles viennent de Paris quand elles sont sans un plan valable ou quand elles savent qu'une bonne came circule en banlieue. Ce ne sont pas des tendres. Au mieux, elles sont toujours armées d'un cutter, d'un cran d'arrêt, ou d'un pistolet d'alarme, et au pire, d'un bon vieux gun tout ce qu'il y a de plus vrai. La bombe lacrymo, c'est comme les capotes. Elles en ont toujours une sur elles. Bon. Mais le truc, c'est la rapidité. Il ne faut pas que la victime ait le temps de comprendre ce qui lui arrive. Je sais faire.

Une fois servi, je ressors, le paquet coincé entre mes doigts, plus vigilant que jamais, juste au cas où. Je me prépare à retourner sur mes pas. En direction de mon trou. Comme un insecte réintègre son nid après avoir saisi sa proie. Comme n'importe quel animal affamé. Pour la dévorer tranquillement. À l'abri des autres prédateurs toujours à l'affût d'un coup facile. Momo ? Il peut crever.

*

Enfin de retour, épuisé par l'ascension et miné par le manque, je jette mon blouson crasseux dans un coin tout aussi crasseux et je me précipite sur l'évier. J'ouvre le robinet, emplis un verre en même temps que je ramasse la petite cuillère qui traîne là, puis je m'assois par terre, sors fébrilement le paquet de ma poche et me dépêche de l'ouvrir pour en verser les trois quarts dans la cuillère. Comme il me reste quelques blondes de la veille, je chope une clope. Ensuite, je coupe le filtre et j'en extrais le cylindre blanc. J'en détache un morceau que je roule en boule et dépose avec délicatesse près de moi. Alors, je remplis la seringue graduée jusqu'au chiffre quinze et j'expulse la quantité d'eau sur le petit monticule de dope. La came, qui est coupée au Mannitol ou à quelque chose d'approchant, laisse un dépôt cristallin qu'on voit briller à travers l'eau claire. Une fois le mélange remué et la dope bien dissoute, j'y plonge le morceau de coton improvisé dans lequel, aussitôt, le poison s'engouffre avec une évidente bonne volonté. Alors, posant délicatement le bout de l'aiguille à la surface de celui-ci, j'aspire le mélange. Lentement. Ensuite, je lève la pompe dans le semblant de lumière qui traverse la crasse des carreaux et, tapotant de l'index, je m'assure qu'aucune bulle d'air ne subsiste à l'intérieur. Une manie de toxicos. Comme de lécher l'aiguille. En réalité, il faudrait au minimum un centimètre cube d'air pour provoquer une embolie qui soit mortelle.

Mes veines sont comme un fleuve tari, une rivière asséchée et parsemée de cailloux, où la roche affleure, une terre devenue stérile et dure. Elles forment de longues cicatrices qui ne véhiculent plus aucune vie. Ce sont les routes sombres du passé que mon sang a désertées. Trouver un passage au poison est chaque jour plus difficile, et la plupart du temps, ce n'est qu'après un long et pénible charcutage que tremblant de haine et de frustration je parviens enfin à insérer l'aiguille dans un vaisseau moribond. Alors, et alors seulement, intervient la délivrance. Et je tente de faire durer ce moment par des pompages frénétiques, incessant va-et-vient du piston, aspirant puis refoulant la mort encore et encore. Il m'arrive de m'endormir ainsi, l'aiguille fichée dans ma chair, prostré des heures durant, désarticulé, bavant, pantin de chair, décomposé dans cette petite mort dont l'héroïne accouche toutes les fois qu'elle pénètre les corps et les esprits.

Lorsque je rouvre les yeux et que je me relève, chancelant, la seringue fait un petit bruit sec en heurtant le sol et aussitôt, un filet de sang ocre dévale vers ma main. Je l'essuie d'un doigt nonchalant que je porte à ma bouche. J'allume une cigarette et soudain, je ressens le besoin de m'allonger, de me laisser tomber sur le matelas pourri qui me sert de lit, de paillasse, pour ne plus jamais me relever. Sombrer dans un sommeil sans fin, définitivement à l'abri des assauts du temps. Des coups durs. De la vie. Je remarque la seringue souillée sur le sol et je me baisse pour la ramasser. C'est alors que je me mets à penser à cette abjecte infection, ce virus infâme qui s'est logé en nous.

Avant, ça ne m'arrivait jamais, seulement, vu la vitesse à laquelle je semble dépérir, depuis quelques mois, je ne peux que constater les dégâts sur moi. Je suis contraint d'envisager ma fin prochaine, assailli d'images des corps pourrissants d'amis morts depuis longtemps. Ces amis que jadis j'accompagnais au cours de la lente décomposition de leur chair, ponctuée de kystes ignobles, de bosses en boursouflures, de quintes de toux en spasmes violents, de plaies purulentes en allergies dévastatrices. Je revois leurs crânes se dénuder, leurs joues se creuser et leurs dents se gâter, dessinant sur ces visages aimés le masque saisissant de la mort. J'ai soutenu leur squelette décharné, lorsque leurs jambes sont devenues incapables de les porter. Je revois leurs yeux, surtout, que sont venus habiter la honte et le dégoût d'eux-mêmes et qui, à cause de cette angoisse, cherchaient à fuir mon regard. Je nous revois, avant. Enfants joyeux. Presque insouciants. Riant de tout, heureux d'un rien. Alors je me mets à pleurer sans bruit.

3

Avant

Au milieu des années 70, il n'y avait rien ni personne pour nous mettre en garde. Pas d'exemples vivants de la déchéance pour nous inspirer de la crainte, si tant est que ça eût marché. Aucun reportage sur la défonce ou de prévention des risques. Nous étions non seulement d'une ignorance crasse sur le sujet, mais, en plus, une curiosité presque maladive pour tout ce qui pouvait modifier nos états de conscience nous tenait. C'est l'époque qui voulait ça. Nous avions, chevillé au corps, un besoin irrépressible de modifier notre perception d'un monde que nous étions déjà beaucoup à renier. À l'inverse de cette génération de pourvoyeurs juvéniles, arrivistes chevronnés, nous étions fiers de cracher sur l'argent et la société de consommation que celui-ci préfigurait. Attention, je ne dis pas que l'on n'aimait pas s'éclater et claquer de la thune. Non. Ce que je dis, c'est que la fraîche n'était pas tout pour nous. Loin de là. On en avait besoin, surtout. Nous nous étions plongés corps et âme dans une quête illusoire, et celle-ci coûtait un max. À la recherche de quoi ? Aujourd'hui, je dirais simplement de nous-mêmes. Dans cette recherche, cette quête, un endroit nous fascinait, sûrs que nous étions d'y trouver toutes les réponses à nos questions. Chez Léon. Le troquet de la cité. Ça faisait au moins deux ans qu'on essayait de s'incruster, mais le vieux était intraitable. Tant que t'avais pas seize ans, tu pouvais toujours te gratter. Pour nous, c'est simple, ce café, c'était la caverne d'Ali Baba. Un milieu étrange, cosmopolite, toujours plein de bruits, de cris, de rires. De pleurs aussi. Un endroit dangereux, sulfureux, où avaient lieu bagarres et règlements de comptes. Un lieu captivant qui exerçait sur nous une attraction irrésistible. Alors sitôt le jour venu, ce jour béni, on était là. Seize ans ! Des hommes, enfin !

*

À cette époque, le bistrot était plein du matin jusqu'au soir tard sans aucune interruption en dehors des deux ou trois heures qui suivaient le coup de feu de midi. Par une espèce d'entente tacite, deux mondes se partageaient les lieux en ne se mélangeant pour ainsi dire jamais. Ils n'avaient pas les mêmes horaires, non plus.

Les premiers arrivés, mais de peu, c'étaient les trimards qui partaient au chagrin. En majorité des ouvriers de l'usine de pièces détachées d'Issy-les-Moulineaux ou des mecs de la RATP qui allaient au dépôt de Châtillon-Malakoff. Ils étaient tristes ou endormis et parlaient peu. Après, vers huit heures, s'amenaient les accros de service. Les yeux mouillés et le teint ocre, ils n'avaient pas besoin de commander. Léon connaissait leurs habitudes. Leurs préférences. Il déposait devant eux un ballon de rouge ou de blanc, rarement un demi, et il les observait porter le verre à leurs lèvres d'une main tremblante. Certains étaient contraints de se pencher sur le bar, incapables qu'ils étaient de soulever le ballon sans tout foutre par terre. Alors, le premier verre sifflé et un peu apaisés, ils s'imbibaient méthodiquement jusqu'à reprendre une apparence plus ou moins humaine. À partir de là, ils redevenaient presque eux-mêmes et se mettaient enfin à parler, sourire, pleurer. À vivre, quoi. Il y en a dans tous les bars, des comme ça, et à les voir, on ne trouve pas de grandes différences entre eux et les camés. Dope ou biberon, à grosses doses, c'est du pareil au même.

Vers onze heures, on voyait rappliquer les rois de l'apéro. Pastis, demis, et grosses vannes de beaufs. Ils avaient également une sacrée descente.

— Hé ! Léon ! Tu nous mets deux bières ?

— Des pressions ?

— Non. Alcoolisme.

Et ils se bidonnaient. Des vannes comme celle-là, ils en avaient des tonnes.

— Putain, les mecs ! J'ai vu une Arabe traverser la cité à poil avec une cacahuète dans l'cul !

— C'était qui ? lançait un de ces cons.

— La meuf à Rachid !

Et ils étaient pliés, ces trimards.

Inutile de préciser que ce genre de conneries

n'était possible que le matin. Le soir, ils se seraient fait défoncer avant d'avoir compris ce qui leur arrivait.

Après, c'était des secrétaires, employés et autres esclaves, qui déjeunaient bruyamment. Puis le calme, enfin. Jusque vers seize ou dix-sept heures. À ce moment-là, les gamins sortaient du bahut et investissaient les lieux, jouant au flipper, draguant les filles ou baratinant leurs conquêtes. Le samedi et le dimanche matin étaient différents des autres jours. Le samedi, par exemple, les footeux de la ville jouaient. À domicile ou à l'extérieur. En cas de victoire, ils venaient fêter ça chez Léon. On pourrait croire que les sportifs ne picolent pas. Eh bien, si. Et pas qu'un peu. La semaine, ils éliminaient à l'entraînement. Fallait bien une semaine. Quand ils perdaient, c'était pire. Pour noyer le chagrin, l'humiliation, la colère… les prétextes ne manquaient pas. Le dimanche matin, c'était PMU.

Mais c'est en semaine, quand venait le soir, que le bistrot donnait toute la mesure de son talent. À partir de ce moment s'opérait une métamorphose stupéfiante de l'endroit. C'est bien le mot. Ça débarquait de partout. Arnaqueurs, putes et voleurs, embrouilleurs en tout genre… tous les filous du coin se filaient rencard ici. On n'était pas loin de Paris. À l'intérieur du troquet, rien ne se passait. Ça parlait affaires, réglait des problèmes de racailles, échangeait oseille ou défonce en petites quantités. Les choses sérieuses avaient lieu à l'extérieur. Léon n'était pas dupe. Seulement, il n'y pouvait pas grand-chose, sinon appeler les flics, et dans un tel contexte, c'était bien trop risqué. Ensuite, il aimait la caillasse. Ce n'est pas qu'il touchait sur les trafics, il n'y avait pas de risques, mais c'est juste que ça consomme, tout ce petit monde-là.

Il pensait avant tout à Catherine. Même si ça lui rapportait un max de blé, c'était d'abord pour elle. Catherine, sa fille unique. Le sosie douloureux de sa femme. Morte en la mettant au monde. Il la couvait pire qu'une poule ses œufs. Toujours à la tanner pour ceci ou cela. Il ne voulait pas qu'elle traîne au bistrot, et quand il lui arrivait de servir les clients, c'était que le vieux n'avait vraiment pas pu faire autrement et que Raymond, le barman, était absent. Ça durait une heure ou deux. Le temps d'une petite course.

Cathy, comme tout le monde l'appelait, était ravissante. Ses cheveux bouclés adoptaient ce blond chaud qui tire vers le sombre et fait si banalement penser à la couleur des blés mûrs. Elle avait un petit nez mutin parsemé de taches de rousseur qui piquetaient sa peau ivoire et s'étendaient jusqu'à ses pommettes roses. Ses grands yeux verts lui donnaient un air innocent et franc accentué par un front haut et gracieusement bombé. Elle était angélique. Elle rougissait souvent. Elle représentait la pureté et la grâce enfantines, mais c'était déjà une jeune fille. Une séduisante jeune fille. J'avais pu me rendre compte à quel point elle ressemblait à sa mère toutes les fois où Léon nous proposait de rester avec lui dans l'arrière-salle. Des cadres étaient posés un peu partout dans cette pièce, derrière le bar. Sur de nombreux clichés, on pouvait les voir, sa femme et lui, enlacés et souriants, avec en arrière-plan un jardin ensoleillé. Ils étaient jeunes et semblaient heureux.

Quand Cathy servait au bar, ce qui était rare, nous devenions tous subitement très sobres. On essayait de bien causer, d'oublier nos « putain », « enculé », « fils de pute » et autres fleurons de notre vocabulaire usuel. On se creusait la cervelle pour trouver des mots stylés. On ne faisait plus les marioles et on devenait d'une susceptibilité à fleur de peau, prêts à s'embrouiller entre nous pour ses jolis yeux verts. Surtout Rachid, quand j'y repense. Mais on savait bien que ce n'était qu'un rêve. Un rêve inaccessible. Jamais je n'aurais osé lui dire ce que je ressentais pour elle. Je me disais que ça devait être pareil pour les autres.

Adolescents, téméraires et puceaux, on adorait traîner au milieu des putains qui nous avaient à la bonne. C'était des filles vraiment gentilles, pour la plupart. Elles commandaient des bières qu'on buvait en douce, accroupis et morts de rire derrière le bar, pendant qu'elles sirotaient nos jus d'orange. Comme il ne fallait pas s'endormir, on s'enfilait ça cul sec et il ne se passait pas une heure avant qu'on soit complètement rétamés. Alors, généralement, soit on allait sur Paris finir la soirée, soit on restait glander dans le quartier à foutre la merde et réveiller les braves gens. C'était surtout une question d'oseille. D'autres fois, Léon nous gardait avec lui. Nous n'étions que deux ou trois à bénéficier de ce traitement de faveur. Toujours les mêmes. François, dont je ne parlerai pas, Rachid, ce fils de pute, et moi. On l'aidait à tout ranger et puis on passait à côté. Dans ces cas-là, il ne fallait pas qu'on soit cassés ou alors il fallait dissimuler. Au départ, c'était le dimanche après-midi parce qu'on allait encore tous au bahut. On avait la chance de voir Catherine qui bossait ses cours, et il arrivait qu'elle reste un peu avec nous. Mais jamais longtemps. Petit à petit, nous nous sommes tous fait plus ou moins virer de nos écoles respectives et, à partir de là, on se retrouvait plus souvent chez Léon. Il fallait quand même encore transiger avec nos vieux, pour ceux qui en avaient, mais la mode était à l'émancipation des jeunes et c'est ainsi que lentement, nous en sommes venus à passer le plus clair de notre temps là-bas.

Léon, lui, voyait bien qu'on filait un mauvais coton. Ce coton rêche dont on fabrique les habits de taulards. Alors il faisait ce qu'il pouvait. Mais il était facile à gruger. En tout cas, ça le prenait comme ça. Il y avait des soirs où il avait besoin de parler, et c'est nous qu'il avait choisis. Trois gamins paumés, en pleine crise de confiance et qui fonçaient droit dans le mur. Avec entrain, qui plus est. On l'écoutait en silence, le plus souvent. On était fiers d'être ici, avec le patron, quand les autres étaient derrière le rideau de fer. Et puis ça nous donnait l'occasion d'apercevoir Cathy. Quand le vieux en avait marre, ou s'il était tard, il disait :

— Allez les loustics, c'est l'heure d'aller au pieu.

Nous étions les fils qu'il n'avait pas eus. Mais à l'heure du bilan, je me pose la question. Qui aurait voulu de fils tels que nous ? Qui aurait aimé un père tel que lui ?

Oui, les choses ont changé, très vite. La bonne

humeur a laissé sa place à l'angoisse et à la mort. Au désespoir le plus profond. Malgré les nombreux coups de semonce, il était écrit qu'on ne se rendrait pas à la raison. Un vent de folie se préparait à tout balayer sur son passage et dans ce tourbillon furieux, nous étions destinés à nous perdre et mourir.

*

Les julots de ces dames ont été les premiers à voir dans la poudre qui allait bientôt s'abattre sur la banlieue un immense potentiel. Un moyen de coercition efficace et rentable. Un rapport poids, encombrement et prix, imbattable. Des fois qu'une de leurs gagneuses se sente moins amoureuse et que soudain lui poussent des ailes, il y aurait désormais ce boulet en plus, si habilement grimé qu'il leur apparaîtrait tout d'abord comme une délivrance. Il soulagerait dans l'instant, par sa douce chaleur, le fardeau des passes incessantes et le poids oppressant de la solitude. Il aiderait à oublier, à étouffer ces pensées délétères de haine et de désespoir. Mais de baume miraculeux et gratuit, il deviendrait ce lien, cette chaîne à l'âme, et cette métamorphose irait de pair avec le prix, qui se révélerait prohibitif dès le départ. Atrocement élevé. Et pour tout dire, impossible à payer. Le besoin une fois éveillé, il faudrait l'assouvir. Pour les proxos, c'était double gain. Tout bénef.

La première à passer à la caisse a été Vanille. Vanessa. Une petite pute aux cheveux noirs qui tapinait dans le XVe. On l'a retrouvée morte dans les toilettes du troquet. Une overdose au printemps

1982. C'était encore une gamine. Elle devait être un peu plus vieille que nous et si elle avait vingt ans, c'était bien le maximum. Mais c'est vrai qu'avec les femmes, on ne sait jamais trop. Alors avec les putes ! En plus, nous, on la voyait toujours le soir, archimaquillée et sous les lumières artificielles. Mais si j'ai bonne mémoire, *Le Parisien* avait donné son âge. Inutile de vous dire que ça a jeté un froid chez Léon. Et dans tout le quartier. Les flics ont fait leur enquête. Le vieux a dû fermer boutique quelque temps. Les choses une fois apaisées, il a tenté sans grande conviction de faire le ménage, mais petit à petit, la faune habituelle a repris ses droits. Et ce n'était que le début. Environ six ou sept mois plus tard, c'est Antoine et Clarence qui allaient subir les conséquences de leur folie. Je m'en souviens comme si c'était hier. Surtout que j'avais failli faire partie du voyage. Ce qui m'a sauvé, ce soir-là, c'est que je venais de rencontrer Carole.

*

Nous étions au mois de janvier et on se serait cru au cœur de la Sibérie. Je ne me souviens plus de ce qu'on fêtait, encore, car tout nous était prétexte à faire la fête, mais ce n'était pas la nouvelle année. Un anniversaire, probablement. Toujours est-il que ce soir-là, le troquet était plein à craquer.

1982 venait de s'achever après de longs mois précurseurs d'une froide folie. Un peu partout commençait à se répandre, telle une traînée de poudre, un mal qui subjuguerait les faibles comme les forts, les malins comme les sots, les bons comme les moins bons. Son choix était arbitraire, mais il allait laisser à tous un souvenir impérissable de douceur et de bien-être. Un mal bien étrange.

Léon observait avec crainte et appréhension ce changement qui s'installait. Il avait passé ses nerfs sur quelques jeunes inoffensifs, des petits dealers qu'il avait virés. Mais ils avaient fini, comme la marée, par revenir. Alors pour compenser, il surveillait encore plus Catherine. Elle allait passer son bac et il lui serrait la vis quelque chose de bien. Les soirs où il nous gardait avec lui après la fermeture, et ces jours-là Léon fermait plus tôt, il nous faisait de longs sermons et nous mettait en garde contre ce fléau qu'était la drogue, selon lui. Et ce n'était rien à côté de ce que Cathy devait entendre. S'il avait su qu'on commençait déjà à irrémédiablement glisser…

Pour les vacances de Noël, il l'avait expédiée en Angleterre, dans la famille d'accueil où elle allait gamine. Mais elle n'avait pas voulu rester. Ce n'était plus une gosse. Elle était rentrée assez vite. Ce fameux soir de fête, elle n'est pas descendue. Elle devait être au premier. Son père voulait l'écarter du quartier et de sa faune malsaine. C'est aussi vers cette période que Rachid a commencé à changer. On le voyait moins et quand il passait, c'était souvent en coup de vent. Il traînait avec Antoine, Ron, bien sûr, le petit Max et Titan, et Dieu seul sait ce qu'ils devaient encore magouiller. Maxime excepté, ils étaient tous plus âgés que nous.

Ce soir de janvier, donc, Antoine et le petit Max avaient pas mal picolé, comme tout le monde, et une discussion pour le moins animée avait lieu à leur table. Catherine était invisible. Aucune trace. Je ne l'avais pas vue de la soirée. Malgré la cohue et la fumée qui semblaient former un mur compact et infranchissable, j'apercevais Gus, avec ses potes, qui déliraient entre eux, et juste derrière, le petit Max, qui s'agitait, gesticulant en clignant des yeux, avec son regard d'halluciné. Il semblait en plein discours. Il passait sa vie à jacter.

Face à lui, figé et attentif, le corps légèrement penché vers l'avant, Antoine, une bière à la main, le fixait de son œil pâle. C'était un Manouche qui vivait en caravane. Des sédentaires. Dans une bagarre de poivrots entre cousins, il s'était fait crever l'œil gauche. L'autre lui avait planté un tire-bouchon dans la face. Sur sa droite, Clarence, que l'on appelait aussi Titan, écoutait Maxime les yeux dans le vague, affalé sur une des rares chaises que nous avions laissées. En retrait se tenait Ron, le Mex, un pote de Rachid. Rachid et Ron étaient nés à Nanterre. Ils étaient inséparables. Pas le même style, mais deux bâtards. Même si Ron était un peu moins pute. On l'appelait le Mex à cause de ses bottes. Des mexicaines. Ronald était aussi blond que Rachid était brun. On le voyait de loin, par ici. Il était d'origine anglaise. Rachid était beau gosse, pas grand mais pas petit non plus, avec les yeux clairs de certains Kabyles et des cheveux noirs et brillants. Il se déplaçait comme un félin et les gonzesses adoraient. Si Rachid mettait des survêts, Ron préférait les jeans. Il avait les cheveux en brosse. Il était trapu et fort. Ils étaient à l'opposé l'un de l'autre pour ce qui concernait la forme. Pour le fond, c'était la doublure de Rachid dans bien des combines. Pourtant, il n'avait pas cette mentalité d'enculé dans laquelle l'autre excellait. C'était un gros bâtard, mais moins que Rachid. C'était des embrouilleurs hors pair.

Pour ma part, j'étais au bar, collé à une fille que j'avais branchée peu de temps auparavant et avec laquelle j'étais sûr d'avoir de bonnes affinités pour peu qu'on s'arrache de là en quatrième vitesse. Pour le moment, on ne s'entendait pas hurler. À force, j'avais tout de même réussi à comprendre son prénom. Carole. Mais nous parlions en poussant des cris et en gesticulant. Je dois dire qu'elle m'a fait un effet bœuf. Elle n'avait pas vingt ans et venait de Madagascar. Sa peau était à peine voilée d'un rayon de soleil et ses yeux contenaient la promesse de douceurs exotiques. Elle avait un air irrésistible. Brune, avec ce visage d'enfant sur un corps de Vénus. Quelque chose en elle provoquait chez moi comme des soubresauts du cœur. Une boule de feu faisait des allers-retours entre ma gorge et mon ventre. J'en avais oublié Catherine. J'ai cru comprendre que pendant qu'elle attendait sa sœur dehors, sur la petite place, le bruit de la fête l'avait attirée et que c'est comme ça qu'elle était arrivée là. Elle vivait à Paris. Avec son père.

Nous pensions à partir pour un endroit plus calme, plus propice aux confidences, quand Antoine m'a interpellé en criant mon nom. Tournant la tête dans sa direction, je l'ai vu qui m'invitait à les rejoindre en agitant les bras et en me montrant la chaise vide à ses côtés. J'ai vainement tenté de lui faire comprendre que vu les circonstances, j'aimais autant tracer, seulement, il semblait vouloir me parler coûte que coûte. J'ai bien été obligé d'y aller. Il y a des choses qui se font et d'autres pas. Ici, on ne dit pas non à un pote pour une gonzesse ou on passe pour un baltringue. À moins que ce ne soit votre femme. Et encore. Il me restait à convaincre ma belle de patienter un peu, mais ç'a été facile. Elle m'a souri et m'a fait signe qu'elle attendrait juste là, au bout du bar. À côté du vieux. Alors j'ai dit à Léon de garder un œil sur elle et je suis allé les rejoindre.

— Assis-toi Eckel. Tu veux boire un truc ?

Antoine me désignait la chaise vide.

— Nan, c'est bon. Merci. J'ai un verre au bar.

— Michto la belette, cousin !

— Ouais, pas mal.

Comme tous ceux du quartier et des environs, il m'appelait Eckel, lui aussi. Je me suis assis plutôt de mauvaise grâce, mais je les connaissais bien. La petite table croulait littéralement sous les canettes de bière. Le petit Max avait encore à peu près toute sa tête, à cette époque, mais il commençait à prendre des amphètes et parfois, il tenait des propos totalement incohérents.

Le petit Max portait bien son nom. Non seulement il était petit, mais il était aussi chétif, malingre et tout en nerfs. Son enfance n'avait pas été plus douloureuse que celle de nombre de nos congénères. Il avait été placé à la DDASS dès son plus jeune âge, sa mère étant incapable de l'élever et de subvenir à ses besoins, et de foyer en maison de redressement, il avait grandi, apprenant le vice et la démerde. Sa petite taille lui permettait de se faufiler partout et à cause de ça, beaucoup de tapeurs utilisaient ses services, ce qui fait qu'il était connu dans de nombreux quartiers et que lui-même avait accès à de nombreuses informations.

Maxime avait une demi-sœur qui vivait encore avec son père et l'ironie chronique du destin l'avait fait souffrir d'obésité. Le médecin qu'elle était allée consulter lui avait prescrit un traitement à base de coupe-faim. Du Fringanor. Mais celui-ci n'avait pas donné les résultats escomptés. Les effets secondaires, en revanche, l'avaient rendue très vite euphorique et bavarde comme une pie, lui faisant dire puis faire des conneries. Comme elle n'était déjà pas très futée... Sans parler de cette crispation de la mâchoire tout à fait désagréable, les dents serrées à s'en péter les molaires pour finir avec le moral dans les pompes lorsque l'effet du médicament s'estompait. La descente, comme on dit. Elle en avait parlé à son frère. Inutile de préciser que tous ces symptômes sont bien connus de ceux qui prennent du speed, et de tous les défoncés en général. Ce n'était pas tombé dans l'oreille d'un sourd. Judith resterait, certes, avec ses kilos, mais elle continuerait à aller voir le toubib. Foi de petit Max. Et c'est exactement ce qui s'était passé. Au début en tout cas.

Si Judith ne devait prendre qu'une seule gélule le matin, son frangin, Maxime, s'est octroyé d'office une posologie à faire jacter les carpes. Il consommait en l'espace d'une semaine ce qui était censé durer un mois. À tel point qu'il lui avait fallu trouver non seulement d'autres filles, mais également de nouveaux médecins. Pour les filles, il a cherché auprès des potes, au début. Mais c'était trop chaud. Alors il les draguait à la sauvette. Que des grosses. Mais il fallait les sauter pour qu'elles aillent chez le toubib. Ça peut sembler cool, comme marché, mais ce n'était pas le cas. Le petit Max s'épuisait et, pour tenir, il prenait de plus en plus de cachetons. Par la suite, il se mettrait à faire des ordonnances plus vraies que nature dont on se servirait quand on voudrait une merde quelconque comme du Valium, du Tranxène, du Rohypnol, et un tas d'autres produits du même genre.

Une fois assis j'ai demandé :

— Alors, c'est quoi l'plan ?

Clarence m'a tendu son paquet de clopes et j'en ai attrapé une, plus pour respecter le rite qu'autre chose. Je n'avais qu'une idée en tête : me tirer de là le plus rapidement possible.

— Tu veux t'faire un peu d'lovés, Eckel ?

Antoine, encore.

— Ça dépend de c'qu'y faut faire.

Je ne voulais pas me mouiller. On avait déjà fait quelques coups minables, ensemble. Des autoradios, des vols à l'arraché, à l'étalage, quelques dépouilles, aussi. Rien de bien méchant. Mais ces mecs étaient tarés et ils étaient déjà dedans. Accros. J'avais assez de cervelle pour comprendre que ce genre de délire ne me mènerait nulle part sinon au ballon.

— Juste conduire, Eckel. On a besoin d'une auto et d'un raclo pour conduire, cousin.

— Ouais, mais pour conduire où ? Pour faire quoi ?

À cet instant, le petit Max a fait signe qu'il voulait prendre la parole et Antoine s'est tu. J'ai tout de suite compris que c'était encore un plan à lui.

À l'écouter, il connaissait un petit atelier clandestin à l'intérieur duquel se trouvait une petite fortune en bijoux et en cash. Tout était « petit » avec lui.

Le truc, à l'entendre, c'était d'alpaguer les deux types, les convoyeurs, comme il disait, juste au moment où ils ressortiraient. Ce n'était pas facile de le comprendre. D'abord, je ne pensais qu'à me casser et rejoindre le colis qui m'attendait et deuzio, c'était une vraie « Thomson », quand il parlait. En gros et pour simplifier le truc, c'était un plan foireux. J'ai dit non.

Du coin de l'œil, j'ai aperçu Ron, le Mex, se lever pour rejoindre Rachid à la porte.

Après, je les ai perdus de vue. Ça magouillait sec, apparemment. Clarence n'avait pas encore bronché et je l'avais presque oublié lorsqu'il s'est mis à parler.

Titan et moi, on avait été en primaire ensemble, et toutes nos premières conneries, c'est ensemble aussi qu'on les avait faites. Il n'y avait que depuis un an qu'on se voyait moins. La came. De sa voix caverneuse, au rythme lent, il a tenté de m'expliquer la position dans laquelle ils se trouvaient, Antoine et lui, mais je n'étais pas dans le même état d'esprit. Je n'avais pas encore ressenti dans mes tripes, ni résonner dans mon âme, cet appel impérieux et brutal, qui ne souffre aucune attente. Ce cri d'effroi. Ce hurlement. Cette déchirure. Non, je ne connaissais pas encore le manque alors qu'ils étaient déjà plongés de tout leur être dans cet impératif impitoyable et sans concession. Et comme si ça ne suffisait pas, ils devaient un gros paquet d'oseille à un mac, soi-disant, à cause de la dope qu'ils s'étaient fait avancer. Ils pensaient la couper un peu et la revendre ensuite en gardant de quoi se cartonner. Mais ils s'étaient tout envoyé. Et à cause de ça, ils étaient dans une merde noire. Noire et puante. Une merde visqueuse dans laquelle on s'enlise. Dans laquelle plus on se débat et plus on s'enfonce. Dangereuse. Voire mortelle.

J'ai à nouveau refusé. Alors ils m'ont regardé, Antoine, surtout, comme un traître. Comme le lâche qui recule. Un faux frère sur lequel, désormais, il ne faudra plus compter. Voué à une haine éternelle. Ces regards, je les connaissais et ils me laissaient indifférent. Je me suis levé et je suis allé rejoindre ma conquête qui s'impatientait, sentant dans mon dos le feu rageur de cinq prunelles.

Carole et moi avons quitté le bar, passant d'une étuve enfumée à la morsure d'un froid vif qui a eu vite fait de nous remettre les idées en place. Des groupes de mecs traînaient sur la place, devant le bar, les poivrots titubaient avant d'aller vomir un peu plus loin, dans une gerbe fumante, insensibles au froid polaire, trop imbibés. Le monde, au-dehors, s'était figé, pris dans l'étau de gel qui s'abattait des cieux. Seule, éclairant la nuit de sa lueur colorée, artificielle, l'enseigne du troquet était comme un phare pour les épaves égarées qui venaient s'échouer là. Sa sœur n'habitait pas très loin et en plus, elle partait pour le week-end. Dans la rue, juste derrière le bistrot, j'ai cru un bref instant reconnaître Catherine, mais il faisait nuit et l'appartement nous tendait les bras. Les échos bruyants de la musique nous ont suivis quelque temps avant de se taire, éteints par la distance, asphyxiés par la bise glaciale, et nous avons marché dans les rues désertes, les murs gris renvoyant l'écho de nos pas. Une dizaine de minutes plus tard, nous étions de nouveau au chaud, une bière à la main et un joint au bec. Nous avons passé cette nuit-là à faire ce que peuvent faire deux êtres qui s'aiment, ou croient s'aimer. Nous aimer.

4

Avant

Les deux convoyeurs existaient bel et bien. Et ils étaient fidèles à leurs habitudes. S'ils transportaient effectivement des fonds et des bijoux, c'était presque en toute sécurité, voire en toute sérénité. En plus, l'atelier n'avait rien de clandestin.

En premier lieu, détail qu'il eût été important de connaître, la fameuse mallette était reliée au poignet d'un des deux hommes par une chaîne en acier et sa main droite était entraînée à se saisir d'une arme à une vitesse stupéfiante pour un novice. En réalité, c'était un ancien flic et ses performances le classaient juste un peu au-dessus de la moyenne. Il portait un .38 dans un étui d'aisselle et s'entraînait régulièrement, comme l'exigeait son métier de larbin. Son coéquipier, pour sa part, ne remplissait qu'une seule et unique fonction : la protection rapprochée.

Lorsque en sortant de l'atelier ils tombèrent nez à nez avec deux types cagoulés et passablement sur les nerfs, leurs réflexes jouèrent à plein. Dans un ensemble parfait et un boucan du diable, le feu jaillit des deux côtés presque en même temps. Le garde du corps fut le premier à tirer, ce qui lui valut de récolter le plus gros de la riposte et de se retrouver couché en travers des escaliers, mortellement blessé. Antoine mourut sur le coup, une balle lui perfora la jugulaire et Clarence, sérieusement touché, se traîna sur quelques mètres dans une mare de sang en essayant maladroitement de s'éloigner des lieux du drame. Le seul qui s'en sortit plutôt bien fut le flicard. Il s'était pris une bastos dans l'épaule et son gilet pare-balles avait stoppé le tir de Clarence. Ça l'avait envoyé valser en lui pétant une côte, mais rien de plus. Il était célibataire. L'autre mec avait une femme et trois gosses. Il est mort pendant son transport à l'hôpital.

Le lundi, en début d'après-midi, alors qu'il restait encore quelques trimards qui déjeunaient, nous avons débarqué chez Léon, Carole et moi. On planait un peu. Amoureux. Et puis on a appris la nouvelle, parce que par chez nous, tout se sait super vite. Trop vite, parfois. Aujourd'hui, ce ne serait qu'un fait divers banal, quotidien, mais à cette époque, ces gars étaient des précurseurs. Des éclaireurs sacrifiés. Des prophètes de l'apocalypse.

Après avoir demandé autour de nous, on a fini par mettre la main sur le petit Max qui nous a raconté qu'après notre départ Antoine et Clarence étaient sévèrement enragés. Ils avaient insisté, cherchant en vain quelqu'un pour conduire cette foutue caisse, mais au bout d'un moment, voyant que personne ne leur viendrait en aide, ils étaient partis en écumant, laissant le petit Max à ses cafés-gélules et vouant tous les autres aux gémonies. Il n'en savait pas plus et personne ne les avait revus par la suite. Et pour cause !

C'est le gérant de la station-service qui a lâché le morceau. Il tenait le Mobil de l'avenue Jean-Jaurès, à quelques rues des lieux du drame, et les flics, évidemment, étaient passés lui poser quelques questions. Nous, on le connaissait bien, lui comme son pote qui faisait le jour. On allait chercher nos bières là, quand tout était fermé. Mais il avait dit aux condés qu'il ne savait rien. Il n'avait rien vu. Oui, c'était vrai qu'il avait bien entendu comme des détonations, mais entre les gamins et le trafic de l'avenue, il n'y avait pas prêté attention. Ce n'était que parce qu'on lui en parlait qu'il faisait le rapprochement. Bordel ! Des coups de feu ! Comment il aurait pu deviner, avec toutes ces bagnoles ? Un échappement pourri de bécane pourrait faire le même bruit.

Un bon comédien, en vérité. Mais il ne savait vraiment rien, ce coup-ci.

En revanche, il avait réussi à apprendre qu'Antoine était dans le coup et la nouvelle avait aussitôt fait le tour du quartier, au grand dam de la flicaille. Et si Antoine y était, Titan ne pouvait pas être loin.

Quelques jours plus tard, on ne parlait plus que de ça. Certains, se rappelant la fête, se demandaient s'ils y avaient été à pied, finalement. Moi, je n'y croyais pas une seconde. Clarence n'était pas con à ce point. S'ils avaient été juste malades, ils auraient tiré un sac vite fait, dépouillé un pauvre naze ou n'importe quoi d'assez rapide pour calmer le manque. C'était peut-être même ce qu'ils avaient fait avant de monter sur ce coup.

On a parlé de cette affaire pendant des mois, bien sûr. Après Vanessa, Antoine. Pourtant, même par la suite, la mort de nos copains ne suffirait pas à freiner nos ardeurs destructrices. Et d'abord, la mort n'existe pas, à cet âge. Seule la vie compte. Celle qu'on touche, qu'on goûte, explore et explose. La mort ? Les junkies sont ses esclaves consentants. La mort ? Une fable. La mort ? Une délivrance. Vivre est autrement plus difficile.

*

Clarence s'étant remis de ses blessures, la polémique a tourné autour de la peine qu'il encourait. D'aucuns disaient que la preuve n'étant pas faite que c'était son arme qui avait tué le garde du corps, il devrait s'en sortir plutôt bien. Encore une fois, j'étais sûr du contraire. Un Noir ! Il attendait d'être jugé à la prison de Fresnes. Les poulets nous connaissaient tous plus ou moins, mais en ce qui concernait Antoine, ses frères et cousins, Clarence, Miguel, Hampton et quelques autres, c'était différent. Ils étaient plus âgés que nous, arrêtés à longueur de temps, contrôlés et harcelés sans cesse. Ils étaient déjà considérés comme irrécupérables. Certains, parmi eux, étaient déjà tombés pour des cambriolages, des agressions avec arme ou violence, souvent les deux, et toujours liés à des affaires de stups, bien entendu. Mais cette fois, deux hommes étaient morts. Évidemment, le Manouche, les caves s'en foutaient. C'était bien fait pour sa gueule et il l'avait bien cherché, pas vrai ? Mais le larbin garde du corps, M. Franconni, comme il s'appelait, ça, ça risquait de peser lourd dans la balance.

Les flics, allez donc savoir pourquoi, soupçonnaient qu'une troisième personne était dans le coup. Ils ont retrouvé la bagnole qu'ils avaient garée à proximité de l'entrepôt. Que ce soit une deux-portes leur posait un problème. Ils avaient du mal à croire que des types soient assez cons pour aller à trois sur un braquos dans une deux-portes. Moi, pas. Ils ont bien récolté une série d'empreintes, mais s'ils sont parvenus à identifier formellement le propriétaire — ce con s'était fait choper dans une rafle à Boulogne, au bois —, ils n'ont pas réussi à mettre un nom sur les autres. Il n'y avait rien au fichier. Ça voulait dire que cette personne n'avait jamais eu sérieusement affaire avec la police. Le proprio n'était pas marié et il a juré qu'il n'avait prêté sa tire à personne. Clarence, de son côté, n'a jamais rien dit à ce sujet. Ils étaient deux. Antoine conduisait. Point final. Moi, ce qui me trottait dans la tête, c'était l'identité du grossiste. Je pensais connaître tous leurs plans et jamais, au grand jamais, nous n'avions fait de business avec les macs. Jamais ils n'auraient marché. On ne jouait pas dans la même cour. Qui aurait pu deviner ? Pour nous, ce mec ne dealait pas.

Catherine est tombée malade peu après. Une espèce d'allergie qui l'a clouée au lit pendant trois mois. Son père disait qu'elle était épuisée à cause des examens.

Ce n'est que bien plus tard que Clarence a été jugé. Coupable. Vingt ans ferme. La préméditation n'a pas été retenue, sinon, ç'aurait été bien plus. La raison, c'est que Clarence avait un peu chargé Antoine. Il ne risquait pas de se plaindre, entre nous. Il a dit que l'autre l'avait branché sur le plan le soir même du drame, qu'il avait déjà les deux flingues et que comme il était malade, il y était allé. Quant aux flics, vu qu'il n'y avait aucune empreinte sur les calibres, ils s'étaient arrangés pour faire planer le doute sur l'identité du meurtrier. Aujourd'hui, Clarence est mort. Et qui ne l'est pas ? Le petit Max, aussi. Après avoir irrémédiablement perdu la tête. Le poids de sa responsabilité dans la mort d'Antoine l'a miné à un point tel qu'il n'est pas parvenu à surmonter son angoisse. Les amphètes, aussi, qui l'ont rongé insidieusement.

Je me souviens de Clarence, son corps d'ébène aux muscles longs et durs, ses membres fins et déliés. Un bel animal. Imprévisible et dangereux. Il nous dépassait tous d'une bonne tête. Certains, de deux. À l'exception de François, peut-être. Mais qu'importe. Quand on allait à la piscine, tout le monde le matait. Les filles, surtout. À l'école, personne ne venait me faire chier.

— C'est un pote à Titan. Laisse tomber.

C'était le fils d'un tirailleur sénégalais et de la fille d'un chef de village. Fier. Téméraire et sans peur. Mais pas sans reproche.

J'ai encore en mémoire la fois où on était allés à la fête des vendanges, une fête foraine annuelle où tous les jeunes du coin se retrouvaient. Je devais avoir une douzaine d'années à peine. Ça commençait à merder grave, à la maison, et je passais mon temps dehors, quand je n'étais pas à l'école ou à la campagne.

On avait retrouvé des potes du quartier et on se baladait, peinards. À cette époque, déjà, il y avait de sévères bastons entre quartiers. Mais ce n'était pas pour la maille ou pour un territoire, comme aujourd'hui. Non. C'était comme ça. Parce qu'on n'était pas de la même ville. À un moment donné, nous nous sommes séparés, quatre d'un côté et trois de l'autre. Je marchais devant avec Clarence, et François était resté un peu en arrière. On matait les stands colorés des forains, les cadeaux de pacotille qu'on aurait bien aimé avoir. L'odeur de barbe à papa, des pommes d'amour nous chatouillait les narines. Mais on n'avait pas des masses de thune. On a jeté un œil en arrière pour voir si François suivait, il n'était plus là. On est revenus sur nos pas et on l'a trouvé avec le nez en sang. Une petite bande de mecs l'avait serré et dépouillé. On s'est mis d'abord à chercher nos potes, Azouz, Akim, et les deux frangins, Fred et Salto. Une fois qu'on les a retrouvés, on s'est mis en chasse. On a tourné au milieu de la fête foraine et on a fait toutes les allées une à une, méthodiquement. Ils étaient aux autos tamponneuses.

Quand ils nous ont vus, ils se sont regroupés et se sont mis en ligne. Nous, pareil. Les gens se sont écartés direct. On se faisait face et on n'avait pas encore échangé une seule parole. Les choses se passaient comme ça, à l'époque. Pas de coups de vice, d'armes, de folie pure, comme plus tard. Face à face et un contre un. Il pouvait même arriver que ce soit les deux chefs qui s'affrontent pour régler un différend entre bandes. J'étais le plus jeune. Le plus vieux, Salto, avait quatorze ans. Un grand. Un des mecs en face a commencé à retirer son ceinturon, c'était la mode à ce moment-là, mais Azouz était resté vieux jeu, ou il était en avance sur son temps, et il a fait jaillir la lame de son surin. Titan lui a fait signe de ranger le cran et il a dit :

— OK. Moi j'en prends deux. Toi et toi.

Il a désigné du doigt les deux plus costauds, les plus balaises. Voyant ça, et c'est une chose qui m'a vraiment marqué et qui m'a servi plus tard, le mec qui avait retiré sa ceinture l'a remise et ils se sont cassés. Comme ça. Sans dire un mot. La foule s'était écartée pendant l'altercation. On se préparait à partir quand les flics ont déboulé. Un forain avait dû les appeler. Ou ils n'étaient pas loin. Ils ont fait leur boulot, mais ils n'avaient rien contre nous. Ils ne nous ont même pas fouillés. Tu parles, des gosses. Ça craint rien. Fausse alerte.

En grandissant, Clarence est devenu impressionnant. Une statue de pierre. Onyx ténébreux et silencieux, il a gardé cette façon d'être, cette habitude qu'il avait de faire face sans pleurnicher. D'encaisser sans moufter et de rendre au centuple le moment venu. Il pouvait patienter longtemps mais il n'oubliait jamais et, le jour venu, il passait à l'action. Dès le primaire, ce tempérament sans concession s'est exprimé. Il attendait que tout le monde ait oublié, même l'intéressé et… boum ! Ça tombait.

Sans paroles, avertissements, vantardises, comme tous les autres. Il agissait, c'est tout.

Après une quinzaine d'années de placard, les gouvernements changeant et le peuple oubliant, il a eu une permission. Bonne conduite. Travailleur et pas chiant.

Nous étions à la fin des années 90, décennie dévastatrice. C'était un samedi. C'est drôle comme on se souvient parfois de détails insignifiants. L'été s'achevait. C'est tout à fait par hasard que l'on s'est rencontrés, si tant est que le hasard existe. Le temps avait accompli son œuvre, semant l'oubli. Les difficultés de l'existence ayant aidé, peu à peu, nos contacts s'étaient espacés. J'étais là, à glander dans le centre commercial. Je traversais une sale période. Ça ne faisait pas si longtemps que j'étais sorti de chez les tarés et j'étais déprimé, malade et angoissé. Je dormais dans la rue. J'étais maigre et sous-alimenté. Sale. Je pensais à Carole. À Cathy. À Rachid, ce chien. Je ruminais ma vengeance contre Traoré, défoncé. Alors ce jour-là, j'étais allé soigner mon angoisse dans les couloirs illuminés de la galerie marchande en pensant que ça me remonterait le moral.

Les magasins avaient fait preuve d'imagination et chaque vitrine avait sa déco perso. Les familles déambulaient, profitant du week-end pour se retrouver et flâner ensemble. Des parents et leurs gosses, qui couraient en tous sens. La rentrée approchait et il y avait toujours des retardataires. Des tas de gens qui rêvaient de bonheur, de santé, de fortune et de Dieu sait quoi, encore. Qui s'extasiaient devant des choses qu'ils ne pourraient jamais se payer. Comme je m'en foutais, de leurs conneries ! Je pensais avoir buté Rachid, je me préparais à baiser Traoré, la mort rôdait, invisible mais pesante, et je me traînais, hanté, démoli, quand nous sommes tombés nez à nez.

Je remontais le grand couloir central et il a débouché au coin d'une allée, sortant de la pharmacie. Comme moi, il est resté un moment interdit. Puis il a souri. Il s'est approché et m'a serré fort contre lui. J'ai bien cru y laisser ma peau. Ce genre de marques d'affection, c'est plutôt rare, chez nous. Il a passé un coup de fil de la cabine et puis on est allés boire un verre au tabac de l'avenue Foch. Pas celle des Champs-Élysées, évidemment. Celle du Maréchal-Foch, à Bagneux.

Une fois assis, je l'ai observé un peu mieux. Il était bouffi, gonflé, et ses cheveux s'étaient un peu clairsemés sur le dessus de son crâne. Il avait l'air usé, épuisé. Il avait perdu plusieurs dents. Sûrement à cause de la gamelle dégueulasse de la prison et du Toto, cette grosse résistance en métal qu'on branche à une prise murale et qu'on plonge dans l'eau pour la faire chauffer quand on veut se faire cette merde de Ricoré. Il n'y a pas de café, en prison. Ils doivent trouver que les mecs sont déjà bien assez énervés comme ça. Les bouilloires électriques vendues dans le commerce utilisent le même système. La résistance est au fond. Elle a la forme d'un escargot aplati. En prison, elle est en tire-bouchon, allongée. C'est le seul moyen, avec les briquettes inflammables, de faire chauffer un liquide ou sa gamelle, pour ceux qui ont de l'oseille et qui cantinent. Alors pas le choix. Mais les briquettes, faut les acheter et ça part vite. Mieux vaut investir dans du solide. Cela dit, le Toto a la réputation de sérieusement flinguer les dents.

Clarence et moi, on était nés dans le même coin et on avait fait tous les coups tordus, possibles et imaginables, ensemble. Pourtant, il n'a pas eu un mot pour le passé. Aucune allusion au braquage foireux qui l'avait conduit là où il en était aujourd'hui. Rien. Il m'a peu parlé de la vie qu'il menait derrière les barreaux et finalement, on ne s'est pas dit grand-chose. Il n'avait qu'une seule idée en tête. Aller pécho. Et ni les mois, les décennies, ni la douleur, le châtiment, ni même la mort, violente ou pas, ne peuvent faire oublier l'étreinte de la came. Je crois que seul l'amour le pourrait. S'il créchait dans le coin. Et encore.

Je n'ai pas voulu lui dire où il pouvait trouver de la dope. Encore moins le tourner. J'avais déjà vu trop de types tomber parce qu'ils avaient bu ou pris des cachetons avant de se cartonner. Et puis j'en avais trop gros sur la patate, après tout ce qui s'était passé. Mais il s'en foutait bien. Avec moi, il n'aurait pas eu à chercher, mais des plans, il y en avait partout, aujourd'hui. La moyenne d'âge avait encore baissé. Dehors, une Golf grise était garée et j'entendais les haut-parleurs cracher des basses sourdes tandis qu'un rappeur en transe expulsait sa rancœur par-dessus. Beaucoup de bruit pour pas grand-chose, à mon avis. Des potes à lui. Qui sont passés le prendre. Il aurait vite fait de trouver ce qu'il cherchait. Je ne connaissais pas ces mecs. Et j'aurais aimé me tromper.

Il y a une phrase que Clarence m'a dite alors que nous finissions nos verres, et qui restera à tout jamais gravée dans ma mémoire. Est-ce à cause du désespoir qu'elle contenait et que je n'ai pas su entendre sur le moment ? Parce que j'avais la tête déjà pleine de cadavres ? Je ne sais pas trop.

— Ah, Francky ! C'est trop bon ! Ce soir, c'est la liberté. Souhaite-moi un bon voyage, mon frère.

Avec ses doigts noirs, qui ressemblaient à des boudins martiniquais, il a mimé une course imaginaire sur le dessus du bar. Il a dit :

— J'ai pris du retard, Eckel, sérieux. Je vais partir… Pfuiiiiiiit… comme ça !

Tout ce que j'ai compris, c'est qu'il allait se faire une défonce d'enfer et qu'avec toutes ces années d'attente et de frustration, ça allait être un truc de fou. Quelques jours plus tard, lorsque j'ai appris sa mort par overdose, je n'ai pas pensé tout de suite à ce qu'il m'avait dit. Ça m'a fait un mal de chien. Ça m'a filé la haine. Tout le monde crevait, par ici. Puis peu à peu, à force de réfléchir, j'ai compris. Dix piges d'élan pour faire le grand saut. C'est comme ça qu'il est parti. Par choix. Titan aux pieds d'argile. Moi je n'ai pas ce courage. Pas encore. Je continue à traîner ma carcasse dévastée au milieu de ces quartiers en décomposition, fissurés, morcelés. Je n'ai pas le choix.

5

12 septembre 1999
17 h 19

Et je suis là, coincé dans mon trou puant, attendant une fin qui ne vient pas, devant survivre, trouver de l'oseille, choper la dope, encore et toujours. Alors je m'oblige à sortir. À quitter cette cage immonde.

Il fait gris, dehors. L'ombre des nuages ternit le feuillage de mes deux peupliers, frémissant sous le vent qui se lève. Le temps tourne à l'orage. De gros nuages gris qui n'étaient pas là tout à l'heure s'avancent, menaçants, semblant vouloir emplir l'immensité du ciel et transformant le jour en nuit. Mais le temps m'indiffère. Les junkies ne s'intéressent qu'à l'immédiat, et l'immédiat, c'est toujours plus de came. J'entends l'église de Cachan qui sonne cinq heures et je décide d'aller chez Léon. Pour boire un verre et chercher un plan. Trouver du blé avant que la nuit tombe. Un impératif. Je sais que ça ne sert à rien et pourtant, j'insiste. Je reviens sans cesse vers ce lieu dévasté, souvenir d'un passé corrompu, mélange confus de sentiments contradictoires. La beauté de l'enfance et l'horreur absolue. Il n'y a guère que les murs qui soient restés semblables, au fil du temps. Tout le reste est vide. Si Léon est encore là, ce n'est qu'un corps fourbu, courbé sous la douleur, envahi de tristesse et de haine. Un bref éclair zèbre le ciel anthracite, illuminant un court instant les mastodontes gorgés d'eau au-dessus de nos têtes et suivi presque aussitôt par un puissant coup de tonnerre. Je hâte le pas.

Lorsque je pénètre dans le bar, celui-ci est quasi désert. J'ai mis du temps à oser remettre les pieds ici. Avant d'oser pointer le nez dehors, sûr que j'étais un assassin. Un vieux bonhomme est prostré devant un ballon de rouge et un type genre cadre, en costard-cravate, lit le journal devant un café. Il a dû se perdre ! À l'extérieur, la pluie s'est mise à tomber. Léon est assis à sa place, toujours au même endroit, sous le calendrier bariolé. *L'Équipe* à la main, il peste contre le transfert de Nicolas Anelka. Trop de fric. Il grommelle. Je regarde tout autour de moi, les murs à la moquette bleue et mille fois trouée, les cadres avec les photos jaunies des joueurs de foot de la ville, les coupes, médailles et trophées divers, le flipper éteint, muet. La porte verte, au fond, qui donne sur la petite pièce où on écoutait Léon parler pendant des heures. Le comptoir en zinc, les bouteilles alignées devant le grand miroir, derrière le bar. Le sol aux carreaux de faïence, bouquets de fleurs séchées. Plus un chat. Le café a été mis à l'index à cause de tout le malheur qui s'y est acharné. Et puis Léon a changé. Et on aurait changé à moins. Il ne veut plus d'Arabes dans son bar, alors... Même moi, c'est tout juste s'il me calcule, depuis. Il me tolère. Des fois, j'ai même l'impression qu'il me hait.

De la manche, j'essuie un peu le carreau et à travers la vitre embuée, j'observe les moins téméraires des badauds se risquer à reprendre le cours de leur triste vie, brièvement interrompu par un caprice du ciel. Ils s'aventurent, prudents, jetant des regards craintifs vers le ciel, à quitter les auvents. Un simple orage. Pas un cyclone, une tempête, comme ma vie. Peu à peu, poussés par le vent, les nuages s'éloignent, massifs, serrés les uns contre les autres, cortège funèbre, et dans les trouées bleues, le soleil, têtu, en profite pour se glisser jusqu'à la rue et l'habiller de perles de lumière. Vidant d'un trait le reste de mon verre, je me décide à sortir. Léon a l'habitude et j'ai ma petite note que je règle quand je peux. De toute façon, je ne bois presque plus. Hépatite C. Mon foie n'apprécie pas. Il n'y a pas âme qui vive, dans le café, et si le vieux continue, c'est pour ne pas crever tout de suite. Mais c'est un mort-vivant. L'homme que j'ai connu jadis n'existe plus. Ce qui est arrivé l'a foudroyé. S'il savait que j'y ai pris ma part... Plus que ma part.

Plus personne, dans le coin. De ma génération, je veux dire. Certains sont au ballon, à tirer de petites peines, d'autres sont partis au bled pour se marier, changer de vie, ou seulement pour se refaire une santé. Beaucoup sont morts, surtout. Les plus sages suivent un programme de réinsertion. Quelle blague ! Dans la réalité, la plupart d'entre eux prennent un produit de substitution comme du Temgesic, et même pour certains du Skénan ou du Moscontin, qui ne sont rien d'autre que de la morphine sous forme de chlorhydrate. Seulement, l'envie persiste, têtue, increvable. Car la came, c'est la came. Elle n'a pas de concurrente.

Si la dope, en tant que produit, crée une dépendance physique et psychique, la seconde étant de loin la plus sévère et la plus impitoyable, s'enfoncer une aiguille dans la chair, ce geste profanatoire, anodin en apparence, fait naître une autre sorte de dépendance. Par analogie, la dépendance envers une femme est souvent sexuelle, et si les bons moments, son sourire, la couleur de ses cheveux, de ses yeux, que sais-je encore, si tout cela est douloureux à se remémorer, la vraie souffrance est de penser à ce corps que l'on a pénétré, cette chair que l'on a violée. Le corps a sa mémoire. Une excellente mémoire. Et l'esprit, lui, est sélectif. Il balaie les mauvais souvenirs d'un revers du temps, en quelques années, quelques mois, parfois. Mais il se rappelle le plaisir à jamais. Et plus le plaisir est intense, plus la douleur de sa perte est violente. Si on y réfléchit un peu, on comprend que les choses sont bien faites, car si la mémoire de cette douleur demeurait aussi vive que celle du plaisir, on ne pourrait pas le supporter.

Tout ce qui se présente sous la forme d'un cachet est dilué et injecté. Les tox ne peuvent pas résister. Certains produits, comme le Subutex, font plus de dégâts que le mal qu'ils sont censés combattre. Ce médicament, un équivalent du Temgesic, servait aux cancéreux. Quand les criquets ont appris que ses effets en tant qu'antalgique ressemblaient à ceux de l'héroïne, ils ont fondu sur ce produit qu'ils ont détourné grâce à l'aide de médecins corrompus et de pharmaciens marrons. Ils se sont mis à le shooter. À grosses doses. Les pouvoirs publics, alertés par les professions de santé, au lieu de virer cette merde et d'en imaginer une autre qui soit impossible à diluer, ont fabriqué ce fameux Subutex, qui n'est rien d'autre que du Temgesic puissance cent.

Quand un camé se rate, c'est-à-dire lorsqu'il s'injecte ce genre de saloperie à côté de la veine, cette daube peut provoquer un abcès. Si rien n'est fait, la plaie peut rapidement se gangrener. C'est arrivé à Rudy. On pouvait sentir son bras qui puait à deux mètres ! C'est pas un tox qui va aller chez le toubib pour une broutille, mais il a bien été obligé, sinon, ils lui coupaient. Et puis on l'a bien saoulé, aussi. Finalement, c'est un cancer du foie qui l'a emporté. Comme quoi...

Nadia, une copine que sa famille avait foutue dehors enceinte et qui avait perdu sa petite fille de la mort subite du nourrisson, se défonçait depuis. Un jour, en fuyant devant les condés, elle s'est cassé le bras. Elle a réussi à se tirer quand même, mais elle est restée des mois comme ça, le bras plié dans une écharpe cradingue. Celui-ci s'est ressoudé, mais tordu. Dans la dope, pas le temps pour ça. Dentiste, toubib, Sécu, et même les convocations au tribunal, on s'en branle. Il suffit que ce jour-là on soit malade ou sans fric, et on ferait attendre le bon Dieu lui-même.

Quand un pote faisait une overdose, comme c'est

arrivé si souvent, on tentait le maximum nous-mêmes, avant d'appeler les secours. Verres d'eau et baffes dans la gueule, puis on soulevait le mec et on l'obligeait à bouger les jambes, à marcher. On lui parlait pour qu'il ne s'endorme pas. Mais parfois, c'était trop tard. Ses lèvres se mettaient à virer au bleu et son teint devenait cireux. On savait qu'on était en train de le perdre. La première fois, ça fait drôle. Après, on s'y habitue. C'est comme tout. Dans ces cas-là, on était contraints d'appeler les secours. Mais on ne restait pas avec lui. Si ça s'était passé dans une piaule, on descendait le type et on le laissait dehors, sur un banc. Sinon, les keufs ne nous auraient pas lâchés. Et puis s'il était mort…

En tout cas, pour moi, aucun plan. Personne à brancher. Je ne sais vraiment pas pour quelle raison je m'obstine à revenir ici. La culpabilité, probablement. Les habitudes. Cathy. Le vieux.

Je ne sais pas quoi faire. Ce genre de chose ne m'arrivait jamais, avant. Plus jeune, je n'hésitais pas. Mais il y a ces rêveries étranges qui s'emparent de moi. Ces vertiges que je ressens de plus en plus souvent et qui me laissent hébété. La fatigue grandissante, la lassitude insistante qui me minent et m'empêchent de faire ce que j'ai à faire. J'ai des sensations étranges dans les membres. Des crampes me paralysent littéralement, par moments, et je suis submergé de scrupules. J'ai des maux de tête violents. Plus le temps passe, et plus je tourne autour du pot, incapable de passer à l'action.

Remontant les rues pavillonnaires proches de mon quartier, je repère machinalement les accès dérobés, les murets un peu trop bas ou les vasistas à hauteur d'homme. Je cherche les alarmes du regard, j'échafaude des plans, des itinéraires. Ça m'occupe. Je serais bien incapable de taper un appart ou un pavillon. Je ne peux plus à cause de ma condition physique. C'est trop crevant avec ces murs à escalader. Alors je braque les gens. C'est rapide, moins dangereux, et surtout beaucoup moins fatigant. Enfin, ça dépend. Même ça, c'est devenu difficile.

J'étais perdu dans mes pensées et mes pas m'ont mené jusqu'au centre Gagarine. Ici se regroupent les commerces de proximité. Boulangerie, épicerie, pharmacie, un marchand de couleurs, une agence du Crédit Lyonnais braquée trois fois, déjà, et quelques services publics tels que l'antenne de la Sécu ou le dispensaire. Moi, ce qui m'intéresse, c'est la Poste. Elle ferme à vingt heures, l'été. Ce soir, par chance, même si ce n'est pas la foule, il y a quand même assez de monde pour me permettre de choisir ma victime. C'est important. Je me dirige donc vers le bâtiment gris sans tarder. Je tiens à faire une sélection. Friquées mais pas épaisses. C'est le profil idéal. Je préfère les femmes. Je sais comment les manier, leur parler, et quoi qu'on en dise, elles crient rarement. C'est arrivé une seule fois. J'étais novice. Pas assez rapide ni suffisamment déterminé. Pas expérimenté. De l'entendre gueuler comme un muezzin speedé, ça m'a foutu les jetons. Par réflexe, je lui ai collé un coup de surin. Heureusement, de son côté, elle a eu un bon réflexe, elle aussi, parce que sinon, au lieu du bras, c'est au foie que je l'aurais touchée. Les réflexes, c'est vicelard et ça peut tout aussi bien vous foutre dans la merde. En tout cas, c'est une des rares fois où ça avait failli mal tourner. C'est souvent dans les galères et les coups durs qu'on apprend vraiment quelque chose. Grâce à ça, j'ai compris qu'il ne suffit pas de montrer sa lame pour capter l'attention à coup sûr et en silence. Il faut en faire sentir la dureté, la froideur. Il faut de la vivacité et un contact rapproché. Physique.

Je commençais à trouver le temps long et je piquais légèrement du nez dans la cabine téléphonique, quand une femme entre, un clébard genre yorkshire sous un bras et un petit sac en cuir blanc sous l'autre. Elle prend place dans la file d'attente du guichet central. Je suis dans la cabine téléphonique, combiné en main. Je fais genre.

Elle est brune, grande et fine, et j'estime son âge à une cinquantaine d'années au maximum. Ses cheveux sont tirés en arrière en un chignon strict retenu par une bande de velours parme. Elle porte avec élégance un tailleur pied-de-poule avec des escarpins blancs assortis à son sac à main. Malgré la distance, je peux voir ses ongles peints en rose. Le même rose pétasse que sur ses lèvres. Ses longues jambes sont gainées de nylon noir. Elle a un air austère, supérieur, que j'exècre aussitôt. Je reste ainsi, à l'observer, pendant qu'elle attend son tour, repérant de loin les bijoux qu'elle porte pour me distraire. Quand vient son tour, elle tente d'extirper je ne sais quoi de son sac à main, mais le chien qu'elle tient toujours sous son bras la gênant, elle se rend soudainement compte que ce rat ne crèverait pas du virus populeux si elle le posait un instant à terre. Elle se sépare donc du précieux animal en s'accroupissant avec grâce, puis après avoir échangé quelques mots avec la préposée, elle lui tend le chèque qu'elle est enfin parvenue à sortir de son putain de sac blanc. J'attends que ça se précise. Ça discute. Enfin, après avoir signé un formulaire de retrait, elle encaisse un paquet de biffetons qui semble important. À partir de cet instant, plus aucun sentiment ne m'habite, hormis la prudence. C'est le temps de la traque et de la capture. À peine a-t-elle franchi la porte que je suis sur ses talons. Souriant et calme en apparence, je suis, au fond de moi, concentré et tous les sens aux aguets.

Elle marche à petits pas à cause de sa jupe serrée, qui fait saillir ses fesses et souligne ses mollets ronds. De dos, elle en jette vraiment. L'expression de ses reins est bien plus aimable que celle de son visage. En la voyant se diriger vers le fond du parking, je comprends qu'elle est en voiture et je m'interroge une seconde sur le choix à faire quand j'avise un groupe de mômes attroupés près du grillage. Une retraite de ce côté s'avérant inopportune, j'opte pour la solution transport à l'œil. Je la suis et avant même qu'elle atteigne sa bagnole, je sais qu'elle conduit une Autobianchi Abarth rouge. Pas dur, ça lui ressemble, et en plus, elle est garée à califourchon sur deux places réservées aux handicapés, cette salope.

Je la laisse prendre un peu d'avance, mais pas trop, juste ce qu'il faut pour qu'elle puisse déverrouiller la portière de son pot de yaourt et mettre le clébard à l'intérieur. Je m'arrange pour me trouver à sa hauteur au moment où elle va pour s'asseoir, et je me baisse rapidement vers sa roue avant gauche, ce qui fait qu'elle suspend son geste. Je me relève, souriant, et je lui dis :

— Vous avez fait tomber quelque chose, madame !

Et contournant la portière restée ouverte, je tends vers elle l'objet que je tiens à demi dissimulé dans le creux de ma main et qu'elle ne reconnaît pas immédiatement. Cette seconde de flottement est décisive. Largement suffisante pour moi, elle est fatale pour la pimbêche. Tandis que son connard de chien aboie à réveiller les morts, d'une pression du pouce, je fais jaillir la lame de mon cran d'arrêt qui s'immobilise dans un petit bruit sec, dressée et menaçante. Sans perdre une seconde, je la pointe vers son ventre où je l'appuie suffisamment fort pour qu'elle comprenne que je ne plaisante pas. Les armes blanches ont l'avantage, lorsque c'est vous qui les tenez, de glacer la victime et de la laisser sans réaction. Par la peur qu'elles suscitent, le sang se retire soudainement du cerveau et empêche ainsi l'individu terrorisé de contrôler ses membres ou son esprit. C'est la raison pour laquelle le visage prend cette teinte blanche et cadavérique. Toutes les peurs intenses provoquent la même réaction. Seulement, il ne faut pas s'endormir. C'est pourquoi, tandis que j'intensifie la pression du couteau contre sa chair, je lui dis de se pousser sur le côté, sur le siège du passager. Elle fait ça si précipitamment que son collant se file, et qu'elle perd une de ses chaussures dans la manœuvre. Si quelqu'un nous matait à cet instant, il ne verrait rien d'anormal, car je tiens l'arme sous le tableau de bord et la portière ouverte me dissimule en partie.

La clé est déjà sur le contact. Je m'introduis dans l'habitacle, referme, et je mets le moteur en marche. Puis je lui dis de verrouiller de son côté et de mettre sa ceinture. Bien pratique, ce truc. Et puis il ne manquerait plus que les keufs nous arrêtent pour ça. J'en connais qui sont tombés, pour ce genre de connerie. Quand on a quelque chose à se reprocher, qu'on trimbale un truc chaud, de la défonce, des armes, beaucoup d'oseille… il faut toujours respecter scrupuleusement tous ces petits détails. Si les flics vous serrent pour une broutille et que vous n'avez pas l'habitude de faire des conneries, ils captent direct que quelque chose cloche. C'est des malins. S'ils vous sentent un peu nerveux, transpirant, agité, tendu, ils vont creuser. C'est leur nature. On ne peut pas leur reprocher, à ces fouinards.

Pendant qu'elle s'exécute en silence, j'enclenche la première et je démarre. À partir de cet instant, tout doit se passer comme sur des roulettes. Le chien, avec l'instinct qui caractérise ceux de son espèce, a compris qu'il fallait la mettre en veilleuse. Il tremblote, ses petits yeux fixés sur moi.

*

Pendant le trajet, je l'observe, et je dois admettre qu'elle a un certain cran. À l'exception d'un « rendez-moi ma chaussure », au début, elle n'a pas prononcé un traître mot. Elle se tient droite, la tête haute, le port altier, le chien sur ses genoux, jambes serrées et le regard fixé au loin, devant elle. Assez rapidement, on dépasse la Butte-Rouge et je trace sur Le Plessis-Robinson. Une fois atteint la bordure des bois, je prends sur la droite. Vers Clamart.

— Enlève tous tes bijoux et mets l'argent avec. Dans ce sac.

Tout en disant ça d'un ton neutre, je lui tends un sac de supermarché anonyme. Elle n'a aucune réaction, sur le moment, et je me dis avec ennui qu'il va peut-être falloir la convaincre. D'un geste vif et précis, je chope le york qui se met aussitôt à hurler, et je l'approche de la vitre entrouverte. Vu la taille du molosse, il passe tranquille. À cet instant, nous roulons sur une petite route déserte qui traverse le bois de Meudon. De chaque côté, aires de parking vides et coins discrets se succèdent, alternant parfois avec des pavillons cossus que l'on aperçoit à travers la végétation.

— Magne-toi, ou ton rat va faire l'avion.

Virer le clebs par la fenêtre m'aurait fait chier. Mais elle ne le sait pas et ce que l'on ignore… D'ailleurs, ça semble la convaincre, car elle commence par ôter sa montre qu'elle laisse rageusement tomber dans le sac, puis elle ôte ses bagues une à une. Je vire le chien à l'arrière avant de cracher :

— Pas l'alliance.

Oui, j'ai quelques principes et un peu d'éducation. Une alliance, c'est sacré. Elle ouvre ensuite son sac et en extirpe la liasse aperçue tout à l'heure. La vue des billets m'annonce tout de suite la couleur. Verte. Talbins de cinq cents balles.

— Mets tout ça par terre, ma belle. Sous ton siège.

La vue de l'argent m'a toujours rendu romantique. Ça doit être mon côté féminin.

Je roule encore un peu, jusqu'au moment où j'aperçois enfin l'endroit adéquat. Alors j'immobilise le véhicule à l'abri d'une haie de buissons de sorte que de la route, on ne puisse pas nous voir. Puis je coupe le moteur. Je descends en prenant soin de refermer à clé derrière moi et je fais le tour de la caisse pour que la bourgeoise prenne ma place. C'est elle qui va conduire. Je m'installe dans le creux tiédi par ses fesses rondes, la caillasse est à mes pieds et je ramasse le tout. On verra ça chez le Portugais. Je chope le chien et le colle devant, sur moi.

— Vas-y, roule. Et en douceur.

Elle n'a toujours pas desserré les lèvres et ça m'intrigue de plus en plus. Machinalement, j'attrape son sac et j'en sors ses papiers d'identité, mais cela ne m'apprend absolument rien. En voyant sa date de naissance, je me rends compte qu'elle n'a pas loin de cinquante-six ans. Il faut croire que l'argent conserve.

— Alors tu crèches à Sceaux, comme ça ? Joli p'tit bled. Rue des Saules. Pas mal.

Ça l'aidera peut-être à fermer sa gueule, de savoir que je connais son adresse.

*

J'ai fermé les yeux. Je me surprends à caresser le clebs, que je garde en otage sur mes genoux et qui tremblote, son petit cœur battant à tout rompre. Je n'en peux plus, des agressions et des braquages.

De toute cette saloperie. Combien de pauvres types, de gonzesses, j'ai dépouillés depuis l'îlot Chalon ? Cent ? Deux cents ? Je suis en train de m'enfoncer. La violence et la folie me sont devenues tellement familières. Et les remords, la culpabilité. Comment supporter tout ça ? Comme le petit Max ? Je n'en pouvais plus, déjà. Catherine me hantait. Clarence avait préféré se foutre en l'air. Je pensais souvent à lui, à ce jour où comme d'habitude, je n'avais rien vu venir. Même pas deux mois qu'il était mort. Ma vie n'était qu'un bourbier puant, cloaque putride et sables mouvants. Une terre désertique, paysage mutilé peuplé d'ombres impalpables.

— Je vais où, maintenant ?

Je regarde cette pétasse, cette étrangère, et elle m'observe, elle aussi, ses yeux noirs braqués sur mon visage. On est sortis du bois. On traverse Clamart.

— Tu connais le RER d'Arcueil ?

Elle me fait signe que oui de la tête.

— Vas-y, trace.

Je pense un instant me faire déposer à Paname, histoire de me changer les idées, comme je l'avais déjà fait si souvent. Mais j'ai les bijoux et je préfère m'en débarrasser le plus vite possible. Je connais un brocanteur, à Villejuif. José, un Portugais. Il paie cash tout ce qui est en or et il n'est pas regardant sur la provenance. Mais il ne prend pas que le jonc. Dans le temps, on lui ramenait tout ce qu'on pouvait ratisser dans les apparts. Un bon vieux fourgue, quoi. Je connais ce mec depuis bientôt vingt ans. On y allait avec Rachid quand le Portugais était encore installé à Paris, dans le XVIIIe. C'est même lui qui me l'a présenté.

Je n'ai pas pris de came avec moi et ça me stresse. J'aurais pu emmener la dope, c'est vrai. Le problème, c'est les flics. Se faire serrer avec un paquet conduit direct en garde à vue, et ça veut dire qu'en plus du manque, il faut se farcir des heures au trou à écouter leurs conneries. Et puis au pire, si je me fais gauler avec les bijoux, au moins, je n'ai pas de dope sur moi. Être malade en garde à vue, ça jouerait en ma faveur. Une circonstance atténuante. L'impérieux besoin.

C'est la fin de la journée et le soir ne va pas tarder à tomber. J'ai toujours eu l'appréhension de ces instants, suspendus entre le crépuscule et la nuit, aux accents douloureux de la nostalgie, de la mélancolie. Ils font naître en moi une sourde peine, un sentiment de désastre, de gâchis infinis. C'est toujours à Carole que je pense, dans ces moments-là. À elle et son pays, où on s'était promis la lune. À son corps, quand elle se serrait dans mes bras en disant « mon Toubab ». À son air d'enfant perdue, cette innocence dans ses yeux noirs. À Cathy, aussi. Son regard émeraude et sa peau de pêche tachetée de son. Ses longs cheveux, cascade d'or, un rayon de soleil baignant son doux visage, vagues de lumière qui lui donnaient des accents de madone.

J'allume une cigarette que je tends à la bourgeoise, par clémence, mais elle refuse avec dédain.

— Accélère, alors. J'ai pas toute la nuit.

Et c'est vrai que je suis pressé. Pressé de la larguer. J'ai de quoi voir venir pendant quelque temps et j'ai envie d'en profiter le plus vite possible.

Nous ne sommes plus qu'à quelques centaines de

mètres de la gare quand je lui indique où se ranger. Dans un coin tranquille. Dissimulé aux yeux des badauds. Le moment est venu pour un petit sermon. Sitôt la voiture parquée, je coupe le contact et garde la clé. Nous nous observons le temps d'une seconde indécise et c'est d'un geste tendre que je pose ma main sur sa nuque. Mais je resserre ma prise et l'attire contre moi, mes lèvres tout contre son oreille. Son odeur me déchire le cœur. Une odeur de femme, souvenir incertain et flou qui fond sur mon âme atrophiée et me tue. Je murmure :

— J'ai rien contre toi, ma belle, mais je veux qu'tu m'oublies. Tu comprends ?

— Oui.

Un murmure à peine audible.

— Si j'entends parler d'cette histoire, y aura toujours quelques amis pour te faire une petite visite, tu vois ? Et ils sont pas romantiques comme moi, tu saisis ?

Je me demande quels amis j'aurais bien pu envoyer, mais comme pour le clébard, elle n'en sait rien.

— Oui.

Tout juste un souffle.

Elle a les mains crispées sur le volant et ses yeux sont clos. Je peux voir les muscles de ses mâchoires frémir et se tendre. Elle a un profil de médaille, avec son chignon haut, son nez droit et fin. À cet instant, je remarque les boucles d'oreilles. Deux petites pierres sur de l'or blanc. Tsss ! J'avais oublié ces conneries. Petite vicelarde, va ! Mais je laisse pisser. C'est trop tard. Ça pourrait être la goutte d'eau qui fait déborder le vase. Vu l'état de nerfs dans lequel elle se trouve, elle pourrait se débattre ou crier en jouant le tout pour le tout. Chacun a ses limites.

— Tu m'crois, au moins ?

— Oui.

Un imperceptible mouvement des lèvres.

Elle a l'air sincère, seulement, et c'est paradoxal, pour qu'elle ait vraiment envie de m'oublier, il faut qu'elle se souvienne de moi. De ma main libre, je la frappe sèchement à l'estomac. Sous l'effet de la douleur et de la surprise conjuguées, elle se casse en deux, sa face de bêcheuse s'en allant cogner contre le volant. Sans attendre, je tire sur son chignon pour voir l'état de sa tronche de conne et celui-ci se dénoue, libérant une cascade de cheveux noirs. Elle va bien. Son nez saigne, mais rien de grave. Il n'est pas cassé. Le chien est allé se réfugier à l'arrière, profitant du fait que j'ai relâché ma prise pour filer, définitivement persuadé que je suis dangereux. Quant à elle, elle a le souffle court et les larmes font briller ses yeux sombres où la colère et la peur se confondent. Je répète :

— Tu m'crois ?

Je constate avec satisfaction qu'elle commence à m'entendre et pour la première fois depuis le début de son calvaire, elle semble réaliser qu'elle peut y laisser des plumes.

— Je… je n'… ne… dirai… r… rien.

Elle renifle.

— Je… vous le… jure. Ne me faites… pas… de mal. Je vous en prie.

À la voir ainsi métamorphosée, suppliante et

pleine d'humilité, je me dis qu'elle est beaucoup plus belle la peur au ventre qu'au naturel. Ça lui va nettement mieux.

— T'auras qu'à juste te rappeler des bons moments. La balade dans les bois, les p'tits oiseaux…

Elle se met à chialer, et j'avoue que sur ce coup-là, elle me déçoit. Une baffe et il n'y a plus personne, alors ? Ce qu'elle dit à cet instant est inaudible, mais j'y perçois comme un accent de sincérité. De vérité. C'est face à la peur que l'on est le plus vrai. C'est dans ce genre de circonstances, dramatiques parfois, qu'une personnalité insoupçonnée se dévoile soudain. Ce n'est pas son cas.

Pendant qu'elle sanglote et bredouille des mots sans suite, je donne un dernier coup de chiffon sur les endroits que j'ai touchés. Je ne pense pas que les flics viendront mettre le nez dans cette affaire, mais on ne sait jamais. Elle pourrait être mariée à un poulet, par exemple. Cela fait, je lui mets une bourrade et je lui hurle :

— REGARDE-MOI PARTIR, AU LIEU D'CHIALER !

Je descends de la bagnole, les clés bien en vue entre mes doigts, et au bout d'une quarantaine de mètres, je les laisse tomber à terre et je trace aussi vite que mes jambes fatiguées peuvent m'emmener. L'escalade du mur d'enceinte du cimetière est une épreuve en soi, mais j'en viens à bout plutôt facilement. Tout au fond, près de la sortie, le mur est mitoyen d'une impasse qui mène à l'avenue du Général-de-Gaulle et à l'arrêt de bus du même nom. C'est ici que je compte prendre le 162 pour Villejuif. Pendant que je me faufile entre les pierres tombales, je ne peux m'empêcher de penser à tous les potes que j'ai par ici. Morts, bien sûr. À tous ces corps sous le marbre, que personne n'a pleurés. Que personne ne vient voir. Jamais. Ils gisent dans la fosse, anonymes cadavres, immobiles guerriers. Ils ont rendu les armes et l'écho de leur âme n'est plus qu'un son lointain, perdu dans le chaos d'autres cris de détresse. Les sanglots d'un calvaire et d'une peine infinis qui ne cessent jamais.

6

12 septembre 1999
19 h 50

Au terminus, je descends et me dirige chez le fourgue d'un pas vif. Je commence à avoir des crampes dans les jambes et je bâille sans arrêt. Mes intestins sont noués et je sais que dans peu de temps mon nez va se mettre à couler et mes yeux à larmoyer. Les symptômes annonciateurs du manque.

Quand j'entre dans la boutique, un couple est déjà là. Deux bourges. L'homme est vêtu d'un costume trois pièces en velours et il porte un foulard en soie autour du cou. On voit la chaînette d'une montre à gousset dépasser de la poche de son gilet. Il tient une statue. Une déesse noire avec six bras. La femme qui l'accompagne porte un tailleur, jupe droite violette, haut à épaulettes, pas de collants et des sandales aux pieds. Elle semble excitée. José s'occupe d'eux avec le sourire. Il me jette un rapide coup d'œil et m'oublie aussitôt pour se concentrer sur les deux pigeons. Je m'enfonce entre les étagères du magasin, priant le ciel que l'affaire se conclue le plus vite possible. À l'abri des regards, j'essuie mon front couvert de sueur. Une sourde angoisse commence à m'envahir, submergeant mon esprit et prenant possession des moindres fibres de mon être. Du plus petit nerf de mon corps malade. Je dois à tout prix me ressaisir. J'ai envie de vomir et une migraine sourde me tenaille les tempes et le front. Un putain de quart d'heure plus tard, José me salue enfin correctement, d'une poigne ferme. Il va mettre la pancarte « JE REVIEN DE SUITE » avant de fermer la porte à clé. Nous passons à l'arrière.

La pièce est meublée à la spartiate. Il y a un lit de camp sur la droite, en entrant, qui occupe le coin et à côté, un carton faisant office de table de chevet sur lequel est posé un cendrier solitaire et débordant. Le mur opposé est occupé par l'évier en inox, deux plaques électriques, et un vieux réfrigérateur sur lequel trône une radio sans âge qui diffuse en sourdine un air que je ne connais pas, mais je sais que c'est FIP, la station parisienne de France-Inter. José n'écoute que ça. Au centre, une table en bois et trois pauvres chaises. C'est sur, et autour de celle-ci, que les affaires se traitent. Il faut le voir pour le croire.

— Tu veux une mousse ?

Dans sa bouche, ça fait « mouche ».

— T'as rien de plus fort ? en plus de la bière ?

Boire apaise le manque. Pas beaucoup. Tant pis pour mon foie.

— Whisky ou vodka ?

— Va pour un sky. Avec de la glace.

Pendant qu'il s'affaire, je l'observe.

Il est petit, trapu. Des cheveux drus et bruns sur un front bas. Il a de grosses mains calleuses, souvenir du temps où il bossait sur les chantiers. Il s'habille de façon simple et pratique. De grosses godasses de marche, un futal en velours vert ou brun, un pull en hiver, un tee-shirt aux beaux jours et son éternel anorak gris à capuche qui ne le quitte jamais. Quoi d'autre ? C'est tout. Un péquenot. Impossible d'imaginer que ce mec est blindé.

J'attrape le verre qu'il me tend et j'en siffle la moitié, que je fais descendre avec une longue gorgée de bière. José a pris place en face de moi. Il me regarde par en dessous. Il sait que je ne bois jamais. Je m'essuie la bouche et m'exclame :

— J'avais trop soif, bordel !

Un ange passe avec une sale gueule.

Une ampoule nue pend du plafond, à un mètre cinquante environ au-dessus de la table. C'est pour bien voir la marchandise. Quelquefois, des parties de cartes ont lieu ici. C'était le cas dans le temps, toujours. Aujourd'hui, vu mes performances, je ne passe plus si souvent, alors je ne sais pas trop si ça joue encore. Et puis comme je braque les gens, j'ai plus de cash qu'autre chose. Sur ce coup-là, j'avais taxé les bijoux de l'autre connasse, mais c'était plus pour lui foutre les boules qu'autre chose. La plupart du temps, je ne me fais même pas chier à les prendre. Ça dépend aussi de la somme en liquide que je touche. C'est pour ça que le repérage ou la filature, c'est important. Je ne sais pas si c'est une impression, mais on dirait que le Portugais a changé de comportement, avec moi. Depuis ce que j'ai fait à Rachid. Il y a comme un certain respect, dans ses yeux. Je sors le sac en plastique et, après avoir ôté la liasse, je le retourne pour le vider au centre de la table, dans la lumière. Pour la première fois, je vois de façon précise l'aspect de mon butin. Il en jette. C'est pas du toc, c'est sûr.

Pour vérifier si c'était bien du jonc, quand on faisait les apparts, dans le temps, on s'arrachait un cheveu qu'on approchait du bijou. S'il était attiré par le métal et s'y collait, on savait qu'on n'avait pas affaire à une merde en plaqué. Il y avait des plaqués qui passaient au travers, parfois, mais nous, on s'en foutait. On les lâchait pour rien ou on les virait du lot, purement et simplement.

La montre est terrible, avec un fin bracelet articulé. L'or est de teintes différentes, l'une cuivrée et rouge, et l'autre plus jaune. Une des deux bagues est surmontée d'une émeraude de forme rectangulaire et la monture est travaillée avec finesse. Une corolle de petits cœurs rouges encercle la pierre, faisant ressortir l'intensité d'un vert translucide et chatoyant. L'autre est plus sobre, plus fine. Elle est en jonc aussi. Une pierre bleue montée sur de l'or blanc. Un saphir.

Le Portugais, la loupe rivée à son œil, examine le tout avec attention, manipulant avec dextérité les différents bijoux. Il est tellement absorbé qu'il ne m'adresse pas la parole. Il ne me jette pas un regard, non plus, et c'est très bien comme ça.

José n'aime pas les toxicos. Ils avaient essayé de taper sa boutique, il y a de ça longtemps, quand il était venu s'installer ici, au début. Pour lui, c'est tous des fiottes. Il avait réussi à en choper un et il lui avait filé une sacrée dérouillée. Mais il n'avait pas prévenu les flics. C'est lui qui m'avait raconté ça. Ça m'avait étonné, d'ailleurs. Je m'étais demandé si des fois je ne connaissais pas le braqueur. Vu qu'on se connaît tous plus ou moins entre nous. Mais ça pouvait aussi bien être un type de Paris.

Je sors discrètement mon mouchoir pour essuyer mon visage trempé et me moucher. J'ai le nez qui coule sans arrêt et je réprime de plus en plus difficilement les bâillements qui m'assaillent. Quand enfin il relève la tête, il me dit :

— C'est pas de la caille.

J'ai un mal de chien à rester calme. Je sens la sueur qui dégouline dans mon dos et ces putain de crabes commencent à festoyer en me dépeçant les entrailles. Je tente de toutes mes forces de ne pas bâiller, mais c'est plus fort que moi. Heureusement que j'ai gardé de la dope. Je dois rentrer chez moi le plus vite possible. C'est pas à dix heures du soir que je pourrais trouver un plan.

— T'en veux combien ?

Et merde ! La question à la con à laquelle je n'avais même pas réfléchi. Comment estimer la valeur de ces conneries ? Je tente de faire un rapide calcul. Mettons que la toquante puisse valoir quinze mille et les deux bagues vingt mille. Le quart ? Neuf mille.

— File-moi une barre et on n'en parle plus, José. J'suis assez pressé, là.

Et c'était rien de le dire.

— Ça vient pas du coin, au moins ?

— Nan !

— Ouais, OK. Mais ça fait cher, en liquide. Tu connais ce genre de business. Faut dessertir les pierres et tout transformer. C'est pas facile.

— Même ! Il restera un bon paquet !

J'insiste. J'y vais au bluff. Je sais sans l'ombre d'un doute que je perds un max, sur ce coup. Et puis il n'allait rien dessertir du tout, ouais. Il avait dû voir ça dans les films. Ou il me prenait vraiment pour un con. Ça allait être revendu tel quel, mais ailleurs. Loin d'ici.

José me regarde, pensif. Je m'en tape. J'essaie de ne pas ciller et j'attends. J'ai pas envie de me faire enfler. Pas évident, dans mon état. Pour finir, il me dit :

— Écoute, même si c'est d'accord pour dix mille, j'ai pas ça en liquide, ici. Huit mille et un peu de hasch. C'est tout ce que je peux faire.

C'est bien le seul que je connais qui dise encore « hasch ». Il connaît mes faiblesses, ce con.

— Combien, de bédo ? je demande.

— Cent G. Parce que c'est toi.

Un rapide calcul… Ça faisait du deux cents balles les dix. Légèrement au-dessous du prix auquel je pouvais le toucher. De toute façon, je n'en peux plus et je sais que son matos est bon. Si je continue à tergiverser, il va finir par me ramasser à la petite cuillère.

— OK. Huit mille et cent G.

On se serre la main.

Extrayant une petite boulette noirâtre de sa poche, José l'envoie rouler devant moi en disant :

— Goûte-le. J'arrive.

Il y a une autre porte dans la pièce où nous nous trouvons et c'est par là que José disparaît à chaque fois qu'il y a du cash à sortir ou à rentrer.

Quand il revient, une enveloppe à la main et la fumette dans l'autre, je suis déjà dépouillé et chez moi comme chez beaucoup d'autres, cela a pour effet d'accentuer le manque et les symptômes qui l'accompagnent. Je me maudis intérieurement pour avoir fait cette erreur. J'ai les mains qui tremblent en comptant l'argent. Bordel ! C'est tellement évident que je suis accro et malade comme un chien. Faudrait être aveugle pour pas s'en rendre compte.

Je fourre le blé dans mon froc, avec celui de la bourgeoise. Je dis à José de me garder le chichon au frais jusqu'au lendemain et que je passerai le prendre. Pas question que je me fasse serrer avec du matos en plus de la fraîche.

— À quelle heure ? il demande.

— Je t'appelle avant.

*

Le retour est un véritable chemin de croix. À peine sorti de chez le fourgue, je me mets à gerber. De la bière et du whisky. Et de la bile. Je n'ai rien avalé de la journée et les spasmes cherchent à m'arracher le cœur des entrailles. J'en ressors tout tremblant, le visage jauni par mon foie dévasté et le souffle court. C'est toujours pareil, il suffit que je sois dans cet état pour que la terre entière se ligue contre moi. C'est d'abord le bus qui me passe sous le nez alors que j'arrive exténué à l'arrêt. J'attendais planqué dans l'impasse et je ne l'ai pas vu arriver. J'ai beau croiser le regard du conducteur, ce fils de pute ne s'arrête pas et je reste là, debout sur le bord du trottoir avec une envie de chialer que je réprime, frissonnant de rage, de dépit et de frustration.

Le manque est quelque chose de si particulier. Il provoque un profond sentiment de désastre, de désespérance et d'angoisse. De façon rapide, en l'espace de quelques heures, vous tombez dans une dépression sans égale, sans comparaison. Ce que vous êtes, tout ce qui vous entoure, les choses comme les gens, se transforment en monstres aberrants, effrayants. Vous aimeriez mourir dans l'instant, mais cela n'est pas possible, bien entendu, et vous vous demandez ce qui vous retient encore de vous laisser tomber sur le sol pour tenter de vous y enfoncer, d'échapper à ce qui vous hante et ne vous laisse aucun répit. Dans ces moments-là, personne ne peut rien pour vous. Cette pute vous harcèle, hurlant des obscénités et vous broyant les chairs. Alors peu importe ce qu'il y a dans vos poches et ce qui peut bien vous attendre chez vous. Seul cet instant de démence compte. Il efface et rend insignifiant tout ce qui n'est pas lui. Il ignore le futur, en revanche, il fouille dans votre cœur à la recherche de ce qu'il y a de pire en vous, à l'affût du moindre sentiment de douleur passé. Alors il l'extirpe brutalement, vous dépèce et vous balance au visage ce que vous aviez enfoui et caché bien profondément. Il ravive votre mémoire et appuie là où ça fait mal. Écorche là où c'est encore à vif. C'est dans ces instants de folie pure, d'intransigeante nécessité, que les camés basculent et sont capables de tout. Mais moi, je savais qu'une fois rentré, ma souffrance cesserait.

Au bout de quarante minutes, un bus bondé s'arrête enfin. Dans mon ventre, c'est un banc de crabes entier qui s'est installé. J'ai envie de me tordre et de me rouler par terre. J'ai du mal à respirer de façon normale et je rêve en silence d'écraser tous les visages qui m'entourent. Des scénarios insensés me traversent l'esprit. Je me vois anéantir ces gueules de moutons serviles, dévaster ces sous-hommes au regard torve, toujours aux ordres et obéissants à en vomir. Je pourrais massacrer ce putain de chauffeur pour qu'il accélère, tant j'ai le crâne près d'exploser sous la pression d'idées toutes plus névrosées les unes que les autres. De véritables torrents de haine se déversent dans mon cœur, le faisant battre comme dix tambours. Mes mains sont moites et agitées de tremblements incontrôlables. À tel point que je suis contraint de les fourrer dans mes poches. Sous mon pull, j'ai le torse trempé et je frissonne sans cesse, tantôt glacé et grelottant, tantôt brûlant et consumé par une fièvre volcanique. Je suis conscient d'avoir des yeux de dément, dont la pupille, telle une monstrueuse éclipse, a avalé l'iris. Je sens les regards de tous ces gens posés sur moi. Je sais qu'ils s'attardent sur mon visage crispé, en eau, pour aussitôt errer ailleurs, de peur que si je lève la tête, mon angoisse ne les percute et que ma folie ne les capture. Comme des éphémères dans la lumière des phares.

Quand le bus s'arrête et que je m'arrache de là, mon état est difficilement descriptible. J'en suis à douter de parvenir en haut de ce putain d'escalier. Pourtant, d'une manière ou d'une autre, il va bien falloir que j'y arrive.

7

12 septembre 1999
22 h 25

Je suis assis par terre, entouré de détritus divers qui dégagent une odeur insistante, mais à vrai dire, je ne sens rien. Je sanglote, le visage barbouillé de morve et de larmes, secoué de tremblements qui m'empêchent de trouver une veine. Mes bras et mes mains sont recouverts de sang. De chaque tentative ratée s'écoule un filet ocre qui, en rejoignant les autres, forme une rigole épaisse qui me poisse les mains avant de chuter goutte après goutte sur le sol. J'ai envie de hurler, mais comme ça ne servirait à rien, c'est avec des gestes frénétiques que je vire mes pompes et remonte les jambes de mon pantalon. Je serre ma ceinture autour de mon mollet afin de faire jaillir une veine hypothétique, une rescapée de pilonnages passés. Mais bientôt, mes jambes sont comme mes bras et je crois défaillir de désespoir et d'humiliation.

Pris d'un spasme inattendu, je me vomis encore

dessus, incapable de me lever. Une bile verte et acide qui met ma gorge en lambeaux et me laisse, si c'est possible, plus affaibli encore. Je vais devoir me résoudre à me shooter dans la queue. Il n'y a que deux possibilités, dans ces cas-là, sachant qu'en intramusculaire, ça ne vaut pas tripette. C'est la gorge ou la bite. La jugulaire demande trop d'efforts, et il vaut mieux être deux. Même si un miroir peut éventuellement faire l'affaire. Pas le mien. Alors je sors mon membre, insignifiant et fripé, inutile, porteur de mort depuis longtemps. Je tente de le faire grossir. Sans douceur. Avec conviction. Je cherche à obtenir une réaction mécanique qui fasse ressortir la grosse veine qui court de la base au sommet. J'essaie de penser à la grosse salope de la cité Ronsard. À son gros cul. Sa bouche de suceuse.

Mes mains couvertes de sang ont coloré ma bite en rouge et elle se dresse, incongrue dans ses nouveaux habits. La veine, elle, est intacte, vierge de tout sévice. J'y plante maladroitement l'aiguille et je dois m'y reprendre à deux fois, avant de la transpercer dans un gémissement de douleur. Alors, le plus délicatement possible malgré ce Parkinson momentané qui m'affecte, je tire sur le piston qui entraîne avec lui une goutte de sang clair. Je regarde avec gratitude ces arabesques monter en s'étirant dans une eau transparente car je sais que c'est le signe incontestable que le calvaire s'achève. Alors je projette le tout dans les méandres de mes trajets sanguins. Les paupières closes. Je profite de ce plaisir égoïste, vautré dans la pourriture et l'ignominie, recommençant une fois, deux fois, mille fois, jusqu'à ce que mon corps se relâche, que tout mon être se soit enfin dissous dans une jouissance improbable et que je m'effondre dans cette solitaire et bienheureuse extase, mon visage souillé de mille humeurs écrasé au milieu des poubelles éventrées. Froc baissé. Le cul à l'air.

*

La douleur a disparu. Elle s'est repliée dans je ne sais quel refuge caché, et mon regard embrumé se porte une fois de plus au-dehors, sur ce bout de ciel changeant et ses deux peupliers. Ils se balancent en cadence, légers, gracieux, noyés dans l'ombre, leur cime altière balayant les nuages. Je suis couvert de sang mais je suis bien. Rien à foutre. Dans l'univers cotonneux et chaud de la défonce opiacée, le sang n'est rien. La mort n'est rien. Et moi-même je ne suis rien. Joies et chagrins se succèdent dans une espèce de brouillard confus, un ballet macabre, et rien ne subsiste de tout cela, sinon parfois, au détour du chemin, un sentiment de gâchis irréversible qui me prend à la gorge. Nos vies de parias sont comme de frêles esquifs privés de gouvernail. Sans plus personne à bord. Elles sont ballottées au creux de flots tourmentés, secouées par des vents inconnus et changeants qui les mènent à leur gré vers des côtes plus ou moins hospitalières, incapables que nous sommes de changer ne serait-ce que la moindre virgule au récit chaotique de nos existences.

La nuit est tombée depuis longtemps déjà, et je laisse le ciel à la nuit et ses orages, décidant de compter mon fric, suprême satisfaction après autant d'efforts.

Je cherche un instant le sac avec mon blé et puis je l'aperçois au milieu des poubelles. Je le ramasse, en sors la liasse et je me mets à compter, effeuillant le magot du bout des doigts. Six mille balles ! Plutôt rare, comme butin. Ajouté au reste, j'arrive à près d'une barre cinq ! Dans l'euphorie du moment, je me prépare à aller taxer la télé portable de Boualem, mon voisin du dessous, mais je me souviens subitement qu'il y a du foot, ce soir. Pas la peine d'y penser. Alors je décide de passer de l'eau sur mes plaies avant de m'installer sur le matelas maculé avec mon poste de radio. La dope faisant office d'antalgique, je n'ai pas trop mal et je m'étends, décidé à laisser le sommeil m'envahir, un peu mieux armé pour faire face à une nuit de plus vers un réveil mortel.

*

Je suis un goéland. Silencieux et planant sous des nuages blancs, je monte et puis descends au gré des vœux du vent. Je suis majestueux. Libre et fier, j'observe les flots bleus juste au-dessous de moi. Je me rends, nonchalant, dans une île de joie. Lointaine. Dans cette chaude aurore, l'horizon vacille, incertain, juste avant que le soleil n'embrase tout de son regard incendiaire. Avec une vigueur et un entrain communicatifs, les premiers oiseaux s'interpellent en petits sifflements stridents ou en trilles harmonieux, tandis qu'au loin, sur la mer, un groupe de mouettes excitées et bavardes escorte une vieille barque dans un chahut qui me parvient à peine, leurs appels dispersés par une brise douce et parfumée qui froisse délicatement la surface des eaux. Ici, au bout du monde, des flots paisibles baignent des côtes escarpées, entrecoupées de criques inaccessibles. De petites plages tapissées de sable blanc devant lesquelles, parfois, un voilier blanc s'amarre.

Le ciel, turquoise, se confond avec le bleu de l'Océan et tout n'est que calme et harmonie. Ces images d'une autre vie se sont, au fil des ans, parées des atours pesants de la nostalgie et des regrets. Je voudrais m'arracher du sol et rejoindre sans effort ces oiseaux blancs et bavards, mais la frêle embarcation s'éloigne inexorablement, flou et incertain mirage. Fugace espoir qui s'amenuise à mesure qu'elle se drape de l'écume des vagues.

Mes ailes immenses ne veulent plus me porter et m'encombrent, maintenant.

Plus de plage. L'atmosphère, parfumée et sereine un instant plus tôt, s'enfle de façon soudaine, laissant place à un brouhaha. Spectateur, auditeur impuissant, je ne peux que subir et regarder ce décor de rêve prendre peu à peu l'apparence d'une scène d'horreur.

Les chants des oiseaux se muent en hurlements et l'Océan n'est plus, subitement, qu'horizon fracturé et cités en folie. Je pressens comme une malédiction dans ce ciel qui s'assombrit. Cette nuit qui cherche à tomber comme une chape de plomb sur mes visions de paradis. Les mouettes, que j'aperçois encore au loin, ont pris une forme indécise, kaléidoscope en noir et blanc, et c'est en cherchant à percer cette image que je comprends soudain que je connais ces… visages !

Je suis brusquement entraîné dans une farandole

morbide, une ronde assassine. Tournoyant autour de moi, le groupe de volatiles a pris sa forme définitive et ce sont les masques grimaçants de tous ceux qui pourrissent trois pieds sous terre. Les hommes et femmes que j'ai connus. Max, Clarence, Antoine, Vanille et Patricia, Sarah et Bastien, Khalid, Toufik, Hampton. François. Et tant d'autres. Ils me sourient de leurs bouches édentées, tendant leurs bras maigres et blessés vers moi comme pour me retenir loin de ce bateau qui s'éloigne toujours plus, minuscule et insignifiant, désormais, au pied de tours grises et aveugles.

Je me débats et je tente par tous les moyens de leur échapper, de les reléguer dans les entrailles fumantes de la terre, dans un coin oublié de tous, aux confins de l'univers. Je veux rejoindre le navire. Je sais que, sans lui, je vais rester ici, torturé et raillé par mes frères. Il faut que j'aborde des contrées paisibles. Une terre inconnue, hors de portée de ces monstres familiers qui s'obstinent à me hanter.

Puis c'est comme si mes prières avaient soudain atteint le cœur caressant d'une fée. Dans une métamorphose inattendue, un parfum depuis longtemps oublié se substitue à ces relents de guerre. C'est le parfum sucré d'une femme que j'ai connue. Que j'ai aimée. Au lieu de pantins désarticulés aux chairs flasques pendant sur des membres grêles, c'est son doux visage qui se présente à moi, avec ses longs cheveux où je blottis ma bouche. Son corps est souple et ferme. J'en connais les moindres sentiers et je m'abandonne à son étreinte, laissant sa chaleur me pénétrer tandis que des larmes de bonheur que je dissimule montent à mes yeux.

C'est en voulant passer mes doigts dans ses mèches

noires, embrassant son cou, que je sens une odeur répugnante se mêler à ce parfum que j'aime. Sa chevelure, subitement poisseuse, vient se coller sur mes yeux en m'aveuglant, comme autant d'algues visqueuses, et c'est d'une brusque secousse que je tente de m'écarter de cette pieuvre immonde, ce poulpe puant. Mais ce monstre pestilentiel m'enlace alors de deux, quatre, puis six bras noirs et démesurés. Je recule la tête et tends le cou en arrière comme un forcené afin de rompre ce contact ignoble entre ces plaies et ma peau, pour découvrir atterré une figure dévorée de vermine et si proche de la mienne que ma vue plonge au fond de ses orbites dévastées qu'entourent encore quelques lambeaux de chair. Inconsciemment, je sais que ces yeux étaient verts autrefois, et c'est cela plus que tout qui me terrifie. Je veux hurler mais cette vision me glace, quand tout à coup son rire éclate, imprévisible et vulgaire.

*

Inondé de sueur, hébété et à moitié terrorisé, j'ouvre brusquement les yeux sur un plancher pourri recouvert d'immondices. Encore à demi immergé dans mes visions cauchemardesques, le cœur battant la chamade, j'avise soudain le poste de radio qui crachote en sourdine. J'entends :

— Alors sérieusement, Béatrice Dalle, vous trouvez cette scène humoristique ?

— Ben ouais, à fond. C'est décalé et ça fait mouche. C'est d'la balle !

Écœuré, je retombe à bout de forces sur mon lit puant. Mais impossible de me rendormir. Cette conne m'a fait penser que j'ai la dalle, justement. Un coup d'œil sur le réveil m'apprend qu'il est dix heures et des miettes. Plus de piles. La faim m'empêche de dormir. Certaines choses paraissent dérisoires ou insignifiantes, mais lorsqu'elles sont récurrentes, elles vous minent irrémédiablement le moral. Ne jamais avoir de quoi bouffer en fait partie. Ne jamais avoir un centime aussi. Ça vous plombe petit à petit, de manière insidieuse. Jusqu'à devenir insupportable.

Les poubelles débordent autour de moi et les cafards sont à la fête. J'ai la nausée, les tempes qui battent et les nerfs à fleur de peau. J'entends vaguement un politicard quelconque expliquer qu'il ne se représente pas à la présidence de son parti. Qu'est-ce que j'en ai à branler ? Pauvre pantin de merde ! Tous les mêmes. Tous des chiens. Des fils de putes avec des langues de vipère. Au moins, dans la rue, on sait qui est qui. Pas de surprises. Pas comme cette race de sous-merdes et leurs airs à la con. Tout le temps à faire des promesses pour nous baiser ensuite. Pourquoi les caves sont si crédules ? Pourquoi ils se laissent faire ? Tous ces cons. Ils sont bien coincés, en vérité. Dans la merde. Avec des crédits sur le dos. Un boulot de larbin. Une femme trop stupide. Des gosses débiles et qui coûtent la peau du cul. Des chaînes. Putain de moutons ! Même si le piège est fourbe et bien tendu, luttez, putain !

Et je m'emporte pendant que continue la litanie des horreurs. Que des nouvelles déprimantes. Des flics spécialistes des menaces et de l'intimidation, bien cassés au pastis ou à la bière et qui vadrouillent en commandos, la main sur le flingue au moindre pet de moineau, toujours prêts pour une petite bavure bien torchée. Comme eux. Tout le monde a les nerfs à vif. Les gens se regardent en chiens de faïence, et la faïence, comme tout le monde le sait, c'est fragile. Quant aux chiens, ça peut mordre. On est dans une merde noire, ici. Les arrivistes, ces pourris qui nous gouvernent, semblent prendre plaisir à la faire gicler. Pas un pour rattraper l'autre.

Ça dégénère de plus en plus et nos cités continuent à se faire zones de non-droit où tous les coups sont permis. Pas la peine de venir me dire que je ne montre que le mauvais côté des choses, l'image d'une banlieue dangereuse et glauque. Celui qui me dit ça, je l'emmerde. Je lui suggère de naître ici, dans les poubelles et la crasse. Je lui propose de faire ses courses chez Leader-Price. Les jours où il aura assez de fric, évidemment. De laisser les dents de ses mômes se gâter et leur santé se dégrader, faute de blé. De rentrer chez lui en baissant la tête. En priant qu'un des branleurs qui squattent dans son hall n'ait pas l'envie soudaine de lui défoncer sa petite face de lèche-cul. Gros pédé qu'il est à pisser dans son froc. Je lui conseille surtout, pour finir, de fermer sa grande gueule, parce que je n'ai pas envie de l'entendre et encore moins de l'écouter.

Bientôt, comme aux États-Unis, il suffira que dans une pub comparative débile une voiture blanche l'emporte sur la noire pour déclencher une émeute raciale.

Tant qu'on n'est pas capable d'appliquer à soi-même les bons conseils que l'on distribue aux autres, il est préférable de fermer sa bouche, c'est moi qui vous le dis. Lorsque les politiques auront des tripes, de vraies convictions, une conscience et une paire de couilles pour aller avec, c'est ainsi qu'ils feront. Ils gouverneront par l'exemple. De la même manière, les parents devraient bien faire attention, car il n'y a que les actes qui comptent, ici-bas. On peut asséner mille fois une vérité première, si elle ne se traduit pas par l'action dans notre vie, on prêche dans le désert.

Moi, je ne fais plus partie de ce monde. Je suis ici, dans ce trou minable et sordide. Seul. Personne à qui dire ma souffrance et ma peine. Mais je suis déjà si éloigné de cette société étrange et malsaine. Ses règles m'échappent. D'aussi loin que je me souvienne, je me suis senti un étranger sur cette terre. Pour les autres, c'est moi qui suis laid et morbide. Mon univers les révulse. Il les effraie plus que tout. La maladie. La mort. La drogue. Les vols et la violence. Je comprends. Et eux ? Me comprennent-ils ne serait-ce qu'un peu ? Si c'est le cas, ils auront peut-être appris quelque chose d'utile. Mais qu'on ne s'y trompe pas. Je ne cherche pas la pitié. Je ne me cherche pas d'excuses non plus. C'est juste pour qu'ils meurent un peu moins cons. Par charité.

Je suis en train de tourner et retourner l'arme entre mes mains. Je suis allé la sortir de sa cachette sans trop savoir pourquoi. En repensant à Cathy, sûrement. J'éjecte le magasin. Elle est chargée. Une bouffée de chaleur soudaine m'envahit et un picotement étrange, encore une fois, se saisit de mes extrémités. Le bout de mes doigts devient insensible et j'ai le front brûlant. Je sens le flingue glisser de ma main et je l'entends chuter, au ralenti, avec un bruit sourd. Je ferme les yeux. J'ai la nausée, le vertige, ma tête résonne en tournant. Je déglutis difficilement et l'angoisse me prend. Le son du poste me parvient étouffé, comme venant de loin et à travers un mur de coton.

*

Quand je reviens à moi, je suis allongé à plat ventre, une joue sur le sol poisseux et une odeur de gerbe monte immédiatement à mes narines. J'ai dû perdre conscience. Une petite flaque jaunâtre s'étale devant mon nez et je peux distinguer de minces filets rouges au milieu. Je ne comprends pas ce qui s'est passé. Il fait nuit noire, chape lugubre, et un immense désespoir se met à m'étreindre le cœur d'une poigne de fer. Une nostalgie indicible, une irrépressible envie d'être à nouveau un tout petit enfant. Un besoin infini d'être serré entre des bras aimants, de sentir mon cœur battre encore un peu. D'être aimé.

Je suis si sale ! Je pue. Je me suis laissé aller, c'est sûr. Je ne me lave plus. J'ai le nez collé au plancher. Machinalement, comme un réflexe de survie, je tourne les yeux vers la fenêtre. Mon bout de ciel est obscur et les deux peupliers sont presque invisibles, ombres dressées comme un rempart, un rêve fou qui me protège, vaguement baignés du halo roux d'un réverbère, robe fragile de lumière, alors je ferme les yeux. Des idées de mort dansent dans ma tête. Une folie sourde et muette qui frémit au diapason de mes pensées. Des pensées qui me ramènent une fois de plus en arrière. En un temps de deuil.

8

Avant

Le décès d'Antoine et l'arrestation de Clarence, l'issue fatale de ce braquage insensé, sans être un véritable électrochoc, nous avait quand même foutu un coup au moral. Pour nous, contrôleurs, vigiles, contractuelles, convoyeurs de fonds, agents de sécurité, tous n'étaient que de la flicaille. Des larbins. Quand on pouvait en allumer un… Mais ce n'était pas à sens unique et là, ils nous avaient fait mal. Pourtant, la vie et sa routine oppressante allaient rapidement reprendre le dessus, et plus ou moins vite, telles des gouttes d'eau sale réunies en un flot boueux et entraînées vers un siphon noir et puant, nous allions suivre le même chemin que tous les autres.

Étrangement, semble-t-il, après 1981, la came s'est retrouvée pour ainsi dire partout, investissant les cités pour se répandre ensuite à travers le pays. C'est au cours de ces années que j'ai pu voir la plupart de mes potes tomber aux mains de cette pute. Trouver de la dope n'était plus qu'une question d'argent. Et de l'argent, il y en avait partout. Il n'y avait qu'à se baisser. Alors que quelques années auparavant ils n'étaient qu'une poignée à y avoir goûté, comme ces quelques babas, des routards qui s'étaient accrochés en Inde et qui dealaient pour repartir, en l'espace de deux ou trois ans, nous avons tous été touchés.

En 1980, cent mille Soviétiques occupent l'Afghanistan pour lutter contre les moudjahidin et ceux-ci sont sans doute armés et financés grâce à l'argent de la came qui déferle soudain sur les pays occidentaux. Mais le pire, c'est qu'à cette époque, les seringues n'étaient pas encore en vente libre. Et elles ne le seraient pas avant longtemps.

À cette époque, il n'y avait pas trente-six solutions, pour trouver des pompes. C'était soit une boîte de Ribomunyl, soit un antitétanique Pasteur. Un vaccin. Dans les deux cas, putain, c'était cher. Quarante balles. Alors qu'avec dix feuilles, on se faisait un shoot. On ne pouvait pas en acheter une à chaque fois qu'on voulait se cartonner, c'est clair. Alors on se les passait. Mais ce n'est pas tout. Ces pompes étaient à usage unique et nous, on pouvait dépasser facilement les cent fixes. Voilà comment.

Lorsqu'on arrivait dans une cave, le lieu qu'on privilégiait pour se défoncer, et que le piston de cette putain de pompe, dont on s'était déjà servi un paquet de fois, refusait de glisser correctement, on se l'enfonçait dans les oreilles, qu'on avait souvent crades. On le lubrifiait pour qu'il serve encore quelque temps. Mais un jour venait où le petit caoutchouc noir qui sert d'embout refusait définitivement de remonter. Il se détachait et restait coincé au fond de la seringue avec un petit bruit sec et caractéristique qui nous mettait en transe. L'angoisse ! Alors on crachait dans la pompe et on le tirait délicatement, avec des gestes de démineur, avant de fixer autour un bout de fil arraché à nos sapes. Un coup de cire naturelle et ça repartait pour encore quelques défonces. De là l'hécatombe qui avait suivi chez les toxicos. Mais même quand on avait du blé, on ne mettait pas quarante balles dans une pompe. Pourquoi on l'aurait fait ? Si, on se méfiait bien des hépatites, la B, surtout. C'est la seule qu'on connaissait. Quand l'un d'entre nous virait au jaune citron, on ne prenait pas son matos. Ça n'allait pas plus loin. En plus, en manque, j'en connais pas beaucoup qui auraient refusé une pompe. Et quelle que soit la couleur du type.

*

Carole et moi, nous semblions faits pour nous entendre. Au début, on se voyait à l'occasion parce qu'elle habitait dans Paris, avec son père, mais assez rapidement, nous avons eu envie de nous retrouver ensemble plus souvent. On ne travaillait ni l'un ni l'autre. C'était facile.

Après la mort d'Antoine, on peut dire que j'ai fait un mini-break, mais de toute façon, je n'étais pas encore vraiment tombé dedans. Quelques lignes, des boulettes d'opium, sans plus.

Comme on commençait à taper les apparts et les pavillons cossus, on se faisait un max de blé. À cette époque, je traînais avec le Batave, Stephen, et Momo, le petit frère de Rachid, nous accompagnait souvent. À l'instar du petit Max, sa taille lui permettait de passer par des endroits que nous n'aurions jamais pu investir sans lui et que les caves ne pensaient pas à verrouiller à cause de ça, justement. Il était agile et souple comme un singe. Il pouvait faire ce qu'aurait fait un gamin de douze ans. Avec le vice en plus.

Au départ, il ne se défonçait pas. Juste la fumette. Momo a vu le jour ici. Chez nous. Mais ses parents sont nés au bled et ont vécu à Nanterre, dans les premiers bidonvilles qui accueillaient les travailleurs immigrés en ce temps-là. Par chance, il est venu au monde après leur démolition, dans les grandes tours qui ont été construites à la place. Pourtant, une vingtaine d'années plus tard, rebelote, ce sont les tours qui valsaient, insalubres nids à racailles et plaque tournante du trafic de drogue. Un jour, il a atterri à Cachan et il s'est vite intégré à la bande de tarés en puissance que nous formions.

Il traînait souvent chez Ginette, le bar du foyer, à Châtillon. C'était le seul bistrot qui lui faisait encore des chromes. Il était tout petit et devait peser cinquante kilos tout mouillé. Son strabisme faisait qu'il n'avait pas l'air tout à fait franc, à ne jamais vous regarder bien en face. Quand il était farci, le globe se barrait carrément en couille en se coinçant sur le côté. À l'époque où il avait encore toutes ses dents, il avait le même sourire de faux derche qu'Eddy Murphy. Aujourd'hui, ça le fait plus, comme on dit. C'était un malin. Fourbe et peureux à jeun, il était inconscient et bravache défoncé. Agressif et parfois violent, même. C'était un sacré vicelard, dans son genre, mais pas très futé.

Rachid, lui, traînait souvent ailleurs, depuis peu. Je ne savais pas où, et Momo ne semblait pas le savoir non plus. Je crois qu'ils étaient en froid. À chaque fois que j'abordais le sujet, je voyais Momo tirer la gueule. Il esquivait toujours. Le Batave, Stephen, on l'avait rencontré rue Myrha, à Paris, un jour où on cherchait un plan. À cette époque, on n'allait pas encore se dépanner dans les autres banlieues. On allait à Barbès ou Belleville, Pigalle… dans Paname. Il nous avait branchés avec un mec, la came était bonne, alors on s'était revus et peu à peu, on avait sympathisé. Comme je l'ai dit, c'était un tapeur. Un beau jour, je lui ai présenté le Portugais.

On ne se démerdait pas trop mal et à force d'aller sur le plan de la rue Myrha, Stephen a proposé qu'on fasse équipe. On s'entendait vraiment bien. Rachid venait moins, mais il a quand même masqué sévère, sur ce coup-là. Il a eu les boules que j'amène le Batave chez le fourgue, José. Mais c'était comme ça. L'opportunité.

Par la suite, j'ai compris que nous, on avait beaucoup de chance. On travaillait le plus souvent au pif, et c'est parce qu'à cette époque les gens n'étaient pas encore si méfiants qu'on revenait les poches pleines. Stephen, lui, il travaillait en artiste. Au nez. Pas au pif. Et ça faisait une sacrée différence. Il avait un sixième sens pour mettre la main sur le pactole. Toujours est-il qu'on a commencé à aller taffer ensemble. À ce moment-là, Rachid a disparu pour de bon. Rapidement, on s'est mis à dealer grâce à Traoré, un Béninois à qui on avait acheté de l'herbe une fois et qu'on allait voir souvent, depuis. Pour ma part, je me foutais encore de la came, mais je crois bien que le Batave avait déjà plongé, lui. Rachid, pareil. Il traînait vers Malakoff et la porte de Vanves. Il ne pouvait pas encadrer Stephen. Et puis il s'est embrouillé sérieusement avec Momo. Je n'ai pas compris pourquoi, sur le coup. Je m'en foutais. Je n'aurais pas dû.

Tout est parti de Paris, avant d'investir la banlieue. C'est peut-être à cause de ça que Stephen nous avait devancés. Quant aux autres, ils connaissaient du monde dans la capitale. Comme Rachid et le Mex, qui traînaient avec les mecs de Vanves.

Très vite, nous avons été pleins aux as. Carole ne participait à rien de tout ça. Je ne lui donnais aucune explication quant à l'origine de l'oseille et elle ne me posait pas de questions. Elle savait pour l'herbe, forcément, mais pas pour les baraques qu'on cassait. Un jour, j'ai décidé de lui proposer de partir de chez son père et de prendre un appart. J'en avais marre des rencards à la sauvette et des plans dans la caisse ou à l'hôtel. Elle a dit oui.

On ne pouvait pas passer par les agences parce qu'on payait tout en cash. Nous avons demandé autour de nous pour finir par louer un duplex rue Didot, au numéro 7, chiffre qui, je le pensais, était un signe de bon augure qui nous porterait chance. Quel blaireau je faisais ! Une buse. On a dû filer six mois de loyer d'avance parce qu'on payait en liquide. Comme caution.

Carole s'offrait les sapes qui lui faisaient envie, quand elle en avait envie, ce qui voulait dire souvent. Elle s'habillait avec des robes longues et colorées, des minijupes, ou en jeans et blouson d'aviateur. Elle aimait bien les chapeaux, aussi, et si je ne lui en ai pas connu cent, je n'en ai connu aucun. De toutes sortes. Des casquettes, des bérets, des bonnets, des bobs…

Le soir, on sortait systématiquement faire la nouba. Je n'avais pas de permis de conduire mais je m'étais payé une 205 GTI 1,9 litre. Pour l'assurance, c'est un cousin du Gros-Louis, Mario, qui m'a tapé la carte verte à la machine. On allait se la péter dans tous les restos chics de la capitale dans lesquels on jouait les bourges, à se faire obéir au doigt et à l'œil par des loufiats serviles. Pascal était serveur à la Tour d'argent et on y est allés aussi. C'est dire si on était blindés. La gueule qu'ils ont faite. Mais malgré nos manières, personne ne bronchait. La caillasse cadenassait leur bouche. Ensuite, si Carole voulait danser, et c'était rare qu'elle refuse, on écumait les boîtes branchées où la bouteille de sky tape les cent sacs. Si elle était fatiguée, on allait au cinoche ou à la Paillote, petit cabaret de jazz de la rue Monsieur-le-Prince où on pouvait fumer des spliffs. Au pire, si on était trop claqués, on restait à la maison et on glandait devant la téloche.

Il nous arrivait aussi de passer la nuit à fumer des joints au Déjazet, un cinéma qui ouvrait vingt-quatre heures sur vingt-quatre et dont la programmation sortait de l'ordinaire. J'ai vu notamment deux films qui m'ont marqué. Le superbe *Un après-*

midi de chien, avec Al Pacino je crois, et *Punishment Park*. Si le premier nous avait plu, le second nous avait sidérés.

C'était un des premiers films tournés à la manière d'un reportage, ce qu'on ignorait encore. L'histoire raconte l'aventure de militants pacifistes qui se sont fait gauler, et à qui on propose un deal. Soit ils se chopent une longue peine de taule, soit ils passent par ce « Park » à la con.

Ce « Punishment Park » portait bien son nom. Un désert à perte de vue, avec, çà et là, un pauvre cactus aigri et solitaire. Une chaleur à crever. Du vent. Des vautours à la con qui semblaient comme désœuvrés à tourner dans le ciel d'un bleu limpide. Les flics, de bons cow-boys du Sud bien fachos et bien racistes, leur laissaient une douzaine d'heures d'avance. Les types devaient atteindre un point donné dans le désert. Un drapeau, si j'ai bonne mémoire. Celui qui y parvenait sans se faire serrer ressortait libre. C'était ça, le deal.

Tout le film montre la tentative désespérée de ces pauvres mecs pour atteindre ce putain de fanion. En fait, les flicards sont en Jeep et ont des fusils à lunette. Pour abréger, sur les quatre ou cinq, tous se font buter sauf un. Il arrive jusqu'à la marque après un périple atroce et dans un état impossible. On sent bien que c'est la fin du film. On voit les condés aller vers lui, tout sourires, et on se dit : « Cool pour lui. » Mais là, bordel, un des flics épaule et lui colle une balle dans la tête !

Déjà qu'on n'aimait pas trop la flicaille, pour le coup, on était sciés. Les pourris !

C'est vingt ans plus tard, dans un reportage télévisé, que j'ai appris que ce n'était qu'une fiction.

*

Pendant longtemps, Carole et moi avons filé le parfait amour. Nous n'avions aucun souci et nous sortions tous les deux, nous suffisant à nous-mêmes. J'étais amoureux pour la première fois et ça me plaisait. On déconnait bien ensemble. Carole n'avait pour ainsi dire pas d'amis. Je n'en ai jamais rencontré, pour ma part. Ça ne faisait pas si longtemps qu'elle était en France et sa famille comme ses amis étaient à Madagascar.

Peu à peu, les copains du quartier ont commencé à passer le soir à la maison et de fait, cela a limité nos petites escapades en amoureux. J'avais un appart et pas eux. C'était normal qu'on s'y retrouve. Les soirées prenaient une autre tournure. On déconnait comme des mecs peuvent déconner entre eux. Il faut dire qu'à cause du business, qui avait pris pas mal d'ampleur, il y avait foule, aussi. Comme la journée on était toujours en vadrouille ou sur des coups fumants, on ne dealait que le soir. Carole était presque toujours la seule gonzesse, mais elle ne prenait jamais ombrage de nos délires. Au contraire, même. Elle recevait tout ce petit monde qui lui était étranger avec sa gentillesse habituelle. Elle nous faisait à manger, leur offrait à boire. Pour ma part, il m'arrivait de décider de sortir avec les autres et de rester pieuter chez Traoré, notre deal d'herbe, qui m'avait à la bonne. Je ne pensais pas à mal, mais Traoré était un tel queutard que parfois, quand deux petits lots nous tombaient dans les bras, je ne pouvais pas tenir la chandelle. J'aurais eu l'air de quoi ? J'y allais toujours tout seul. Dans tous les cas. Il aurait essayé de se faire Carole, sinon. C'était plus fort que lui, ça.

J'étais irresponsable et j'aimais sans doute trop la fête, déjà. Plus que Carole ? Au vu du résultat, je me pose la question. Qui sait, pourtant ? Et puis peut-on appeler ça la fête ? Je ne sais même pas ce qu'elle est devenue, après être tombée si bas. Mais même si j'avais voulu, ce qui n'était pas le cas, je n'aurais pas pu emmener Carole avec nous. Nos délires étaient trop barrés, c'était trop risqué et on ne mêle pas les affaires et les sentiments. C'est ce que je croyais encore.

*

Que depuis la mort d'Antoine j'aie pris un peu de recul, ça peut prêter à sourire, voyant ce qu'on faisait, mais j'y croyais. Ce n'était pas le cas de bon nombre de mes potes. Ils commençaient à aimer la dope. Au départ, ils ne savaient même pas qu'on pouvait s'accrocher. Le découvrir avait été pénible. Certains se retrouvaient souvent en garde à vue, voire au ballon. Carole observait ce microcosme hétéroclite avec curiosité. Tout cela était nouveau pour elle. Plus que pour n'importe qui d'autre. Après de longs mois de dur labeur, c'est en plein automne et alors que l'hiver s'annonçait rude et en avance que nous avons décidé de partir au soleil.

On a confié les clés de la baraque à Stephen, en qui nous avions confiance, et on s'est barrés.

NOSY BE ! Le paradis. Située dans le canal du Mozambique, en plein océan Indien. C'est là que nous sommes allés. J'ai émis la possibilité de passer voir sa famille qui se trouvait à Toleara, ce grand port dans le sud de l'île, sa mère, au moins, mais allez savoir pourquoi, j'ai essuyé un refus sec et définitif. Et on est allés à l'opposé.

Je suis conscient aujourd'hui que je ne vivrai plus jamais ce que nous avons vécu là-bas. Et pour cause. Mais je savais déjà, alors, que jamais plus un tel bonheur ne me serait permis. Ne me demandez pas pourquoi. Je l'ignore. Mon pote d'enfance, François, la première fois qu'il a ressenti le manque sans savoir ce que ça pouvait bien être, a pris ça pour une espèce de grippe. Un soir, en rentrant chez ses parents, il s'est exclamé :

— Je sais pas c'que j'ai, mais j'ai l'impression que j'vais l'avoir toute ma vie !

Il avait seize ans. Toute la vie, ça n'a pas été longtemps. Pourquoi a-t-il dit ces mots étranges ? Et quelle prémonition ! Il n'en est jamais sorti. Il est mort d'une overdose un soir de Noël. À vingt ans.

Nos journées étaient idylliques. On se levait tôt et on prenait le petit déjeuner sur la terrasse du bungalow, à deux pas de la plage, du sable blanc et de ses cocotiers. La mer était comme une flaque d'huile et de petits rouleaux turquoise coiffés d'écume venaient s'échouer presque à nos pieds. Ensuite, repus, on se roulait un gros pétard d'herbe locale et on sillonnait l'île de long en large avec le 4 × 4 loué pour l'occasion. C'est une île volcanique. On prenait des routes bordées de plantations de canne, d'indigo, de café, mais aussi de riz ou de sésame. L'île aux parfums. On l'appelle comme ça à cause des fleurs d'ylang-ylang qu'on y cultive. J'apprenais à conduire à Carole et elle a failli nous foutre dans un ravin un jour où on était partis vers le mont Passot. On allait dans la forêt. Une putain de jungle. La taille des plantes et des insectes me foutait les jetons et elle me chambrait :

— Il flippe le Titoubab. Ouuuuh ! Il a peur. Petit Toubab... Ouh, ouh ! Je suis là.

Alors je me lançais à sa poursuite entre les arbres, butant dans les racines et me cassant la gueule, mais je finissais par la choper, parce qu'elle avait pitié, et on roulait par terre en éclatant de rire. On trouvait des coins isolés qui surplombaient la mer où nous fumions et faisions l'amour, encore et encore. En bas, suivant les heures, les flots bleus se drapaient d'or ou d'argent. Le soleil, sans se presser, venait chaque jour y mettre le feu, transformant ces eaux turquoise en un bain pourpre en fusion. Nous suivions des yeux, en rêvant, les barques des pêcheurs qui s'éloignaient, nonchalantes, le long du récif, pourchassées par des mouettes intrépides qui tournoyaient, frôlant leur voile. On laissait le soir venir doucement nous surprendre, enlacés, endormis parfois, bercés par la beauté du monde. Là, dans ces moments de paix, de désir intense, nous nous étions juré de ne jamais nous séparer. De nous aimer toute la vie. Ce mois hors du temps est passé trop vite.

À notre retour, bronzés et en pleine forme, tout

allait pour le mieux. On avait bien perdu quelques clients du fait de notre absence, mais ils reviendraient rapidement. Stephen avait assuré, l'appart était nickel. Il avait bien l'air un peu pâlot, fatigué, mais, dans l'ensemble, les choses étaient telles que nous les avions laissées. Pourtant, sans prévenir, les coups allaient bientôt commencer à pleuvoir.

9

Avant

Tout le monde se défonçait, à présent. Les mois passaient, irréels et obsédants. Je traînais avec des mecs qui piquaient du nez toute la journée et qui ne parlaient plus que de ça. Mes copains. Plus le temps passait, et plus j'acceptais de me cartonner avec eux. Mais pas de shoot, encore. Ce qui a retardé l'échéance, c'est Carole. Je culpabilisais. Elle ne savait toujours pas que j'avais touché à cette merde. La journée, il fallait aller en repérage ou choper des infos. Après, aller taper. Le deal d'herbe s'était considérablement développé et j'avais lâché le morceau à Carole. J'avais besoin d'elle pour s'occuper de ça tant que ça ne dépassait pas un kilo. Au-dessus, on ne savait jamais ce qu'un charlot pouvait tenter, malgré notre réputation. Je n'avais pas fait un seul break par rapport à la dope, durant les trente derniers jours. Momo s'était mis dedans et traînait sans cesse avec nous. À force, comme il n'arrêtait pas de nous gonfler, on avait fini par le tourner. Ces mois-là, on ne les a pas vus passer. La fin août arrivant, je me suis dit qu'on allait se tirer sur une île, comme la fois précédente. Pour se retrouver. Souffler un peu. On a choisi la Grèce. C'est Stephen qui nous a accompagnés à Orly. Avant de prendre l'avion, je me suis fait un dernier rail dans les chiottes de l'aéroport. Mauvais signe.

Le lendemain soir, en attendant le bateau qui devait nous emmener du Pirée à l'île de Naxos, j'ai commencé à me sentir bizarre. J'ai soudain eu l'impression qu'un million d'aiguilles me transperçaient le corps. Je me suis mis à transpirer et à frissonner dans mon duvet alors qu'il devait bien faire trente degrés. Je bâillais sans interruption et mon nez n'arrêtait pas de couler. Je me tordais dans tous les sens. Beaucoup de gens dormaient dans le parc qui jouxte les agences et les compagnies de transport maritime. Ça jouait de la musique, fumait des joints, faisait l'amour. C'était gentil tout plein. Moi, j'étais mal. Carole a diagnostiqué une grippe, mais je savais bien que c'était autre chose. Cette première attaque de la came sur mon organisme n'a duré que deux jours, et malgré une petite fatigue, je l'ai oubliée par la suite. Enfin, presque. Notre séjour a été agréable, mais je me surprenais parfois, au moment le plus inattendu, à penser à cette salope. J'avais du mal à profiter pleinement de notre escapade. On aurait dit qu'il y manquait quelque chose. Les petites maisons blanches aux volets bleus comme le ciel, les vieilles en noir, en grappes au coin des rues, la mer turquoise, le temps idyllique, la douceur du vent, les jolies filles cheveux au vent… tout cela n'arrivait pas à me captiver vraiment. Puis on a reçu un coup de fil de Stephen. On s'était fait casser.

À la fin du mois d'octobre, nous sommes rentrés à Paris, mais ce coup-ci, la situation avait changé. Il ne restait plus rien dans la maison. Ça nous a secoués. Pas à cause des objets, bien sûr, parce qu'on aurait vite fait de tout remplacer, mais parce qu'on savait que c'était des mecs du coin et qu'on les connaissait probablement. Enfin, moi, toujours.

Non ! ce n'était pas Stephen ! C'était un artiste et ça, ce n'était pas beau. Je pensais plutôt à un jaloux ou un tox. Ou bien les deux. L'hiver, encore une fois, est arrivé vite, et après le soleil et la mer, c'était plutôt dur. Noël est passé. François est mort. J'ai bien cru ne pas m'en remettre.

*

Les junkies se réjouissent de Noël pour une seule raison : c'est une occasion de voir tomber le blé du ciel sans avoir à se casser le cul. La famille lâche deux, trois thunes. Plus tard, il y aura le fric offert par le département grâce à une mesure de M. Pasqua. La prime de Noël. Pour que toutes les familles puissent célébrer dignement cet événement. Mille cinq cents balles. Les deals nous feront des chromes aussitôt l'annonce faite dans les médias.

Nous, pour le réveillon, on fait comme si on était des gens normaux. On prépare une fête à laquelle on s'invite entre nous, les camés, et on achète à boire et à bouffer. Pour faire genre. Parce que ce qui compte, c'est la coke et la dope qu'on va s'envoyer. On met trois francs dans la bouffe et deux mille balles dans la défonce. On se cotise et ceux qui n'ont rien, on les tourne. C'est Noël, quoi. Au début, tout se passe normalement, mais au fur et à mesure que les mecs défilent aux chiottes ou dans la salle de bains, l'ambiance se dégrade et devient inexistante. Pour finir, ce ne sont plus que des ombres assoupies et muettes, des zombies indécents qui renversent verres et bouteilles et brûlent les canapés en piquant du nez, une clope ou un joint à la main.

J'étais du matin jusqu'au soir à zoner pour trouver des plans, des apparts à casser, de la maille. Carole restait de plus en plus souvent livrée à elle-même, seule à la maison. Stephen avait changé, il venait de plus en plus souvent défoncé pour aller au chagrin, et si cela n'enlevait rien à son intuition, moi, ça me donnait envie, et lentement mais sûrement, je me suis mis à l'imiter. C'était tellement plus facile. Et puis c'est con, mais la came nous tenait chaud. Il pelait grave, cet hiver-là. Il a même fait moins dix-sept degrés ! Tant et si bien qu'au printemps, je ne pouvais plus aller au turbin sans avoir pris quelque chose. Stephen passait me chercher avec sa Rover parce qu'il n'aimait pas être conduit. Je laissais la 205 à Carole, qui avait eu son permis. On buvait un café ou une bière avec elle, suivant l'heure, et on décollait. Parfois, quand c'était utile, Momo nous accompagnait. Ça arrivait de plus en plus souvent, d'ailleurs. Je me suis dit que Carole devait lui faire de l'effet, comme aux autres. Si j'avais pu savoir à quel point je me trompais. Peut-être que rien de tout ça ne serait arrivé.

La première chose, c'était d'aller sur un plan. Je mettais de l'oseille de côté sans le dire à Carole, juste pour la dope. Tant qu'on n'avait pas trouvé ce qu'on cherchait, on ne lâchait pas l'affaire. Nous ne pouvions tout simplement plus aller taper à jeun. Je crois que l'ambiance pesante de cette banlieue nous faisait disjoncter aussi, l'air de rien. On se faisait bien chier et à force de gamberger, on finissait par fairc des conneries. Qu'est-ce qu'on aurait bien pu foutre ? Livrés à nous-mêmes, sans fric, au milieu des tours... nous étions désœuvrés, oisifs et démunis. Les autres, à notre âge, faisaient des études ou bossaient déjà. Nous, on tournait en rond. En boucle. Comme un vieux disque rayé, on répétait sans cesse la même rengaine et sa sale mélodie, son sale refrain.

Je dissimulais tout à Carole. La came, je veux dire, parce qu'elle avait bien compris que pour l'oseille, ça ne tombait pas du ciel. Je me shootais à l'arrière du bras pour qu'elle ne remarque rien. Ni elle, ni les condés. J'avais sauté le pas et les rails ne me suffisaient plus. Je faisais gaffe. Elle ne savait pas que chaque matin on allait pécho, mais ça devenait plutôt coton à dissimuler. Je croyais y arriver. Pourtant, je passais des heures à me gratter. Je piquais souvent du nez sans vergogne et prétexter la fatigue ne pouvait pas marcher éternellement. De toute manière, quoi qu'on puisse faire, avec ça, on n'est plus le même. La came se sert de notre bouche pour fumer des clopes à la chaîne et dire des conneries, alors c'est pas évident. Elle se sert de notre corps pour en faire une épave et prendre son plaisir. Elle utilise notre esprit d'où, installée confortablement, elle dirige tout et pourrit notre existence. De l'extérieur, c'est à ce point flagrant. Mais nous, on ne s'en rend pas compte. On croit au contraire qu'on maîtrise. C'est affligeant.

Pas à pas, je rejoignais le clan des camés. Antoine, Vanille, Rachid, François… Je commençais à comprendre dans ma chair ce qui les avait à ce point possédés et tués. Pourtant, comme les autres, si quelqu'un se risquait à me le faire remarquer, je disais :

— J'suis pas accro ! Où tu vas, toi ?

Au fond de moi, je me disais qu'elle ne m'aurait pas si facilement. Petits bouffons vaniteux que nous sommes tous. Puis un jour, je suis rentré crevé et démoralisé. On avait sûrement dû galérer plus que d'habitude et peut-être que pour finir, on avait chopé une dope à moitié naze. Peu importe. Je déprimais. J'ai dit à Carole :

— Dis, puce, tu m'trouves pas chelou, depuis quelque temps ?

Elle m'a semblé perplexe, sur le coup, et je me souviens d'avoir pensé qu'elle ne voyait pas de quoi je parlais. Au fond de moi, j'avais décidé de tout lui dire. J'étais fatigué de mentir, de faire le faux. Elle était assise dans le canapé du salon et elle coiffait ses longs cheveux en se regardant dans le miroir, sur le mur. Sade chantait « Smooth Operator » de sa voix de velours et elle chantonnait avec elle. La courbe de ses reins, sa taille fine, sa poitrine insolente… elle était belle. J'ai croisé son regard. Elle a souri.

— Non. Pourquoi tu dis ça ?

— Pour rien, comme ça. Tu trouves pas qu'j'ai changé ?

— Tu seras toujours mon Toubab, mon chat.

— Putain, arrête avec Toubab. Alors ?

Elle a posé la brosse dont elle se servait sur le divan, s'est levée, gracieuse et souple, et elle s'est approchée de moi de sa démarche de féline. Elle a passé sa main dans mes cheveux et a planté ses prunelles sombres au fond de mes yeux.

— P'tit Blanc ! Tu m'feras goûter à ton truc, un jour ?

J'en suis resté muet. Interdit et coi comme un gamin surpris par sa mère en train de se tripoter.

— Quoi ? j'ai bredouillé, comme un naze.

— Chéri… j'te connais trop.

J'ai tenu bon. Pas longtemps. J'ai tellement honte de ça. Mais je ne peux pas le passer sous silence, même si j'en ai trop envie. Elle m'a tanné méthodiquement, chaque jour un peu plus. Elle a commencé à faire la gueule quand je rentrais cassé. Ces soirs-là, ce n'était même pas la peine de tenter une approche. Elle faisait comme si je n'existais pas. Alors moi, je fermais ma gueule et je piquais du nez devant la télé. Si j'avais trop les boules, je sortais avec les autres et je ne rentrais que tard dans la nuit, voire pas du tout. J'allais chez Traoré.

Ensuite, en plus de tirer la gueule, elle s'est mise à me culpabiliser. Elle disait :

— T'es vraiment trop dégueulasse ! Tu penses qu'à toi. Qu'est-ce que j'fais, moi, toute la journée, à part vendre de l'herbe et regarder la télé ? Tu parles d'une vie !

— C'est grâce à ça qu'tu peux t'saper et bouffer tous les jours, quand même, Caro !

— Parce que tu crois que j't'ai attendu, pour ça ?

— Putain, Carole ! Tu fais chier, merde !

Puis un jour où nous avions le même genre de dialogue de sourds et qu'elle me saoulait encore avec la dope, elle me dit soudain :

— D'toute façon, j'peux en trouver sans toi.

Elle en était capable et la plupart des crevards autour de moi se seraient fait un plaisir de la dépanner. Et de la sauter, pourquoi pas ? Elle les rendait tous fous. On commençait à s'éloigner l'un de l'autre, mais ça n'expliquait pas tout. Ça me tuait de devoir céder. Comment dire à quelqu'un de ne pas faire une chose sous prétexte que c'est nocif et mortel, alors que de toute évidence ça vous procure un vif plaisir ? À tel point, même, que vos journées se passent à courir après ? Cherchez pas. C'est impossible. Elle m'accusait d'être un salaud égoïste et de claquer tout le blé pour moi. Si elle avait pu voir un mec en manque, ça l'aurait peut-être dissuadée ?

— Parce que tu fais quoi, toi ? Tu l'bouges, ton cul ? C'est moi qui cours partout comme un naze.

Ouais. Ça dégénérait. J'ai hurlé, tenté d'expliquer et essayé le silence, l'indifférence et la violence et… j'ai cédé. Désormais, si je me faisais un shoot, elle se tapait une ligne. J'ai catégoriquement refusé de lui planter une pompe dans le bras.

Être deux dans cet état nous a procuré du plaisir. Au début. Nous pouvions faire l'amour des heures durant. Sans blague ! Mais sans volupté, non plus. Il n'est pas possible de prendre de la came et son pied. C'est comme une antinomie. Des pôles qui se repoussent. Et puis c'est devenu difficile. Carole, sur laquelle la dope avait un effet étrange, arrivait de moins en moins à assurer avec les clients de la fumette. Elle loupait des rencards. Ou elle ne prenait pas la peine d'ouvrir aux mecs qui sonnaient en bas. Parfois, il n'y avait pas le poids et d'autres fois, il y en avait plus. Elle était trop stoned. Nous, on devait arranger le coup, derrière. Le plus souvent, elle se contentait d'attendre que je revienne avec les poches pleines et de la défonce pour la soirée. Pourtant, elle n'en prenait pas tant que ça. Comparé à nous, franchement, c'était que dalle. Je ne comprenais pas ce qui se passait. Oui, je sais. J'étais con. J'aurais dû réfléchir. Elle m'avait prévenu.

Alors j'ai commencé à éviter autant que possible de me farcir chez nous. Je me suis dit que si c'était à cause de la dope, j'allais éviter autant que possible de lui en filer. Ou de lui faire envie. Alors quand je revenais défoncé, je lui disais qu'on n'avait rien trouvé. Tu parles ! Si c'est passé deux fois, c'est le maximum ! Ensuite, quand ça s'est reproduit, c'étaient des scènes impossibles, à n'en plus finir, avec hurlements, cris de fureur et forcément, très vite, claques dans la gueule, coups de pied en traître, clés aux bras, étranglements et j'en passe. La haine au ventre, nous nous battions avec rage et si je prenais garde à ne pas trop l'amocher, elle, elle y allait de bon cœur. Avec une hargne et un vice que je ne soupçonnais pas. De fait, je ne voulais plus rentrer chez moi et je restais traîner jusque tard dans la nuit avec les autres. On aurait pu la croire encore plus accro que moi. C'était dingue. Le business avec Traoré a fini par se casser la gueule. On n'arrivait plus à assurer. Enfin, Carole, surtout. On en était à faire des carottes aux clients en les niquant sur le poids. Je ne pouvais pas m'en occuper et je ne voyais personne autour de moi à qui j'aurais pu confier ça.

Quand un mec voulait un kilo, on prenait un litre d'eau qui représente également un kilo, et on versait deux cents grammes de cette flotte dans le sac. Avant, on avait prélevé l'équivalent en herbe, évidemment. Il faut verser à petit filet tout en remuant. Cette opération a deux avantages. D'abord, l'herbe semble beaucoup plus fraîche et sent plus fort. Elle n'est pas mouillée. Pas même humide. Mais il ne faut pas être trop gourmand. Pas comme ce connard de Momo qui avait voulu mettre tant d'eau que les enveloppes en papier s'étaient imbibées. Donc, la première chose, c'est que le client est content. La seconde, c'est qu'on ramasse deux cents G rapide et sans effort. Si le mec repèse l'herbe une semaine plus tard, il lui manque vingt pour cent. Mais quand il l'achète, tout est nickel. Il aurait eu l'air d'un con s'il était revenu gueuler. On l'avait pesée devant lui. En plus, j'avais un poids de cinquante grammes en plomb dont je me servais pour montrer aux clients que la balance était clean. Même parmi ceux qui venaient avec leur balance perso, il n'y en a pas un qui ait découvert le pot aux roses. C'était juste impossible.

L'herbe que nous fumions à cette époque n'a rien à voir avec celle qui est arrivée plus tard. La Sensemilla ou « sans semence ». Ce qu'il faut savoir, c'est que l'herbe a des plants femelles et des plans mâles et par la suite, grâce aux croisements, à la génétique, on a éradiqué les graines mâles. À l'achat, que des gonzesses. Pourquoi ? Parce que le mâle, comme tout mâle qui se respecte, va chercher à engrosser la femelle, et dans le cas de l'herbe, ça te nique la récolte. Dans les faits, tout ce qui aurait dû être fumable, les fleurs, est remplacé par des graines. L'africaine en était bourrée. À tel point, d'ailleurs, qu'on achetait des graines pour canaris, qui ne sont rien d'autre que des graines de chanvre, et qu'on en rajoutait dedans pour faire du poids. Comme avec la flotte. On a fini par bouffer bénéfice et capital, et on a été obligés d'arrêter. Le seul point positif, c'est qu'on n'avait pas de dettes. De toute manière, même nous, on ne fumait plus autant.

*

Après quelques mois à ce régime, Carole s'est mise à découcher. Ça faisait quelque temps, d'ailleurs, qu'elle allait chez son père un peu trop souvent à mon goût. Mais si je le faisais, pourquoi pas elle ? Elle restait plusieurs jours absente sans donner de nouvelles ni d'explications. Quand j'essayais de lui parler, que je tentais d'en savoir plus, d'être gentil, plus attentif, elle se foutait de moi. Sans prononcer un mot, juste par le regard de ses yeux noirs, elle parvenait à me faire me sentir mal. Coupable et merdeux. Elle semblait perdre pied et tout accusait la dope. J'étais moi-même tellement absorbé par ma propre survie que je ne voyais pas comment nous en sortir.

Finalement, on n'a pas pu continuer à assurer le loyer exorbitant du duplex et on s'est retrouvés à

Antony, dans un deux-pièces qui nous coûtait trois fois moins cher. Après quelque temps, peu à peu, ses vêtements ont changé. Elle s'est mise à porter des mini-shorts et des collants fantaisie aux couleurs voyantes. Elle exhibait sa poitrine dans des décolletés provocants, faisant bander mes potes qui ne se gênaient pas pour la baratiner derrière mon dos. Elle s'aspergeait de parfums de pacotille. Mais même ça, ça me laissait presque sans réaction. Seule la came et le fric que ça nécessitait me préoccupaient sérieusement. On restait sans rentrer des jours durant, ce qui fait qu'on ne se voyait plus beaucoup, mais quand même, il nous arrivait encore de faire la fête avec les potes. Notre déchéance respective ne nous sautait pas vraiment aux yeux. Tout se faisait si lentement, d'une manière insidieuse, sournoise. C'était comme si une troisième personne s'était installée chez nous. Au début, amicale et chaleureuse, elle nous procurait un plaisir intense et nous aimions sa compagnie. Elle ne s'imposait jamais, toujours disponible. Puis un jour, on est restés sans la voir plus longtemps que d'habitude et elle s'est rappelée à nous de façon brutale. Impérative et douloureuse. À partir de ce jour, tout s'est mis à changer. On voulait la voir sans cesse. Quand il fallait, par nécessité, partager sa compagnie, c'était le drame et on se battait, prêts à tout pour ne pas souffrir encore une fois de son absence. Elle nous a obligés à faire des horreurs pour pouvoir profiter d'elle et en tirer du plaisir. Elle a fait de nous des parias. Des malades asociaux et violents. Elle a fait de Carole une pute. Sa putain exclusive. C'est ainsi qu'il faut se représenter les choses. Une intruse dans la maison. C'est ce qu'est la dope. Le mensonge était partout. Tout était bon pour dissimuler à l'autre que nous avions rencontré « notre amie ». Carole avait tenu ses promesses, elle n'avait plus besoin de moi pour en trouver. Que ça saute aux yeux ne la perturbait pas du tout. La poudre peut vous faire mentir avec un aplomb sidérant.

10

Avant

Ce n'est pas facile de décrire avec de simples mots, même en ayant du vocabulaire, les expériences extrêmes. Hors du commun. D'en faire saisir l'intensité à ceux qui ne les ont pas vécues. Comme il est dur d'accorder foi au récit d'autrui sans aller voir par soi-même de quoi il retourne. Il n'y a guère que les enfants pour aller foutre les doigts dans la prise bien qu'on leur ait répété mille fois que ça faisait mal. Mais l'homme est un éternel enfant. Peu de gens, en vérité, sont conscients de ce qu'ils sont capables de faire dans certaines conditions. Malgré tous les témoignages de notre intrinsèque bestialité, peu nombreux sont ceux qui sont prêts à reconnaître que de telles ignominies les habitent, eux aussi. Ignorante vanité. Pour savoir vraiment qui on est, il faut se mettre en danger. En grand danger. Se trouver face à la mort. Face à la peur. Face à la maladie.

J'aimais Carole. À vrai dire, j'en étais devenu dingue. Mais ce sont des choses que l'on ne montre pas. Il faut être dur, sans faille et prêt à tout, dans les quartiers. Encore plus dans la dope. C'est une règle qu'il est risqué d'enfreindre devant n'importe qui et pour finir, on ne la transgresse plus devant personne. On se forge une cuirasse qui résiste presque à tout. Plus Carole s'éloignait, et plus je prenais conscience de ce qu'elle représentait pour moi. Sa chaleur, sa douceur me manquaient. Sa voix, l'odeur de ses cheveux, son sourire, sa tendresse... Il faut avoir été malade d'amour une fois au moins dans sa vie pour savoir ce que c'est. Ça ressemble tant aux chaînes intraitables du manque. C'est dans les premiers temps le même sentiment puissant de plénitude. La même fusion brûlante. Le même irrépressible besoin d'être ensemble, nuit et jour, de se mêler, se fondre l'un dans l'autre. On se sent invincible, immortel. Puis quand l'un des deux vient à manquer... c'est la même chute mortelle. Et pourtant ! J'étais plus fou encore de cette putain sale et ignoble qui nous tenait sous son joug. J'étais paumé, possédé. Je perdais pied un peu plus chaque jour.

La maison était pleine du matin jusqu'au soir. On ne faisait plus de business, pourtant. Entre les Gitans qui passaient taper le bœuf, les défoncés, les voleurs et les arnaqueurs qui gravitaient autour de nous, on n'était plus très souvent seuls. Ça me gonflait souvent et, dans ces cas-là, je restais glander dans la bagnole avec trois ou quatre potes. Des intimes. On fumait des joints et on disait des trucs sans queue ni tête, des conneries de toxicos, comme :

— Tu t'souviens, du punk, avec son rat, à la gare

d'Antony ? Maman ! Comment qu'elle était bonne sa dope !

— Comme la jaune, à Bagneux, aux Cuverons. Quel fils de pute c'était pas, celui-là !

— Ah, ouais ! Un crevard ! En plus y s'est fait allumer par les ultras. Tu t'souviens, Hamp ?

— À l'aise. J'y étais, même. C'était bien fait pour sa gueule. Un jour, on n'avait pas assez d'lovés et y nous a tèj pour trente balles, l'gadjo.

— Hé, sérieux, la meilleure de toutes, c'était l'brown, à Suresnes. Putain d'bebom, sa race ! C'est avec celle-là qu'François y s'est cramé, non ?

— Putain ! Ta gueule, Momo !

Ça pouvait durer des heures. Des mois. Des années. On ne parlait plus que de ça. Quand ça caillait, c'était la bagarre pour savoir qui allait sortir chercher les bières dans le coffre ou chez le Rebeu. Quand il était avec nous, c'est souvent Momo qui s'y collait. Autrement on tirait au sort. Celui qui finissait de rouler son joint le dernier y allait. Mais comme on pouvait se retrouver à six ou sept dans la caisse, ça gueulait de tous les côtés et on se filait des coups de coude en s'excusant, morts de rire d'avoir fait tomber le mélange de l'autre. Des gosses. Cramés, mais des gosses.

*

Les caves commençaient à comprendre leur douleur et au fil du temps, on trouvait de moins en moins de choses dans les apparts. Le cash et les bijoux se raréfiaient et c'était pas avec des chaînes hi-fi à la con ou des téloches qu'on allait pouvoir s'en sortir. Pourtant, on se défonçait de plus en plus. À un point tel que souvent, on avait la rame d'aller taffer. Savoir qu'on allait se casser le cul à se faire un appartement pour revenir avec trois merdes nous démotivait. On préférait glander.

Un jour, on était coincés dans la caisse, salement malades, et on savait qu'il valait mieux ne pas aller taffer dans cet état. Tous les casseurs vous le diront. C'est le meilleur moyen de s'attirer la poisse. On risque de faire une grosse connerie, en cas d'imprévu. Ou de se faire gauler bêtement. On n'a pas le feeling, dans cet état. C'est pour cette raison que tout bon toxico qui se respecte connaît des plans où il peut se faire avancer un paquet le temps d'aller au chagrin. Ensuite, il va régler son ardoise. S'il est pas trop con. C'était la dèche. La misère. On grelottait dans la bagnole et de temps en temps, on faisait tourner le moteur pour se réchauffer, mais comme il n'y avait pas trop de gas-oil dans le réservoir, on y allait mollo. On était mal. Momo était là, Gros-Louis et Hampton aussi, à l'arrière. Personne ne parlait. La radio passait une rengaine merdique, mais même Barry White nous aurait semblé fade, c'est dire. Stephen s'était tiré à Marseille avec une meuf qu'il avait rencontrée à Stalingrad. On n'avait aucune nouvelle depuis trois semaines. L'atmosphère était à la désolation. On avait pris l'habitude de se reposer sur lui et on se retrouvait comme des brêles, Momo et moi. Sans son intuition, on était largués. Les plans sur lesquels on montait ne nous rapportaient rien. Ou pas assez. Rien, dans notre bouche, c'était comparé aux sommes délirantes que nous avions pu avoir au temps de notre splendeur. Ça représentait encore pas mal de blé, seulement, tout est si relatif. Nous, on ne s'en sortait pas, avec ça. Passer d'un train de vie de nabab à celui d'un charclo, c'était pas facile.

À cet instant, nous aurions fait n'importe quoi pour un shoot, une pointe, et même un putain de coton ! On passait en revue tous les endroits où on aurait pu aller pour un chrome, un moyen rapide de trouver du blé, quelqu'un à gratter… malheureusement, on l'avait déjà fait dix fois chacun. Sans succès. On se demandait si même en manque, on n'allait pas devoir braquer un mec ou tirer un sac.

Bien sûr, tous les deals qui auraient pu nous dépanner étaient soit sans rien, soit au ballon. Non, on était vraiment dans la merde. La raison pour laquelle on ne faisait pas des bonds de cinquante centimètres sur nos sièges, c'est que quand on savait qu'on allait galérer sans une thune, on passait à la pharmacie acheter un dérivé opiacé en vente libre. Ça nous soulageait un peu.

On était là, à ruminer de noires pensées et à s'angoisser, quand Gros-Louis a aperçu son cousin, qui remontait la rue au coin de la mairie en se dirigeant vers le marché et la place Garibaldi, où on était garés. Gros-Louis n'était pas ce que l'on peut appeler un pote, mais les Manouches s'amènent toujours avec des mecs, leurs cousins, et ils en ont un paquet. Hampton était arrivé avec lui et puis c'était tout. Pas de problème.

Subitement, le Gros a disparu derrière le siège en s'aplatissant au maximum et en gueulant :

— Putain, Hamp ! Y a Mario !

Mario était un costaud d'un mètre quatre-vingts, au teint sombre et aux yeux bruns. C'est lui qui m'avait vendu le certificat d'assurance pour la 205. Il portait toujours le même blouson marron, en cuir, avec un jeans crade et huileux sur lequel il s'essuyait constamment les mains. C'était un tic. Une habitude contractée au boulot et qui s'était muée en une manie insistante. Il était mécano chez la Pince. Tony la Pince. Dans une casse de la N 7. Il avait des cheveux filasse et tout fins qu'il portait mi-longs. C'était une des rares parties de son physique à laquelle il prêtait attention. Accessoirement, c'était un semi-grossiste qu'on connaissait comme ça, sans plus. Enfin, moi, car les deux autres le connaissaient bien.

Hampton s'est marré et l'a chambré. Et puis il m'a expliqué que c'était son cousin.

— Alors c'est l'tien, aussi ? j'ai dit.

— Ouais. Plus éloigné.

— Il crécherait pas aux Baconnets, des fois ?

— Pas loin, ma gueule.

En tout cas, je savais qu'il traînait souvent là-bas. Ce qu'on savait, surtout, c'est que ce gros pourri ne faisait jamais de chrome et que, de toute manière, nos achats, en quantité, étaient trop misérables pour l'intéresser. Au-dessous de cinquante ou cent grammes, il ne devait même pas lever un œil. Tout ça pour dire qu'a priori il n'avait fait naître aucun espoir dans nos cœurs de tox. Et puis je ne sais pas ce qui m'a pris, en dehors du fait que j'étais malade comme un chien et que mon moral était plus bas que les sous-sols de l'enfer, mais je suis sorti de la bagnole pour aller à sa rencontre. Dans mon dos, j'ai entendu souffler :

— Eckel, putain ! qu'est-ce que tu fous ? Tu vas où ?

— Eckel ! Reviens ! Viens voir… attends, merde ! j'veux t'dire un truc.

La portière claquée, leurs appels de détresse se sont tus.

Mario avançait d'un pas tranquille, la tête basse et les mains profondément enfoncées dans les poches de son jeans. On se connaissait de vue mais il ne m'a pas reconnu tout de suite. Ou peut-être que si et qu'il n'en avait rien à foutre de moi. Ça devait plutôt être ça, même.

— Salut Mario, j'ai lancé.

Je n'ai pas tendu la main. S'il m'avait ignoré, j'aurais eu l'air d'un con.

— T'as cinq minutes ? J'voudrais t'demander un truc.

— Tu veux quoi ?

— J'ai une 205 1,9 litre à vendre.

Il a sorti les mains de ses poches et a attrapé son paquet de clopes dans son blouson. Il portait une énorme chevalière en or au majeur de la main droite et on voyait encore le signe « mort aux flics » à l'intersection du pouce et de l'index, ces trois points en forme de tête de vache, si reconnaissables. Il fut un temps où les condés te cassaient le pouce ou te le déboîtaient en le retournant, s'ils apercevaient ce truc-là. Délicatement, avec ses ongles endeuillés, il a extirpé une blonde du paquet avant de l'allumer, m'observant par-dessus la flamme de son Zippo.

— Tu m'prends pour un fourgue, ou quoi ?

S'il n'avait pas été aussi balaise, j'aurais bien éclaté de rire. Un fourgue ? Une crapule, oui. Qui fourguait tout ce qui était fourgable.

— Mais non, Mario ! C'est la mienne. Et comme tu bosses avec Tony…

Il ne me quittait pas des yeux.

— Elle est déjà naze, ou quoi, mon copain ?

— Non. Elle est nickel. J'ai juste besoin d'lovés.

Ça y est, je me mettais à parler comme lui.

— T'auras qu'à m'en r'causer plus tard.

Il se préparait à passer son chemin sans plus faire attention à moi, mais je n'étais pas prêt à lâcher l'affaire. Je sentais que la came était tout près, à portée de main. J'étais comme un pit ayant flairé un bout de barbaque.

— Écoute, Mario, j'te la laisse tout de suite pour dix G. J'peux pas attendre. J'préfère la lâcher à un mec du coin. J'sais qu'y aura pas d'embrouilles.

Ça y est, je l'avais dit. J'avais parlé de dope. C'était gros. S'il prenait ça comme une insulte, j'étais mort. Dans mon état, il faudrait que je le tue pour m'en sortir vivant.

C'était vrai qu'on l'avait achetée avec l'argent du deal et des vols, mais putain, ça me trouait d'en arriver là. J'avais honte, en lui disant ça, mais la perspective de dix grammes de came me faisait perdre toute notion des choses. Toute fierté. Tout orgueil. Quant à Carole, tant pis pour elle. Elle n'aurait qu'à marcher. Après tout, ce n'était pas grâce à elle qu'on avait pu se la payer. Je raisonnais comme un pourri. J'oubliais que sans Carole à la maison, nous n'aurions jamais vendu autant d'herbe.

Après quelques minutes de réflexion, Mario a accepté. Tu m'étonnes. Au prix auquel il devait toucher la dope, la caisse lui coûtait trois mille balles. Sa décision une fois prise, il m'a demandé de l'attendre une petite demi-heure et j'en ai profité pour aller vider la voiture. Gros-Louis avait disparu en douce pour que son cousin ne le voie pas, mais il ne devait pas être loin. Dans un des halls. Sûr. On a vidé la bagnole avec Momo et Hampton, mais il n'y avait pas grand-chose à prendre. Quelques cassettes, les clopes, les bières, le bédo, et basta. Momo n'a rien dit. Pas de commentaires. Il savait que la fin du calvaire était proche et qu'il allait s'envoyer un paquet gratos. C'était plus que suffisant. La pute allait lâcher prise jusqu'à demain, et demain... c'était loin. Hampton, pareil.

Une fois de retour, Mario m'a filé les dix G et j'ai été pris d'une sévère envie de chier. Réaction naturelle quand vous êtes en manque devant un tas de dope. Je lui ai demandé de me raccompagner chez moi, mais avant, je suis allé en douce filer une bonne pointe à Momo et Hamp, qui partagerait peut-être avec son cousin. Rien à foutre.

Avec Mario, on s'est mis d'accord pour se retrouver le lendemain. Pour faire les papiers. Il m'a laissé devant ma porte et je suis resté là, sur le bord du trottoir, mon sac plastique à la main, comme la cloche que j'étais. Malgré la perspective de plusieurs jours de défonce, j'avais le moral à zéro. Je me sentais petit et merdeux. Je m'en voulais déjà.

Ce que pouvaient penser les autres m'était bien égal. Ils ne pleureraient pas sur mon sort. Mais l'opinion de Carole, elle, avait de l'importance à mes yeux. Je savais que l'euphorie des premières défonces lui ferait oublier que j'étais un bouffon. Mais pas longtemps. Et après, j'allais me retrouver dans les abysses de son estime et elle se servirait de cette faiblesse pour me rabaisser. M'enfoncer. Me faire mal.

Ce jour-là, évidemment, elle était à la maison. Comme si elle avait pu sentir la came à distance. Je n'ai pas eu le courage de lui dire tout de suite que j'avais lâché la caisse contre de la dope. Je me suis dit que peut-être on allait pouvoir se réconcilier, se parler. Oui, je sais bien qu'elle devait me tromper. Et alors ? Je l'aimais ! J'en faisais abstraction, c'est tout. Je ne pouvais pas, en plein brouillard, me préoccuper d'un nuage, certes très noir, mais un nuage quand même. Au beau milieu de la tourmente. Dans la tempête. Peut-être même que je n'y croyais pas vraiment. Notre chute défilait comme dans un film au ralenti. Dans un flou continu et sans un instant de répit. En rentrant, j'ai sorti ma pochette-surprise et Carole en est restée bouche bée. Elle m'a sauté au cou. Elle sentait le parfum à deux balles. C'était factice et intéressé. Je m'en foutais. Nous avons fait l'amour longtemps et douloureusement, comme pour conjurer le sort qui s'acharnait sur nous. Tout n'était qu'illusion, fantômes abstraits aux formes vaporeuses et changeantes. Une danse macabre et insolite. Comme nos deux corps enlacés et qui bougeaient en silence.

*

Chez Léon, Carole n'y allait pas. Nous, on y passait de temps à autre, pour se tenir au courant, mais bon, on n'avait pas que ça à faire, non plus. Un matin, après avoir chopé, j'y suis allé. Je pensais pouvoir y trouver un truc à faire pour renflouer les caisses. C'est comme ça que j'ai trouvé le plan des bouteilles. Alors je me suis rabattu sur l'alcool. Enfin, sur le vol d'alcool. On faisait ça à quatre, les deux frères Faia, des Portugais, un criquet, n'importe lequel, et moi. Je ne peux pas dire que ça me plaisait, mais je n'ai pas trop eu le choix. Il ne faut pas oublier que j'étais à pied, et pour aller sur les plans, c'était pas terrible.

Après son séjour à Marseille, foireux, d'après lui, Stephen était rentré et on était repartis comme avant. Il était encore plus accro en revenant qu'en partant, si c'est possible. Carole sachant tout, désormais, on allait souvent se cartonner à la baraque avant d'aller taffer, et elle s'arrangeait pour se trouver là au bon moment. Ça lui évitait d'avoir à chercher de la thune ou un plan. Alors on a fini par s'embrouiller, le Batave et moi, à ce sujet. Il n'acceptait pas que Carole profite de l'oseille et de la dope alors qu'elle ne foutait rien. J'aurais pu être d'accord avec ça, mais c'était une excuse.

Il y a une chose sur laquelle je n'ai pas insisté, jusqu'ici. Carole avait quelque chose de très particulier. Elle sortait d'un couvent dans lequel elle avait passé son enfance et une partie de son adolescence. Élevée par des bonnes sœurs, elle ne connaissait strictement rien à la vie du commun des mortels. Prières, méditation et recueillement avaient constitué le pain quotidien de ses jeunes années. C'est peut-être pour cette raison qu'elle ne voulait plus voir sa famille, là-bas, à Madagascar. Sa mère, surtout. Je ne sais pas s'il existe un lien de cause à effet entre cette éducation et la nature animale qu'elle a exprimée par la suite. Toujours est-il qu'aucun homme, et je dis bien aucun, ne pouvait résister, ou plutôt rester insensible, à la sensualité débordante, l'impression d'une sexualité innocente et experte à la fois que cette fille dégageait. Quand elle pénétrait quelque part, l'atmosphère changeait. Un troupeau d'anges en rut passait en hurlant et les hommes devenaient subitement idiots. Moi, je n'avais pas eu ce genre de réaction. Si elle m'avait d'abord aimé pour ça, peut-être m'avait-elle haï pour la même raison. Et pour d'autres.

Carole ne jouait pas avec ce pouvoir énorme car je crois qu'elle n'en avait même pas conscience. Et c'est ça qui la rendait irrésistible. On le voyait dans ses yeux, cette ingénuité mâtinée de sensualité. C'était une petite fille qui voulait goûter à tout et cette petite fille avait un corps de déesse. Tout ça pour dire que le Batave n'étant pas différent des autres, ce qui le gonflait, c'est qu'elle restait insensible à son charme nordique. Elle avait même déjà dû repousser ses avances. Si elle avait accepté, il n'aurait vu aucun inconvénient à partager. Sûr qu'elle aurait pu tout lui bouffer, si elle avait voulu. Les hommes sont si cons. Mais il n'avait rien qui l'intéressait.

La came avait bien changé nos caractères. Ou bien peut-être se contentait-elle de faire ressortir tous nos mauvais penchants. Toujours est-il qu'on devenait de pauvres cons sans intérêt, fourbes et mesquins. À bout, n'en pouvant plus, Stephen est reparti dans son pays. Ses parents ont accepté de lui payer son billet s'il se faisait désintoxiquer dans un centre spécialisé d'Amsterdam. Quelques mois plus tard, on a reçu une carte avec des tulipes rouges. C'était bien lui, ça. Il nous disait qu'il allait mieux, qu'il prenait de la méthadone et que tout ça c'était fini. Il attendait pour faire un stage de je ne sais plus quoi. Il s'excusait pour Carole. Il n'était plus lui-même et bla... bla... bla... Qu'est-ce que j'en avais à foutre ! J'étais déjà au plus bas et je ne savais même pas ce que c'était, sa méthadone.

On s'est donc mis, les frères Faia et moi, à approvisionner une demi-douzaine de troquets de Massy-Palaiseau en écumant les supérettes de la région. Pendant qu'un d'entre nous occupait le vigile et le baladait, quand il y en avait un, ce qui était rare à l'époque, les deux autres se chargeaient ras la gueule de whisky et de Ricard et ressortaient comme ils étaient entrés. On faisait des repérages pour gagner du temps. La voiture attendait, moteur au ralenti, et on s'arrachait. C'était rarement le même chauffeur. On prenait un criquet en galère, et on le collait au volant contre un demi. Le seul problème, c'est qu'on est rapidement grillé, dans ce genre de plan à l'arrache, c'est pourquoi on changeait sans cesse de magasin. C'est pas les supérettes qui manquaient. Mais on n'aimait pas taper trop loin d'un plan. On voulait être défoncés avant d'aller faire la tournée des bars parce que ça durait longtemps et que ça passait plus vite comme ça. Il y avait des deals qui nous avançaient, heureusement, mais il fallait quand même qu'on prévoie. Au cas où. Alors chacun de nous essayait autant que possible de garder de la fraîche pour le jour suivant. Un minimum. Malgré ça, c'est arrivé souvent qu'on se retrouve avec deux demis pour quatre, quatre-vingts sacs, quoi, au lieu d'un demi chacun. Tous les bars étaient tenus par des Portugais.

Grâce à ce petit trafic, j'ai réussi à me racheter une bagnole. Une Ford Taunus break, et ça nous a permis, en plus des bars, de taper les chantiers la nuit et embarquer le cuivre. On le revendait à Versailles, chez un ferrailleur qui payait cash. Plans de Gitans ? Plans cash. On arrivait farcis et cool ou pressés et speedés, et le mec disait toujours :

— Vous êtes sûrs qu'elles sont propres, les gars ?

— Bien sûr, m'sieur !

Parfois, les bons de commande se trouvaient encore bien en évidence sur les grilles neuves qui brillaient de mille feux sous le soleil du matin. On n'avait même pas pris la peine de les virer. Personne n'était dupe. On faisait juste comme si.

11

13 septembre 1999
10 h 49

J'ouvre difficilement les yeux, encore engourdi. J'ai dû sombrer vers six heures, épuisé, et je sais que si j'attends ne serait-ce que trente minutes, la corrida va commencer. J'aperçois le flingue que j'ai laissé au pied du lit et je le colle vite fait sous le duvet. J'ai les jambes ankylosées, ce matin, et j'ai un mal de chien à me mettre debout. Je remarque les restes de vomissures sur le sol et je me rends compte que j'en ai sur moi. Ça pue. Je ne perds pas un temps précieux à me laver. J'enfile aussi vite que possible un sweet crade manches longues, bien sûr, mais sans gerbe, des chaussettes raides et puantes et mes tennis. Je chope mon blouson dans le coin où je l'ai jeté la veille et, butant dans un sac-poubelle, je sors en claquant la porte. Je ne prends plus la peine de fermer à clé. Ça fait bien trois semaines que le proprio me court après et il peut bien entrer jeter un œil dans mon cloaque. S'il trouve de quoi se payer dans ma zone, j'arrête la came demain. Mais je suis prêt à parier qu'il n'y mettra jamais les pieds. Il n'oserait pas, en mon absence. Il est trop peureux. Il a bien laissé un mot, un jour, mais il l'a glissé sous la porte. Une fois en bas, je vais chercher le journal et je fonce sur le plan. À Bagneux. C'est vrai qu'hier j'avais de la thune. J'aurais pu me payer un paquet pour être tranquille ce matin, mais à onze heures du soir, jamais je n'aurais trouvé un deal dehors. En plus, soit j'aurais tout pris hier, soit je me serais levé pendant la nuit pour me cartonner et au final, je me serais retrouvé le bec dans l'eau, sans rien ce matin, avec moins d'oseille, et encore plus accro.

Lorsque j'arrive sous les passerelles, j'ai le souffle court. Dans le hall, il n'y a personne. Tout se passe comme d'habitude, sauf qu'une fois servi, je n'ai pas le courage de retourner jusque chez moi. Je décide de tracer vers la place Dampierre et son troquet, que je connais bien. Pendant le trajet, je garde la dope dans ma main pour la balancer rapidement si les flics se pointent, parce que parfois, ces connards attendent que tu te sois fait servir. Ils laissent faire. Ils observent de loin ton petit manège et ils communiquent ensuite ton signalement à leurs collègues planqués plus loin. Ce sont eux qui te serrent. S'ils ont la chance de tomber sur un branleur, ils le travaillent sur place. Ils essaient d'obtenir le nom du dealer, sa description, une plaque d'immatriculation, n'importe quoi d'utile. Ils le retiennent. Ils savent qu'il est pressé et sûrement malade. Ils lui font entrevoir la galère que ça va être au poste, pour lui. La misère qu'ils vont lui faire. Mais des fois, ils laissent pisser. Surtout si on se connaît.

Un jour, on était partis pour choper dans une cité pas loin. Les keufs nous ont serrés sur la route, à environ cinq cents mètres du plan. Sur la N 20. Au beau milieu des cités. Ils nous ont fait signe de garer les bagnoles sur le bas-côté et d'en sortir. Puis ils nous ont demandé si on avait de la dope sur nous. On savait que leurs collègues étaient plus haut et qu'on avait été signalés. On a donc filé les paquets sans discuter. Et puis un des condés, un mec de la BAC, a dit qu'il voulait qu'un de nous retourne à la cité en ouvrant l'œil et revienne avec la plaque d'un véhicule, un nom, une description. C'est Momo qui s'y est collé. On n'avait pas vraiment le choix. Des fois, faut la jouer fine. Profil bas. La perspective de galérer des heures au poste et de se faire taxer la dope par les condés ne nous enchantait pas. Et puis pour se venger, ils nous auraient relâchés assez tard pour qu'on ne puisse plus trouver un plan. Les flics connaissent les ficelles et les prendre pour des cons est une erreur. Ils se servent de tous les moyens possibles et on pourrait assimiler ce genre de méthodes à un chantage à peine déguisé. On a attendu sur le trottoir, comme des cons, entourés de condés, et franchement, c'était la repère. Bonjour l'affiche ! Au-dessus de nos têtes, des mômes d'une dizaine d'années s'étaient rassemblés et insultaient les flics qui s'en foutaient complètement. Ils étaient tellement blasés. Puis Momo est revenu. Après un bon quart d'heure, quand même. Il leur a donné une plaque de bagnole. Celle de criquets, sûrement.

De toute façon, ils savaient que de notre part ils n'auraient pas grand-chose. Pas assez tendres. Mais il y avait plein de petits blaireaux qui venaient sur ces plans et, parmi eux, des proies faciles pour les Stups. Ensuite, on a dit aux mecs de la BAC que puisqu'on avait été cool, ils pouvaient bien nous rendre nos paquets. Ils nous ont fait un peu chier, pour ne pas avoir l'air de céder trop facilement, mais pour finir, on a récupéré notre matos et on a tracé direct. Ce genre de truc, ça arrivait souvent. Avec du chichon ou de la dope. Nous, on n'était pas intéressants, pour eux. Juste des toxicos. Ils avaient pitié, parfois, et parmi eux, même si ça m'arrache la gueule de le dire, il y avait des types bien. Qui avaient des gosses et à qui ça faisait mal de nous voir gamins dans cet état.

Je me souviens d'un truc marrant. Tout minots, vers seize piges, on se faisait souvent gauler à fumer ou en possession de bédo. C'étaient les képis qui la plupart du temps nous alpaguaient. Arrivés au commissariat de Sceaux, parce que c'est là que ça se passait, les baltringues appelaient les Stups. Il pouvait être onze heures, minuit, voire plus. Nous, dès qu'on montait dans le fourgon, on était déjà pliés de rire à l'intérieur. Il faut savoir qu'à cette époque les flics de base étaient si cons que quand ils trouvaient trois grammes de chichon, c'était l'affaire du siècle. Une fois au poste, ils appelaient les Stups qui débarquaient déjà bien remontés d'avoir eu à bouger leur cul. Mais quand ils apprenaient que c'était pour trois grammes de bédo, ils pétaient un câble et les képis en prenaient plein leur tronche. Et nous, on ne se cachait plus pour les chambrer. Mais les képis avaient de la mémoire et ils se vengeaient la fois d'après en nous embarquant encore. On s'en foutait. On faisait que ça. Des allers-retours.

Les inspecteurs des Stups nous emmenaient à part dans un bureau, ils foutaient une feuille dans la machine à écrire, excédés, et ils commençaient :

— Nom ? Prénom ? Date de naissance ? Domicile ? Bon… alors… il vient d'où le shit ? Saint-Michel ? Barbès ? Qu'est-ce que tu préfères ?

On choisissait. Rien à foutre si un autre ne disait pas la même chose. Le flic continuait :

— Un Black ? Un Arabe ? Casquettes ? Baskets ? Vas-y, j'ai pas toute la nuit.

Alors on lui filait, suivant l'humeur, ceci ou cela et après, oust ! dehors ! Pas plus difficile que ça. Ils étaient tellement habitués à nos conneries, puisque c'est toujours ce qu'on disait, qu'ils pouvaient taper toute la déposition à notre place. Des fois, on déconnait même avec eux, avant qu'ils nous lâchent. Et pourquoi disait-on que c'était un Black ou un Arabe ? Parce que pour les flics, ils se ressemblaient tous, alors quand au tout début, ils demandaient une description, on répondait toujours la même chose :

— Un Black, quoi ! Ils sont tous pareils.

Pour les Rebeus, la même. Et ces cons-là trouvaient normal qu'on soit incapables de reconnaître un type sous prétexte qu'il était noir ou arabe ! Alors à force, ils ne se faisaient plus chier à poser la question.

*

Il est près de midi quand je pénètre dans le bistrot bondé. C'est l'heure de la pause pour les trimards, toutes professions confondues. Au fond, près de la baie vitrée, les secrétaires jacassent, parlant de la dernière série américaine à la con, débinant les copines absentes, voire le patron, mais, dans ce cas-là, avec prudence, les balances officiant dans tous les milieux. Au bar, c'est l'entassement habituel. Certains mangent debout ou une fesse posée sur un tabouret, au milieu de la fumée des cigarettes et du brouhaha assommant des conversations. Il y a pas mal d'ouvriers, à cause du chantier pour la jonction métro-RER. Des Portugais, des Arabes, des Blacks, qui discutent autour d'un demi ou d'un pastis. Certains attendent qu'une place se libère en salle. Tout l'endroit résonne et vibre sous les bruits conjugués de leurs exclamations et commentaires, des couverts qui s'entrechoquent, de la télévision et du flipper que des gamins malmènent dans un coin. Ça me convient parfaitement et je m'immisce en bout de bar, entre une vieille à lunettes et un type chauve qui téléphone en jetant des coups d'œil méfiants autour de lui.

Sitôt que l'occasion se présente, je fais signe au garçon et commande un simple café. Pour la cuillère. J'ai pris la précaution de séparer quelques biffetons de la liasse qui ne me quitte plus, et je dépose vingt balles sur le bar. Mon café arrive. J'empoche ma monnaie et je fais attention que personne ne m'observe avant de subtiliser la cuillère et de la fourrer avec les thunes. Puis je m'éclipse en direction des gogues, protégé par la foule et son bruit. Si je viens ici, c'est parce que ce n'est pas trop loin du plan, mais aussi à cause de la propreté des chiottes.

Une fois à l'intérieur de la cabine, je mets le verrou et grimpe sur la cuvette afin de récupérer la pompe que j'ai laissée lors de mon dernier passage, dissimulée derrière une des plaques de polystyrène du faux plafond. Je l'extirpe de sa cachette avant de redescendre et d'ouvrir doucement la porte pour jeter un œil à l'extérieur, de façon à ne pas tomber sur un importun au mauvais moment. Personne. Je vais jusqu'aux lavabos tout proches et je la rince vite fait avant de la remplir et de retourner me barricader dans la cabine. Il n'est pas question de traîner. C'est pour cette raison que je fais rarement ça dans les troquets. En plus, je me suis déjà fait serrer. Une fois. Par chance, je trouve une veine rapidement. Sur la main. Un miracle. Je restreins les inévitables tirettes à trois ou quatre et j'ôte l'aiguille de ma chair en soupirant, les yeux clos, savourant cet instant assis sur la cuvette fermée du trône. Bouffon-roi. Puis je recommence le même manège que précédemment. Je rince la seringue avant de la remettre à sa place. Même si elles se vendent sans problème, aujourd'hui, c'est toujours utile. Un dimanche, par exemple, ou quand on galère tard le soir pour trouver la fraîche ou un plan et que les pharmacies sont fermées. C'est comme un clebs qui enterre ses os. Il a sa gamelle d'assurée mais il continue à aller fourrer ses putain d'os partout dans le jardin en niquant les hortensias de bobonne. C'est au cas où. En cas de disette. Entre chiens, on se comprend.

J'ai dû mettre une vingtaine de minutes et après tout, c'est pas énorme, pour couler un bronze. Ragaillardi, je rejoins la salle bruyante et enfumée, la cuillère dans le creux de ma main. Personne ne semble avoir remarqué quoi que ce soit et je la remets discrètement dans la tasse, qui n'a pas bougé. Le patron sirote un café, impassible derrière le bar, pendant que barmen et serveuses s'agitent de tous côtés. Au milieu des ordres qui fusent, il tape sur sa caisse, concentré, piquant sur un socle, à sa droite, les additions qui s'entassent sur sa gauche. C'est l'ambiance idéale. Une fois j'ai fait l'erreur d'aller à une mauvaise heure, la creuse, dans un café du coin. J'étais malade à gerber et c'était le plus près.

Ce jour-là, j'étais arrivé à moitié en transe dans le bar Le Corsaire, qui se trouve juste après le Leader-Price d'Antony, où j'avais été pécho. J'avais galéré pour l'oseille, et puis pour le plan, ensuite. Je n'en pouvais plus. Il devait être pas loin de dix heures trente. J'avais fait le poireau de neuf heures du matin jusqu'à dix heures, avant que l'autre bouffon de dealer s'amène. Je l'imaginais qui devait prendre son petit déj' peinard pendant que je me pelais le jonc à l'attendre. J'avais pas fermé l'œil de la nuit. Il est arrivé, j'ai pris mon paquet et j'ai tracé.

Le café était pratiquement vide, quand j'ai débarqué, et j'ai dû me mettre en salle pour pouvoir choper la cuillère sans me faire gauler. J'ai commandé une noisette et, sitôt servi, l'erreur, j'ai tracé au sous-sol pour m'enfermer dans une des deux cabines. Il y avait urgence. J'avais tout mon matos sur moi. Et puis j'ai galéré. Pas trop, mais assez quand même pour alerter le patron. Ou alors ce con est passé près de ma table et a remarqué qu'il manquait la cuillère. Ou bien il a compris à ma gueule quand il m'a vu entrer, bref. Toujours est-il que j'étais sur le point de m'envoyer le mélange quand j'ai entendu du bruit à la porte. Mon cœur a bondi dans ma poitrine mais j'ai eu la présence d'esprit d'appuyer immédiatement sur le piston. Quoi qu'il arrive, et surtout si c'est les flics, c'est toujours le geste à faire. Il faut arriver à les empêcher d'entrer avant d'en avoir terminé. Après, il peut se passer n'importe quoi. Défoncé, ça n'a plus aucune espèce d'importance. Ça nous est arrivé plusieurs fois de fermer toutes les portes de la caisse en voyant les flics débouler et de faire notre shoot sous leur nez pendant qu'ils poireautaient. Ils ne nous en voulaient pas, en général. Ils attendaient qu'on ait fini pour nous embarquer. Ou pas.

Donc, cette putain de porte s'est ouverte à la volée et le patron, cet enculé de Lyonnais, m'a chopé par le col pour me traîner littéralement dehors, le bras en sang. Je l'agonissais d'injures en tentant de me débattre, mais il était costaud, ce con. Rien à faire. Les quelques caves présents sont restés médusés mais ils n'ont pas bronché.

*

Dehors, le temps est magnifique. C'est l'été indien. Il fait bon, chaud, et je prends plaisir à traîner d'un pas nonchalant de touriste. C'est drôle, malgré ma déchéance, malgré mon état, pitoyable, dévasté par le remords et la maladie, réduit en esclavage par une salope infâme, j'ai encore au fond du cœur une petite étincelle de vie et par instants, je la sens frémir, agonisante, me rappelant qu'un autre monde existe, que le ciel, parfois, s'éclaircit, que la vie est partout, tenace, têtue. Si belle.

Je vais chez Léon payer mes dettes. En chemin, je croise une bande de mômes qui chahutent et poussent des cris en s'arrosant à l'aide de pistolets à eau sophistiqués, aux couleurs fluo. Leurs mères en prennent pour leur grade. Les Blacks se traitent de nègres entre eux, sans complexes, ignorant le sens tragique qu'avait ce mot dans la bouche des esclavagistes, confondant cette insulte dégradante avec négro, qui aux États-Unis désigne un Black du ghetto arrivé au sommet grâce à sa volonté. L'un d'entre eux entame quelques pas de danse, vite imité par quelques autres. Ils sont peut-être une dizaine. Deux ou trois filles difficilement reconnaissables se fondent dans la masse. Je ne compte pas cinq Blancs parmi eux ! Arabes, Blacks, métisses, l'avenir est sous mes yeux, plein de fougue, de hargne, apparemment riche de différences, d'influences variées qui semblent se mêler, s'épouser. Tous français. Mais quoi en réalité ? Un grand nombre est à moitié analphabète, sans aucune instruction ni culture digne de ce nom. Ils communiquent le plus souvent dans une langue bâtarde, mélange d'arabe, de verlan et de néologismes, qui leur permet de n'être compris que par ceux qui la pratiquent. Accessoirement, ils restent aussi incompris des flics. Là où le bât blesse, c'est qu'ils n'ont que très rarement un vocabulaire de rechange et, au fil du temps, ça devient leur unique façon d'être. Le seul moyen de communiquer de manière plus ou moins pacifique.

Ces minots ont vu leurs frangins et leurs potes grandir et se mettre à faire du business. Prendre de l'oseille sans rien branler pour très vite rouler dans de super-bagnoles. Se saper avec des marques et le reste à l'avenant. Difficile de refuser les carottes des grands, de résister à l'engrainage, quand on est petit et qu'on a la tête pleine d'images toutes issues de séries américaines ou de films d'action à la con.

En 1985, Bachir, un deal du Chaperon-Vert, fêtait, à vingt-deux ans, son premier million de francs lourds. Il avait commencé à la cité des Bas-Coquarts où il vendait lui-même ses paquets, comme un grand. On allait parfois se servir chez lui, nous aussi. Plus tard, il a embauché des jeunes pour faire le boulot à sa place tandis qu'il se chargeait d'envoyer tous les criquets qu'il croisait sur le plan. En l'espace de trois quatre ans, dont deux années pendant lesquelles il s'est mis totalement en retrait, il atteignait son objectif. Une baraque au bled pour ses parents, et une barre pour démarrer et s'installer, lui et ses frères et sœurs, qui d'une manière ou d'une autre en croquaient tous. D'autres ont eu plus de poisse. Comme Toufik, qui s'est fait serrer lors d'une descente en force à la Butte. Dans sa cave, les condés ont retrouvé une valise pleine de billets. Moyennes et petites coupures. Des biffetons froissés, malmenés, dont la provenance était évidente. Kamel ne l'a pas nié. Cinquante plaques. Cinq cent mille balles dont il ne savait pas quoi faire, cet abruti. La Porsche rouge qu'il s'était offerte n'avait que légèrement entamé son pactole, mais si les concessionnaires automobiles sont peu regardants sur la provenance du blé, vu qu'ils acceptent le cash sans sourciller, il en va autrement en ce qui concerne les agences immobilières, par exemple. Placer de la maille en cash dans un business légal, ce n'est pas si facile, lorsqu'on possède de grosses sommes acquises illégalement. Il faut une vraie cervelle. Un minimum de connaissances. Un semblant de vocabulaire. C'est le problème numéro un, après les flics. Que faire de ce fric qui s'amasse à une vitesse folle ? Enfin. Le plus marrant, c'est que le jour du jugement, le procès-verbal n'a fait état que de la moitié de la somme réellement saisie. Classique. Pour les orphelins de la police, sûrement.

Lorsque j'arrive chez Léon, le bar est pratiquement désert, comme d'habitude depuis le drame. Je demande un lait orgeat au vieux, plongé dans *L'Équipe*, et je vais m'asseoir dans le coin, à ma place habituelle, d'où je peux observer la rue et les gens qui déambulent.

Léon m'apporte mon verre, courbé, voûté sous le poids de sa mémoire, qui ne lui laisse aucun répit. Il ne me parle pas. Il ne me parle plus. Il ne parle plus à personne, ne me regarde même pas. Il pose le verre devant moi, c'est tout. En voyant les veines épaisses de sa main tachée, son sourire d'homme jeune, insouciant et amoureux me revient. Cette photo jaunie aperçue sur la cheminée, dans la pièce au fond du bar, il y a combien de temps, déjà ? Un million d'années ? Deux ?

Je lui demande de me faire le total de ce que je lui dois et il repart sans rien dire, contourne le bar en traînant les pieds pour aller ouvrir le tiroir qui se trouve sous la caisse. Il revient et me tend une note détaillée que je ne prends pas la peine de contrôler. Je vais directement au total. À peine cinq cents balles. Quatre cent trente-quatre francs et des brouettes. Je me lève et je vais m'isoler dans les toilettes. Là, je prélève mille balles du reste de l'argent avant de revenir et de lui rendre son dû.

— J'ai mis cinq cents d'avance.

Il prend l'argent, repart à pas pesants, contourne le bar avant de mettre le fric dans la caisse, sans un mot. Puis il reprend sa lecture. La France a fait match nul contre l'Ukraine. C'est mon voisin, Boualem, qui me l'a dit. Le même score qu'au match aller. Pas de quoi la ramener.

Plus le temps passe et plus le vieux s'enferme. Ça me fout les boules, mais je n'y peux rien. Il ne doit jamais savoir le fin mot de cette histoire, parce que pour le coup, sûr qu'il en crèverait. Il en sait bien assez, déjà. Lui et moi, taraudés par la même tristesse et pourtant dos à dos, muets, ennemis. La même peine. Le même manque. La même culpabilité. Avec les années, la douleur, il s'affaisse de plus en plus. Il devient tout gris sous ce voile qu'étendent le chagrin et la mort sur les plus belles choses. Ce linceul terne, manteau de misère qui ne connaît ni l'oubli ni le pardon.

Tout en buvant mon verre de lait, je regarde les gens vivre à l'extérieur. Aux beaux jours, je peux rester comme ça, sans bouger, pendant des heures.

Je regarde la diversité incroyable des hommes. Leurs visages aux expressions changeantes. Leurs démarches, révélatrices, toutes différentes. Leurs manières de se vêtir, de croiser mon regard ou de l'éviter. J'échafaude des hypothèses sur leurs vies. Je déduis de mes observations leurs goûts, leur situation de famille, et mille autres choses qui non seulement m'amusent, mais qui m'enseignent la variété du monde, surtout.

Le vieux chien du marchand de journaux est assis au feu. Il halète pour se rafraîchir et sa langue rose pend sur le côté. Il jette des coups d'œil sur l'avenue, guettant le moment propice pour traverser et rejoindre le gazon du parc Jean-Moulin, juste en face. Je le suis des yeux quand j'aperçois Titi qui remonte la rue à petits pas. Il semble encore avoir perdu du poids et je peux le remarquer, même à cette distance, avec son tee-shirt qui dévoile ses bras maigres. Il flotte dans son jeans et le soleil se reflète sur le dessus de son crâne chauve. Il a dû laisser la LeBaron plus bas, dans l'impasse. Les petits devaient certainement surveiller la caisse en échange du billet qu'il leur avait fait voir sans leur filer.

12

13 septembre 1999
15 h 12

C'est un gentil, Titi. « Trop bon, trop con », comme on dit tout le temps. Mais peut-on être « trop » bon ? Et pourtant ! Ce dicton populaire se révèle cruellement exact à l'usage. La nature envieuse des hommes fait qu'il leur est difficile de ne pas profiter de quelqu'un qui semble tout disposé à leur offrir la lune. Ils se disent : *On va lui piquer le soleil, tant qu'on y est.*

Tout le monde aime bien Titi. Il est né dans la cité. Tout petit, déjà, à l'école, c'était un enfant timide et réservé. Insignifiant et sans malice, auraient dit certains instituteurs. En privé, bien sûr. Il ne se mélangeait pas aux autres mais il n'était pas farouche pour autant. Il paraissait juste comme absorbé par quelque chose. En lui. À lui. Son père est mort d'un cancer alors qu'il entamait sa deuxième année de primaire. De gai et joueur, Titi est devenu solitaire et triste. Bagarreur, lorsque certains crâneurs venaient lui chercher des poux dans la tête. Il arrivait et repartait souvent de l'école avec le petit Tony et sa sœur. Et avec un coquard ou deux, aussi.

Sa mère s'est mise à boire à la même période, l'isolant encore un peu plus. Ils vivaient dans un deux-pièces ordinaire de la cité. Puis elle s'est maquée avec quelqu'un deux ou trois ans après la mort de Maurice. Elle a rencontré son alter ego au cours de son premier séjour en cure de désintoxication. Cinq ans plus tard, lui aussi décédait. D'une cirrhose fulgurante qui l'emportait en à peine deux mois, à l'âge de cinquante-quatre ans et au cours de l'été caniculaire de 1976. Titi ne touche pas à la dope. Il fume, c'est tout. Je l'ai déjà vu se faire une ligne de coke à l'occasion, mais de la dope, jamais. C'est l'un des deux ou trois à avoir échappé au raz-de-marée. Je parle de ceux qui sont entrés en contact d'une manière ou d'une autre avec cette pute, parce que sinon, c'est tirer gloire d'avoir évité la pluie sans avoir mis le nez dehors.

Il y a quelques années de ça, Titi a touché un tiercé d'une cinquantaine de bâtons. La nouvelle a rapidement mis notre microcosme en émoi et il a très vite été entouré de plus d'amis qu'il n'en avait jamais eu et qu'il n'en aurait certainement jamais. Tous les rapaces ont fait haro sur le pigeon à la gentillesse légendaire. Mais ils n'ont pas eu le temps de gratter grand-chose. Ils se sont fait griller par une petite gonzesse insignifiante.

Pour fêter l'événement, on avait été faire la fête en boîte. Aux Halles. En comité restreint. Je me souviens bien de cette fille. Elle a commencé à s'intéresser à nous à partir du moment où Titi, bien chaud, s'est mis à parler haut et à commander du champagne. Je l'observais, elle comme d'autres, filles ou garçons indifféremment, parce que c'est mon truc. Elle nous a jeté des coups d'œil à la dérobée pendant longtemps, avant de se jeter à l'eau. Ce n'est pas Titi qui aurait remarqué quelque chose, et elle aurait pu poireauter longtemps, si elle avait attendu après lui. Elle était avec un groupe mixte dont j'ai immédiatement catalogué les membres. Des étudiants. Filles et fils à papa en goguette, qui jouaient les affranchis, parlant et riant fort. Je n'aime pas les étudiants. Ça parle et parle encore, fumant à la chaîne, croyant avoir saisi la complexité du monde sous prétexte d'avoir lu, parfois très superficiellement, quelques ouvrages réputés. Ils philosophent sans honte sur des sujets que la pudeur voudrait qu'ils évitent, tant ça touche à la misère et aux souffrances humaines dont ils ignorent tout. Mais la fille sortait du lot. Et c'est ce qui a attiré mon attention. Elle parlait peu et se tenait légèrement en retrait, observant la salle et la faune bigarrée qui la peuplait. Elle n'avait rien d'exceptionnel, à première vue. Une petite gonzesse fadasse. Nous aussi, on faisait tache. À cause de nos manières, de l'argent qu'on claquait, du vocabulaire qu'on employait, tout le temps à gueuler et foutre le bordel sans se soucier des autres.

Titi était la vedette, ce fameux soir. Ça le rendait heureux et il en profitait à fond. La fille l'a remarqué et elle est venue s'incruster avec finesse. Profitant du fait que Titi s'était levé pour commander une autre bouteille de champ, elle l'a abordé à l'écart, près du bar, en lui demandant du feu. Je les ai épiés pendant qu'ils échangeaient deux, trois mots, mais au même moment, Hampton m'a fait signe qu'il sortait fumer un cône et je l'ai suivi aussi sec. Il y a des priorités, dans la vie. On ne se refait pas. À notre retour, la fille était installée à notre table, tout sourire. Titi nous l'a présentée comme se prénommant Sylvie, et j'ai tiqué parce qu'il m'avait semblé entendre ses amis l'appeler autrement au moment où elle s'était levée pour rejoindre Titi au bar. Mais j'ai pu me tromper. Quand on s'est cassés, la fille s'est incrustée. Un mois après, Titi était morgane. On les voyait partout ensemble. Main dans la main, ils passaient le plus clair de leur temps à se bécoter, n'existant que pour eux-mêmes dans un monde d'où les autres étaient tout naturellement exclus.

Titi a toujours été un solitaire. C'était pas un tombeur, loin de là. Je crois bien qu'il avait hérité de certaines des tares qu'avait son père. Il semblait anémique et ses cheveux étaient tombés prématurément, ce qui lui donnait l'air d'un vieux avant l'âge. Il était timide, coincé, et je pense qu'on l'aurait été à moins. Alors forcément, de tous les côtés, c'était :

— Laisse tomber cette pouffe, Titi. Tu vois pas qu'elle s'fout d'ta gueule ?

— La vérité ! Elle t'calcule même pas. C'est la maille qui la branche.

Et bla… bla… bla.

Certains étaient sincères. Ils pensaient vraiment ce qu'ils disaient mais manquaient juste de diplomatie, de tact. D'autres, à travers ces remarques, laissaient libre cours à leur jalousie. Pour ma part je leur disais :

— Arrêtez d'le faire chier, putain ! Y fait c'qui veut. S'il a envie d's'éclater, c'est son droit, merde.

Titi, de son côté, n'écoutait personne et se foutait royalement de l'avis des autres. C'était une des nombreuses choses que la vie lui avait apprises. Il savait bien, au fond de lui, que la belle n'avait pas fondu devant son physique ou son sens de l'humour, inexistant au demeurant, mais sur son fric. Ce qu'il savait sans nul doute, également, c'est qu'il allait morfler le jour où elle ferait ses valises. Mais le jeu en valait la chandelle, pour lui. C'est une façon de vivre dangereuse. Qui fait abstraction des projets. Des lendemains gris et pluvieux. On fait la part belle à l'instant présent. C'est un peu vivre comme si on devait mourir demain et je suis sûr que ces quelques mois ont été les plus merveilleux de toute sa vie. Simplement, tragiquement, il allait en garder un souvenir impérissable.

On ne les a pas vus très souvent, pendant le temps qu'a duré cette idylle. Titi s'est offert une Chrysler LeBaron. Cabriolet, s'il vous plaît. Une occase, hein ! Mais une belle occase. Grâce aux Manouches, encore. Et ils se tiraient plusieurs jours, pour visiter la France.

Titi bossait à la mairie. Il a pris une année sabbatique rien que pour profiter à fond de sa chance inespérée. Ils sont même allés jusqu'à la pointe de l'Occident, à l'extrême sud du Portugal, dans une petite ville de pêcheurs de l'Algarve nommée Portimão. Ce sont les Maures qui ont appelé cette région al-Gharb, ou Occident. D'où l'Algarve. C'est Titi qui me l'a dit. Hôtels, restaurants, boîtes de nuit, voyages… sûr qu'ils en ont profité. Mais un jour, après une ultime virée à Courchevel, il a dû se rendre à l'évidence : il ne restait plus que quelques milliers de francs et ce serait bientôt la fin du rêve.

Même s'il connaissait la suite logique, la conséquence fatale de cet état de fait, il gardait au fond de lui un infime espoir. Cette minuscule utopie qui fait de l'homme ce qu'il est. Un animal vraiment à part. Oui, il se disait que peut-être, cette fois enfin, la chance allait tourner. Que la fille resterait malgré tout. Seulement, comme dit la chanson et comme le confirme souvent la vie, les histoires d'amour finissent mal, en général. Certaines finissent très mal. Celle-ci en fait partie.

Un matin, sans un mot, sans un merci, la fille s'est tirée. Elle a laissé Titi avec son souvenir incrusté dans l'âme. Le cœur en morceaux. Du jour au lendemain, on l'a vu partir et revenir seul dans sa belle auto, la place du mort désespérément vide. Et pour cause. La mort, c'est en lui qu'elle s'était logée.

Titi n'a rien dit. Ni après, ni plus tard. Il avait trop de peine. Il devait déjà entendre les commentaires de tous les autres :

— Tu vois ? On t'l'avait dit ! Tu voulais pas nous croire.

— C'était sûr, tu parles ! Quand tu vois la meuf !

Ils pensaient : *Et quand on voit ta gueule.*

À sa place, j'aurais fait comme lui. Je l'aurais fermée. À part leur foutre à tous de grandes baffes. Puis un jour, à mon grand étonnement, Titi est passé à la maison. On habitait Antony, où on avait échoué après avoir quitté le duplex. Tous nos délires, c'était pas son truc, et la came, surtout, le répugnait. Il faisait une tête d'enterrement. Carole se trouvait Dieu seul sait où. Je l'ai fait entrer, intrigué, et je lui ai proposé un café. Il y avait rarement de l'alcool à la baraque, mais là, je crois que ça lui aurait fait du bien. J'étais à la cuisine en train de faire le café lorsque j'ai perçu des sanglots étouffés. Je suis retourné dans le salon pour trouver mon pote écroulé sur le canapé et qui chialait, le visage entre ses mains. Ça a duré un certain temps. C'est ce qu'il m'a semblé, en tout cas. J'étais bien emmerdé et c'est sans doute la raison pour laquelle j'ai trouvé ça long. Discrètement, je suis sorti de la maison et je suis allé chez le Rebeu de service acheter un flash de sky. Je savais que Titi aimait ça. Une fois de retour, je lui ai filé la bouteille. Il s'était calmé, les yeux rouges et gonflés. J'ai mis Lisa Stansfield en espérant lui remonter le moral et puis je me suis assis en face de lui, sur le fauteuil. Alors il m'a regardé bien en face avant de m'apprendre que la fille l'avait plombé. Il revenait du labo où il avait fait le test. VIH positif.

*

En approchant du café, Titi m'aperçoit à travers la vitre et il entre en souriant. Le vieux ne lève même pas la tête.

— Ça va, Francky ?

— Titi ! Ça roule ? Ça fait un bail !

— Ouais ! Et toi ? Tranquille ?

— Ça va. Pose-toi. Tu bois un verre ?

— Non, laisse tomber ! J'sors de chez Étienne. Tu sais comment qu'c'est !

— Tu m'étonnes ! Ça va, lui ?

— Toujours pareil. Kinou encore en cloque.

— Sans déconner !

— J'te jure.

— C'est quoi, c'coup-ci ?

— Une fille.

— Putain ! Il aura jamais d'mec, lui !

— Ouais, ça l'fait craquer. Y dit qu'c'est la faute de Kinou, maintenant. Il est pas chelou, lui ? Y s'sont encore engueulés.

— Attends, ça marche pas comme ça. C'est pas trop toi qui peux choisir, non ?

— Ben y paraît qu'si. Y a des moyens plus ou moins sûrs pour avoir l'sexe que tu veux. Mais Kinou, ça la branche pas. Elle dit qu'c'est pas naturel.

— Ah ouais ?

— Ouais. Comme pour les tortues, tu vois ? Suivant la température dans laquelle tu fous l'œuf, il est mâle ou femelle.

— Attends ! C'est pas des tortues !

— Ouais, j'sais bien. C'est pas la même chose. Mais c'est l'même principe. Paraît qu'c'est faisable. Il s'est mis ça dans la tête depuis qu'il a vu un reportage à la téloche.

— Il est barjot, ce con. C'est un gogol, qui va sortir, ouais. T'es en caisse, Titi ?

— Ouais.

— Tu l'as laissée aux gamins ?

— Ouais. J'suis garé sur le parking des Pervenches. Pourquoi ?

— J'ai du bédo à récupérer à Villejuif, chez José.

— Il est bon ?

— Top ! Tu connais l'matos du Tos.

On rigole.

— Tu pourras m'en lâcher un morceau ?

— …

— Hé ! Franck ?

— Hein ?

— Tu peux m'lâcher un bout d'teush ?

— Ouais, ouais, bien sûr. Tu veux quoi ?

— J'sais pas… un vingt-cinq, c'est possible ?

— Ouais, si tu peux m'emmener. Sinon, demain.

— Pas d'problème.

Je finis mon lait déjà tiède et avant de sortir, je passe rapidement un coup de fil à José pour le prévenir que je rapplique. Il me dit de speeder parce qu'il attend quelqu'un.

Les mômes sont en train de jouer au ballon quand on arrive et ils s'arrêtent pour se ruer sur nous. Titi donne au caïd de la bande un billet de cinquante et ils se dispersent comme une bande de chiens fous. Ils se filent des coups de pied et des baffes entre eux, s'insultent copieusement.

— Cinquante balles ? je dis à Titi.

— Ouais, c'est des gamins du foyer.

La Chrysler LeBaron, putain, c'est la classe ! Les chromes scintillent sous le cagnard et la carrosserie bleu nuit a l'air presque noire. D'une pression du pouce, Titi déverrouille les portières et les warnings se mettent à clignoter. À l'intérieur, ça pue le cuir et l'encaustique. Le tableau de bord, en bois, s'harmonise parfaitement avec le brun fauve du cuir. Titi a absolument tenu à garder la bagnole après le départ de l'autre pouffiasse, et, de toute façon, il ne l'avait pas achetée pour elle, alors... Il se saigne pour l'entretenir. Entre l'assurance, la vignette, l'essence que ça bouffe... Tu pètes juste un rétro, sur ce genre de tire, et t'en as pour le prix d'une mobylette.

Une fois bien installé, Titi baisse la capote et c'est parti. Pendant que Céline Dion s'époumone en hurlant qu'elle ira chercher son âme je ne sais plus où pour qu'il l'aime encore, nous on discute de bilans trimestriels, des T4 qui baissent inexorablement, et des traitements, aussi, que moi je ne prends plus mais que Titi continue à ingurgiter. J'en ai eu plein le cul. Une douzaine de cachetons par jour ! Et des effets secondaires qui me clouaient au pieu pour une semaine. Des chiasses d'enfer. Des maux de tête, des suées, des nausées... On évoque forcément Untel, qui vient de claquer, ou Machin, qui n'en a plus pour longtemps. Pas un qui ait l'air d'aller mieux ou de s'en sortir.

Si Titi ne se défonce pas et ne vole pas, non plus, ce n'est pas la première fois qu'il emmène l'un de nous jusque chez le Portugais. Pas besoin de lui indiquer le chemin. Une fois sur place, on se range sous les platanes. À une distance respectable. On entend les bruits du marché, un peu plus loin, les cris des maraîchers, les boniments des vendeurs de babioles à deux balles, et les gens se pressent. Beaucoup de retraités, qui marchent à petits pas, les yeux sur leurs souliers. Ils ne sortent plus que pour faire quelques courses ou promener leur vieux chien, le seul en qui ils aient encore confiance, le seul à leur être resté fidèle. Ils sont inquiets, fragiles, petites carcasses voûtées. Anachroniques, ils regardent disparaître toutes les valeurs autour desquelles ils ont bâti leur vie, impuissants vestiges d'un monde déjà obsolète, ils survivent sur une maigre pension. Oubliés de tous, presque immobiles, ils restent figés comme on reste coi face à une cabriole. Si pressé, ce monde, qu'il les laisse sur le bord du chemin, exposés à tous les vents. Abandonnés à la tourmente.

— Tu speedes, Franck.

— T'inquiète ! Cinq minutes.

Il n'y a pas âme qui vive, quand je pénètre à l'intérieur de la boutique. José débouche de son cagibi. Il m'accueille avec le sourire.

— J'vais te chercher le hasch.

Le temps de penser qu'il m'énerve avec son « haschhhh » et il est de retour. Il a l'air drôlement pressé. Je lui dis :

— Tu peux m'le couper en quatre ?

— Pas d'problème. Surveille la porte.

Il retourne quelques instants à l'arrière et je le vois faire chauffer la plaque avant d'y poser un long couteau de cuisine. J'allume une clope. Quelques minutes plus tard, José s'amène, mes morceaux de chichon bien emballés, et je m'en empare avant de le saluer et de sortir.

J'allais rejoindre la bagnole quand au loin, il me semble reconnaître une silhouette familière et honnie. Rachid ! Je me planque vite fait et je l'observe, cet enculé. Il ne peut pas me voir. Comme il se dirige tout droit sur la boutique, je fais signe à Titi de patienter et je me rapproche pour en avoir le cœur net. Je passe le coin rapidement et je remonte par la ruelle pour déboucher en face du magasin. À l'abri des arbres. J'ai juste le temps de le voir entrer et immédiatement, José retourne la pancarte qui affiche quatre mots de dupe : « JE REVIEN DE SUITE ».

La sensation de malaise ressentie plus tôt s'accentue brutalement. Ce que j'éprouve en voyant ce mec m'étonne à chaque fois. Mon cœur s'emballe et une angoisse sourde et oppressante se loge dans ma poitrine. Mon souffle s'accélère ou s'arrête carrément. Si je n'avais pas raté ce fumier, je serais au trou pour perpète. Lorsque je rejoins Titi à la bagnole, il me demande, inquiet :

— Qu'est-c'qu'il y avait ?

— Rien. J'ai cru reconnaître un mec, mais c'était pas lui.

— Tu fais une drôle de tête.

— ...

— T'as prévu quelque chose, là, Franck ?

— Rien d'spécial. Pourquoi ?

— On va s'fumer un bédo au parc ?

— Tu bosses pas ?

— Pas c't aprèm. C'est mercredi.

— Ah, ouais, c'est vrai. Ben OK, si tu veux.

Le parc, c'est celui de Sceaux. Un des poumons du coin, avec les forêts de Meudon et de Verrières, qui sont plus loin. Dès le printemps et tout l'été, bien sûr, les mômes des cités alentour viennent y jouer au foot, draguer les lycéennes de Lakanal et fumer des bédos, évidemment. Quand je n'étais pas aussi affaibli, ça m'arrivait d'y aller et de taper le ballon avec eux. Aujourd'hui, c'est même plus la peine d'y penser. Je regarde les autres et ça me suffit. On traîne tous dans ce parc depuis tout mômes. On y dormait souvent, après des fêtes sous acide. Il n'y avait pas de gardes ni de chiens, alors.

Titi gare la bagnole sur le parking principal, juste en face du château, et on prend la direction du verger. C'est un jardin qui se trouve à peu près au centre du domaine. Il est connu de tout le monde pour sa beauté, au mois d'avril. Le jardin est planté de cerisiers japonais et, lorsqu'ils fleurissent, ils se parent de boules de fleurs roses que le vent, après quelques jours, disperse sur une pelouse verte et grasse. Lorsque le ciel est bleu, piqué de rares nuages blancs et cotonneux, c'est une vision de paradis. Les enfants s'amusent à en secouer les branches et rient aux éclats, émerveillés par la pluie rose et fragile qui s'abat soudain sur eux.

Il y a des jours où la douceur de l'air me fait tout oublier. Je goûte un semblant d'harmonie, de beauté, comme un répit. Quelques moments dérobés au destin pour souffler. Un soupir. Un silence. Identique à celui de cet instant où allongés dans l'herbe fraîche, les yeux au ciel à suivre un nuage, nous ne parlons pas. Les oiseaux volent en tous sens. Ils crient et s'interpellent à tue-tête, chacun d'eux ayant encore des bouches à nourrir. Ils volent tout ce que les gens lancent aux pigeons, ces balourds. Vifs et rapides, espiègles, ils fondent sur les morceaux de pain avant de repartir sans même toucher le sol et ils se battent entre eux en poussant de petits cris stridents. Chaque jour, ils doivent trouver leur pitance. Tous les moyens sont bons. Moi, chaque jour, c'est pareil. Mais en plus, je dois trouver du fric. Et puis de la came. Quand je sais que j'ai de quoi voir venir, comme aujourd'hui, ça va tout de suite mieux. Ça éloigne le spectre du manque. Un peu comme l'ail chasse le vampire. Momentanément. Il faudrait un pieu en plus à planter dans un cœur. Mais cette pute n'a pas de cœur.

Titi brise le silence. Je l'entends dire comme pour lui-même :

— T'en as pas marre, Franck ? Moi, y a des jours où j'ai plus envie d'lutter, putain. À quoi ça sert, d'abord ? Hein ? T'es toujours tout seul, comme un con. Un pauvre type. Un paria. Un pestiféré ! T'es toujours seul avec ta merde et tes angoisses. Les trucs que tu trouves bien ? Si y en a, y a personne pour les partager avec toi. J'ose même plus brancher une meuf. Déjà qu'avant c'était pas terrible…

Je ne dis rien parce qu'il n'y a rien à dire. J'écoute. Je sais que Titi n'attend pas que je le console avec les conneries habituelles. Il se contente juste de dire tout haut ce que nous pensons tous tout bas. Moi comme les autres. Il continue :

— Même si y a une belette que j'kiffe, j'pense direct au DAS. J'me dis qu'y faudra bien qu'j'lui en parle un jour ou l'autre. Et les gosses ? Même si elle t'aime, la meuf, des gosses elle en voudra forcément. C'est obligé. C'est un truc de gonzesses. Plus fort qu'elles.

— C'est possible, aujourd'hui, pour les gosses. C'est moins risqué.

— Ouais, je sais bien… mais imagine ! Et puis tu sais comment c'est, tu rencontres une nana et ça colle, disons. C'est cool, elle est super et elle te plaît trop. Tu lui plais aussi, évidemment. Si tu veux être réglo, tu fais comment ? Tu lui dis avant d'passer au pieu pour la première fois ? Tu sais comment ça se passe. Ça va super vite entre le jour où tu branches une meuf, et le jour où tu t'la fais. Elle a pas l'temps d's'accrocher vraiment, tu vois ? À tous les coups elle va s'sauver rapide, non ?

Je marmonne un vague oui.

— Ouais, ben c'est clair qu'elle va tracer la route. Neuf sur dix recta ! C'est normal ! Mais admettons que t'attendes. Tu mets des capotes et tout l'bordel. Y a rien de suspect à foutre une capote, aujourd'hui, au contraire. Tu lui dis rien. Disons qu't'attends quelques mois qu'elle s'attache. Et vlan ! Une capote lâche. Ça serait pas la première fois ni la dernière, hein ?

— Tu m'étonnes.

— Tu fais quoi ? Tu l'as dans l'cul.

— Elle, surtout.

— Hein ? Putain ! T'es con ! Non, sérieux. T'es obligé de tout avouer en reconnaissant lui avoir menti, avec, en plus, cerise sur le gâteau, la petite maladie dont tu lui as fait cadeau. Enfin, peut-être. Mais quand même. Nan. Faut en parler direct. Mais c'est trop dur à dire, cette merde. Y a qu'une perle rare qui resterait. Ou une suicidaire.

Il est cassé, le Titi. Il se barre dans un mauvais trip. Il glisse sur une pente savonneuse et c'est moyen pour la tête. Mieux vaut ne pas trop penser. Il s'exprime à voix basse, pour lui, pour moi, pour tous les autres. Mais il a raison, et je partage son sentiment d'impuissance. Cette impossibilité d'aimer encore. Cette pensée terrifiante, surtout, de se dire que jamais plus on ne sera aimé. Et c'est si dur d'aimer sans amour en retour. C'est christique, comme truc.

Titi continue :

— À la mairie, s'ils savaient… j'serais mort. Ces enculés ! Quand ils parlent des mecs qui sont séros ou qu'ont l'DAS… c'est grave. Y en a qui boiraient pas dans l'même verre que moi, s'ils savaient qu'j'l'ai !

Ça me rappelait Carole et moi. À l'époque, on passait les verres à l'eau de Javel pour les copains, tellement on était ignorants.

On se roule encore un petit joint en regardant le parc se vider lentement. C'est le mois de septembre et il n'y a pas grand monde. Les lycéens ont repris les cours. Les étudiants aussi, ou ils s'y préparent. Des joggeurs, des promeneurs de chiens, quelques familles, aussi. Beaucoup n'ont pas les moyens de partir en week-end et se donnent l'illusion d'une sortie à la campagne. Ils remballent les ustensiles de pique-nique, les ballons, frisbees et autres jouets que les gosses ont abandonnés un peu partout. C'est mercredi. Les mâles s'étirent, émergeant d'une sieste réparatrice à l'ombre des grands pins. On rappelle à l'ordre les gamins, qui voudraient bien rester encore et traînent des pieds. On attache les chiens, essoufflés et fourbus d'avoir couru, et tout ce petit monde se prépare à rentrer. Moi, ces tableaux de familles unies, ces enfants qui rient sous le soleil, le vent dans mes cheveux, l'odeur sucrée des bois, le ciel azur et ses vaisseaux blancs et légers, tout ça me broie le cœur, comme un rêve à jamais enfui, un destin parallèle impossible. J'aurais tant aimé connaître ce bonheur. Être entouré des miens. Mais mon corps commence à me faire sentir que l'heure approche, inexorable, et c'est pour cette raison que mon moral vacille.

— On va pas tarder, Titi ?

— Ouais. OK. J'en roule un pour la route.

— Vite fait, alors.

Le joint prêt, Titi m'aide à me relever. J'ai de plus en plus de problèmes avec mes jambes. Surtout en fin de journée ou quand je suis fatigué. Le matin, même. Si j'ai mal dormi.

Une fois debout, on prend le chemin de la sortie. Autant à l'aller, ça va tout seul, autant au retour, c'est dur. On doit contourner le bout de l'immense bassin et après, il faut se taper toute la montée jusqu'au château. Ça grimpe sévère. Je suis obligé de m'arrêter souvent, le souffle court et les jambes tremblantes. Une forge sur deux roseaux.

Lorsque je me laisse tomber sur le siège moelleux et chaud de la bagnole, je suis en nage. Je jette un œil dans la boîte à gants et, parmi les daubes de variété française, je déniche un vieux Pat Metheny que je colle dans le lecteur. « Still Life Talking. » Tu parles !

— J'te file le bédo ?

— Ah, ouais. Passe.

Titi descend le planquer dans le fond du coffre et m'allonge huit cents balles. Parce que tout travail mérite salaire et aussi pour les risques, qui justifient ce genre de commissions. Puis on s'en va.

13

13 septembre 1999
17 h 53

Il va être six heures et ce putain de goût de fer commence à squatter ma bouche. Une quinzaine de minutes plus tard, Titi me laisse en bas de mon immeuble et on promet de se revoir bientôt, sachant pourtant que nos vies, tout en étant liées par le même inexorable destin, sont sur des routes qui se croisent rarement. Il vient à peine de tourner le coin de la rue que je vois le jeune Yoan s'amener vers moi. Ce gosse est adorable. Je l'ai connu tout gamin.

Sa mère, que tous les mecs de ma génération habitant le quartier ont connue, une chaudasse, s'est barrée un matin, comme ces gens qui sortent chercher des clopes et ne reviennent jamais. Elle était au petit bac à sable avec Yoan, et sa sœur, trop petite encore, se trouvait dans son landau. Le gosse s'amusait à proximité quand une bagnole, grosse berline, s'est arrêtée sur le parking qui borde le jardin. Un type est descendu, costard-cravate, genre fonctionnaire, bureaucrate. Il s'est approché de la jeune femme et lui a parlé. Il cherchait une rue du quartier, et tout cela est rapporté par une autre femme présente à cette heure matinale dans le jardin. Peu après, la mère de Yoan s'est levée et a demandé à celle-ci de bien vouloir jeter un œil sur sa progéniture le temps d'un aller-retour à côté. Cinq minutes. Elle n'est jamais revenue.

Le père, routier, ne devait rentrer qu'à la fin de la semaine. Il ne s'en est jamais remis. Il a commencé à téter le biberon et à maltraiter les petits comme s'il les rendait responsables de cette tragédie. Il ne voulait pas croire que les choses s'étaient passées ainsi. Il était convaincu qu'elle le trompait depuis longtemps, déjà, pendant que lui se tuait au boulot. C'était vrai. Elle s'était tirée en laissant les deux mômes dans la rue ! Il a perdu son taf. Plusieurs contrôles farci et pour finir, un carton avec le camion et deux grammes huit d'alcool dans le sang.

Yoan est un garçon timide, peu sûr de lui, même si ça s'est beaucoup arrangé avec le temps et grâce au sport. Enfant, il était frêle, mince, et tout en nerfs. Son père lui filait des tannées pour un oui ou pour un non. Il lui préférait sa sœur, même si elle lui rappelait sa volage épouse. Mais elle « mangeait » aussi, faut pas croire. Quand il était bourré, il ne reconnaissait personne. Alors le petit Yoyo, du coup, il traînait souvent avec nous, le soir. Tard. Il attendait que son vieux tombe mort saoul pour s'esquiver en douce et nous rejoindre. On glandait dans les halls à raconter des conneries et à fumer, toujours. Nous, pas lui. On ne voulait pas qu'il goûte à la clope et encore moins au bédo. Et puis un soir, Basile est passé nous voir.

C'était un ancien du quartier qui avait fait les quatre cents coups avant de se ranger des voitures. Il crèche à Vélizy. Éducateur sportif. Spécialité ? Boxe anglaise. La noble. C'est lui qui m'avait appris les rudiments au gymnase de la Butte.

Yoan a immédiatement accroché et en y repensant, je me dis qu'ils avaient beaucoup de choses en commun. Un père abusif et alcoolique, ils avaient poussé dans les quartiers, avec une envie de revanche, de la fierté, du courage. Ils étaient tous les deux réservés, avec un bon fond.

Alors Yoyo n'a plus lâché l'affaire. De loin en loin, j'entendais dire que le petit était un bon, qu'il avait la boxe dans le sang. Quand il a démarré, il était gaulé comme une antenne radio. Il devait avoir onze ou douze ans. Il ne faisait rien de plus que traîner dans la salle, vider les seaux, ranger les bandages, etc. Petit à petit, il s'est approché du sac, faisant l'idiot et imitant tel ou tel boxeur de la salle. Ça faisait marrer tout le monde. Peu après, Lorenzo l'a pris sous son aile. C'était un espoir du club. Poids moyen. Il a montré au « petit », comme ils l'appelaient, comment bien frapper, en mettant le poids du corps dans le coup. Comment se protéger, aussi, et ne pas se faire mal en cognant. Alors il s'est mis à s'étoffer. La période de croissance conjuguée à ce sport intensif et complet a fait que, telle une graine de séquoia, il s'est mis soudainement à grandir et s'élargir. Il faut le voir pour le croire. À vingt ans à peine, il mesurait un mètre quatre-vingt-quatre pour soixante-dix-huit kilos de muscles.

C'est à partir de là que tout a basculé pour son

père. Un jour, il a voulu s'en prendre une fois de plus à Yoan, car comme tous les parents, il n'avait pas vu ses enfants grandir. Malgré la taille du bestiau, il l'imaginait encore chétif et soumis. Peureux. Et puis il était farci, aussi.

Ce jour-là, donc, le petit s'est rebiffé et a riposté de façon violente et incontrôlée. Il l'a frappé, une bouffée de haine dévastatrice envahissant son cerveau. Juste une patate. Le père est tombé sans connaissance sur le sol. Se rendant compte de ce qu'il venait de faire et constatant avec effroi que son père ne bougeait plus, Yoann a prévenu les pompiers.

Aux urgences du Kremlin-Bicêtre, les flics ont fait leur apparition et le gosse s'est retrouvé inculpé pour coups et blessures. Quarante-huit heures plus tard, il était dehors. Les médecins ont conclu à une rupture d'anévrisme. Impossible de prouver qu'il existait un lien de cause à effet entre la paralysie de son père et le coup porté. Le vieux resterait dans un fauteuil et il s'en sortait bien, parce qu'on pouvait en mourir, de ce truc-là.

Enfin. C'est un mec adorable et qui ne dit jamais de mal de personne, excepté de son vieux. Il était tout sourire, en s'approchant.

— Hé ! Yo ! Ça alors !

— Salut, Franck. Tu vas bien ?

— Ouais, cool. Et me broie pas la main, s'te plaît. S'tu fous dans l'coin ?

— Tu sais pas ?

— J'sais pas quoi ? À voir ta tronche, ça a l'air plutôt cool. T'es qualifié pour le championnat d'France ?

— Pas encore. C'est coton c't'année. J'rentre CHEZ OIM !

Il me dit ça avec un sourire qui en dit long sur le plaisir que ça lui procure.

— Où, chez toi ? Pas chez ton v… putain ! T'as déménagé ?

— Ouais ! J'me suis cassé. Tu t'rappelles, la dernière fois qu'on s'est vus au Champion ?

— Ouais ?

— J'm'étais embrouillé avec mon vieux à cause de ses merdes en jonc, t'sais ?

— Ouais, y disait qu'tu les avais taxées, c'est ça ?

— Ouais. Et puis il les a r'trouvées, c'trimard, t'sais ? Tellement y flippait qu'j'les choure qu'y les avait planquées. Y savait plus où ! C'est pas trop, franchement ?

— Tu m'étonnes ! J'm'en souviens bien.

— Eh, la vérité. Il m'a trop pris la tête. Tu vois pas, toi ? Il r'trouve ses daubes et tu crois qu'y m'aurait dit quelque chose, genre : « Excuse-moi » ? Que dalle, ouais. Tu sais c'qui m'sort, ce connard ? « Ouais, ben ça aurait aussi bien pu être toi ! »

— Comment t'as su qu'il les avait r'trouvées ?

— C'est Sabine, t'sais, ma p'tite sœur, qu'a lâché l'morceau. Elle commence à en avoir plein l'cul, elle aussi. C'est pas d'hier, remarque, mais il l'a toujours mieux traitée, alors… elle a mis plus longtemps à craquer. Il est pire qu'avant, sauf qu'y sait qu'y peut plus nous taper…

— C'est déjà ça.

— … et comme ma sœur elle a plein de copines qui bossent, elle a demandé à une des meufs si elle avait pas un plan pour moi dans son agence. Elle m'a trouvé un studio.

— Tu bosses, toi ?

— Basile m'a pris dans l'association, t'sais, au club. J'suis à mi-temps. Pour démarrer, tu vois ?

— C'est top, mec ! Et t'as l'temps d't'entraîner quand même ?

— Tu m'étonnes. Même si j'avais pas envie, y a Lorenzo qui m'colle au cul. Un vrai morbac.

On s'est marrés.

— Et comment il va ?

— Nickel. On attend les qualifs pour le championnat d'France. On a des bons, au club. En plus, on va rencontrer des tafioles du XVIIe. Ces bouffons. On va les dépouiller. C'est les clubs de Saint-Denis et Levallois qui seront les plus chauds.

— C'est tout c'que j'vous souhaite, les mecs.

— T'sais Franck, c'est grâce à vous si j'm'en suis sorti *ça comme*.

— Va dire ça à Basile. Nous, à part glander dans les halls…

— Sois pas con. Sans vous, je s'rais parti en vrille.

— Bon, ben ça m'fait plaisir. Tu r'vois les autres, des fois ?

— Les autres ? Quels autres ? Y a plus personne.

— C'est vrai, putain. Tu sais, Yoyo, ç'a pas été facile pour ton daron. Penses-y.

— Ouais, je sais, Franck. Bon, ben j'y go.

On se serre la main et il repart de sa foulée élastique à ses galères. Yoyo !

Parler avec Yoan m'a occupé l'esprit et pendant ce temps je ne pensais pas à la came. Maintenant qu'il est parti, je reprends conscience de mes boyaux qui gargouillent et de cette sourde angoisse dans ma poitrine. Les bâillements nerveux commencent à me tirer les mâchoires. Je sens au bord de mes narines le début d'un écoulement désagréable et familier. Si familier. J'ai mal au ventre. La chiasse. Une boule d'angoisse commence à grossir dans ma poitrine. Je faisais demi-tour, me préparant à affronter cette merde d'escalier, quand j'entends qu'on m'interpelle dans mon dos. Par mon nom de famille ! Instinctivement, mon corps entier se fige et mon cœur observe un arrêt qui me coupe le souffle une seconde. LES KEUFS ! Pas moyen de me tirer ! Alors je me retourne, prêt à tout, et là, je vois mon proprio en train de remuer son gros cul pour me rattraper, ses lunettes à la con sur le pif et un sourire sur sa gueule de faux derche.

— Monsieur Carbon... monsieur Carbon..., il fait, en se dandinant.

La courante qu'il m'a collée, ce trimard.

C'est le genre de type insignifiant, quelconque, dont il est difficile de se souvenir tant ses traits sont communs. Plus petit que la moyenne, il a des cheveux grisonnants et clairsemés qu'il plaque sur son crâne de piaf. Il porte des lunettes carrées à fine monture, un costume marron trois pièces difforme et usé. Une tête de pute sur le retour. Fanée. Et des petits yeux sournois, toujours en mouvement, qui ne croisent jamais le regard. Pas le mien, toujours.

Il est propriétaire d'une douzaine de taudis disséminés à travers la ville et, malgré tout son blé, c'est un crevard. Une putain de pince. Il a un hôtel, aussi. Les Voyageurs. J'y suis passé. Il doit s'appeler comme ça parce que les mecs se barrent vitesse grand V après quelques jours. Y a que les mecs en situation irrégulière qui restent là. Bien obligés. S'ils sont six dans une piaule de vingt mètres carrés, ils paient tous plein pot. Dealer de sommeil, voilà ce qu'il est. Si les enculés avaient des ailes, il serait chef d'escadrille.

Je hais ce mec, et pourtant, je dois le ménager. Je ne veux plus squatter ou dormir dans la bagnole. J'ai trop morflé. J'ai besoin de lui. Alors je me colle un sourire avant de le saluer, comme un faux cul. Il embraye :

— Monsieur Carbon ! Je suis bien content de tomber enfin sur vous.

Il me tend une main molle et moite, à la poigne inexistante, comme une gonzesse de la haute qui attendrait le baisemain. Son sourire d'hypocrite n'a rien à envier au mien, et c'est avec un plaisir toujours intense que je serre fermement ce gage fourbe de sympathie, ému par sa petite bouche de tapette que je regarde se tordre, son regard fuyant. À mon tour, je demande :

— Comment allez-vous, monsieur Foucher ? Ça fait longtemps.

À vrai dire, j'ai plus d'un mois de loyer en retard et depuis, je l'esquivais. Je l'imaginais, pestant et jurant, et je jubilais en pensant aux cinq étages qu'il avait dû se taper pour rien avant d'arriver jusqu'en haut. Il avait laissé un mot, l'autre fois. Il voulait que je le rappelle « assez vite ». Bien rare ! J'ai laissé pisser. Cette fois, pas moyen de passer à travers. Mais il y a un dieu pour les crapules, parce que j'ai de quoi allonger la thune. Les parties de cache-

cache avec les créanciers, je connais, et les dealers, c'est bien plus chaud que ce genre de caves. Mais bon ! C'est pas les mêmes conséquences, non plus. J'emmerde Foucher et sa race de cons. C'est bientôt l'hiver et il ne pourra plus me virer. À moins qu'il ne m'envoie des gros bras du Front.

Il me mate de derrière ses carreaux, avec son rictus.

— On peut dire que vous n'êtes pas souvent chez vous, hein ? Oui, oui, oui, je suis passé plusieurs fois, déjà. Je vous ai laissé un mot il y a bien quinze jours !

Je le regarde.

— Ça n'a pas d'importance, de toute façon. Vous avez raison, il faut en profiter tant qu'on est jeune. Remarquez, vous n'êtes plus si jeune, non plus. Mais tant qu'on a la santé, n'est-ce pas… ?

Pauvre enculé.

— … Vous ne me croiriez pas si je vous racontais ce qu'on faisait quand j'avais votre âge. Ah, ça, on a fait les quatre cents coups, nous aussi.

Non, mais qu'est-ce que j'en avais à foutre, de ses conneries ? Il devait s'amuser à chasser le raton, oui. J'abrège l'entrevue. J'ai un truc qui va lui fermer sa bouche. Et j'en peux plus, déjà.

— Monsieur Foucher ?

— Oui ?

— J'ai mon loyer de retard à vous donner et je voudrais rajouter le mois d'octobre, pour être tranquille. C'est pas que j'm'ennuie, mais on m'attend. En haut.

Je lui désigne l'entrée de l'immeuble avant de cligner de l'œil, complice.

— Hum !

— Vous savez c'que c'est.

Je le fixe, amical, en copain. Après son speech sur la jeunesse, il aurait du mal à la ramener.

— Bien sûr, bien sûr.

Il pénètre dans le hall nauséabond à ma suite. Ça pue les poubelles et l'urine. Ça pue la zone et la misère. C'est là-dessus qu'il prospère, ce cafard. J'enclenche la minuterie pour y voir clair, et j'exhibe sans me cacher ce qui me reste de fric.

Je prélève trois mille cinq cents balles sur la liasse et du coin de l'œil, je vois ce trou du cul lorgner mon blé. Je lui tends les biffetons qu'il s'empresse de fourrer dans son portefeuille, délicatement, avant de le remettre dans la poche intérieure de son veston pourri. Tout me dégoûte, chez lui. Ses manières, son attitude, son odeur… tout. C'est à moi d'avoir la main tendue, maintenant, impatient de lui écraser les doigts. On a les vengeances qu'on peut. L'idée me vient qu'il était peut-être passé pour me virer. Il était si jovial, en arrivant. Je sors pour le voir s'éloigner dans sa Citroën de merde et je décide enfin de ne plus esquiver le calvaire qui m'attend. Si je ne suis pas encore décomposé, c'est que je prévois le manque bien en amont, quand c'est possible.

En attaquant le premier étage, j'essaie de ne pas penser aux quatre autres. De la même manière que chaque jour, je m'efforce de ne pas penser au lendemain. Mais je pense au passé. Souvent. Presque sans cesse. Il me hante.

14

Avant

Vers 1985, un bruit s'est mis à courir parmi les toxicos. Il y avait un plan de fous à la gare de Lyon. Non seulement on y trouvait de tout, mais en plus, on pouvait pécho pour vraiment pas cher. Et pas de la merde. L'îlot Chalon.

Ce plan incroyable, inimaginable, s'était installé dans trois immeubles en ruine pratiquement collés à la gare. Ils étaient squattés par des Africains qui vivaient là dans des conditions indescriptibles. Pas d'eau ni d'électricité, pas de sanitaires. Pour accéder aux étages supérieurs, il fallait emprunter des escaliers défoncés si pourris qu'ils s'effondraient parfois sous les va-et-vient incessants. Le sol, les murs, le moindre centimètre carré de plafond, tout était poisseux de crasse, couvert de taches et de substances indéfinissables. Une odeur tenace de pourriture, excréments, urine et moisissures embaumait l'endroit en se mêlant aux fumets de graillons et aux relents âcres des corps entassés, affalés, dans les pièces sombres et exiguës. La flamme vacillante des bougies rendait ces lieux déjà répugnants plus glauques encore. L'endroit grouillait jour et nuit de toxicos explosés, hébétés, de vermines en tout genre dont j'étais un spécimen à part entière. Ces trois bâtiments plus que vétustes étaient destinés à être démolis, mais entre la décision administrative et le début des travaux sur le terrain, il peut se passer du temps.

Au pied de ces ruines couraient deux ruelles tortueuses dans lesquelles il était pratiquement impossible de se frayer un chemin tant il y avait de passage. Çà et là, et c'était assez surprenant, subsistaient quelques commerces tenus par les Blacks, comme des grossistes en quincaillerie et bibelots ou des marchands de tissus bariolés. Parfois, on leur refourguait du matos. D'autres boutiques étaient aux mains des Arabes, qui se retrouvaient soudainement en minorité et qui n'avaient rien à voir avec l'énorme trafic qui débutait ici. Cela les révulsait, même.

Pour le moment, ils ne mouftaient pas. Ils tenaient un bar, deux restaurants et le salon de coiffure. Mais attention, ces commerces n'avaient que le nom de leur fonction : en fait de restaurants, par exemple, c'étaient des bouis-bouis infâmes. Minuscules et crasseux.

On pouvait assister, dans ces deux ruelles surpeuplées, aux scènes les plus folles. Ils étaient légion à se shooter sur place. Trop pressés pour aller plus loin, ils encombraient les escaliers, les sous-sols et jusqu'aux trottoirs. On en trouvait, livides, qui rampaient sur le sol, incapables de se tenir debout, alors que d'autres étaient simplement tombés là où ils s'étaient cartonnés et n'avaient plus bougé. On les enjambait comme on évite une flaque d'eau ou une merde de chien. Parfois, quand il y en avait trop, soit deux Blacks les balançaient dehors, soit ils filaient un paquet à deux paumés pour qu'ils s'en chargent. Jamais aucun flic ne mettait ne serait-ce que le bout de son képi dans ces ruelles ! Et on était à quoi ? une centaine de mètres de l'entrée principale de la gare de Lyon ?

Comment tous ces mecs, ces dealers exotiques, sont arrivés là ? Qui leur a fourni les dizaines de kilos d'héroïne et de cocaïne qui se sont écoulés ici ? Et comment se fait-il que pendant tous ces mois personne ne soit intervenu ? Je crois bien que derrière cette apparente indifférence se cachait un secret explosif. Il n'y a pas d'autres exemples tels que celui-ci. C'est un cas totalement à part. Il faut connaître ou aller voir, pour se rendre compte de la situation géographique du lieu. Mais il n'y a plus rien, aujourd'hui. C'est tout beau et tout propre.

En ce qui concerne les criquets, il en arrivait de partout. De toute la capitale et sa banlieue. Les flics, eux, ne semblaient s'apercevoir de rien. Yvelines, Val-de-Marne, Hauts-de-Seine, Essonne, Val-d'Oise, du Ier au XXe arrondissement et jusqu'à la province, tout le monde rappliquait à l'îlot Chalon. C'est de ce genre de migration que vient l'expression de « criquets », que les jeunes dealers ont collée aux toxicos. Ils déboulent sur un plan en masse, venus d'on ne sait où. Comme ces bestioles sur un champ.

Les Blacks vendaient leur came en puisant directement dans de gros sacs en plastique pleins ras la gueule de dope. Et ils avaient la main lourde. En plus, ils se tapaient la bourre entre eux, et comme ils étaient tout un bataillon… c'était à celui qui servirait le mieux. Ils ne pouvaient pas jouer sur la qualité parce qu'ils avaient tous exactement la même came. C'était bon enfant. On leur disait :

— Vas-y, tu m'mets la pointe de l'amitié !

Et tu voyais le mec enfoncer son couteau dans le sac et te ressortir de quoi te faire trois ou quatre gros shoots ! On se passait le plan entre nous, les camés :

— Tu connais pas l'plan d'la gare de Lyon ?

— Non.

— Si t'y vas, oublie pas d'demander la pointe de l'amitié.

La pointe de l'amitié ! Putain de connerie ! Si j'ai pas coulé, après ça !

Il suffisait d'être deux, et avec dix sacs chacun, on pouvait choper de quoi se défoncer et en revendre deux fois plus à un blaireau de Sceaux ou d'ailleurs. Mais inutile de dire que la plupart du temps on s'envoyait tout. La came qu'on trouvait à l'îlot, c'est le brown. On disait brown sugar, dans le temps. On dit la marron, aujourd'hui. La mode est au français. Et au féminisme.

C'est un produit mal raffiné, souvent coupé à la caféine au mieux, et à la strychnine ou à la mort-aux-rats, au pire. Parfois, les deux ou trois à la fois. C'est une came qui vous accroche vraiment très durement. On la trouve en priorité dans des pays à la monnaie faible, des bleds du Sud comme la Grèce ou l'Espagne, par exemple. À Paris, elle squatte rue Myrha, à Belleville, Barbès, la Villette, Stalingrad et ailleurs encore, comme dans le Nord, jusqu'à Lille et au-delà, en Belgique et en Hollande. Elle est passée aussi en banlieue Sud. Comme la rose, cette merde infâme et synthétique. Finalement, c'est la blanche qui a fini par l'emporter et qui s'impose depuis, chez nous.

L'ironie du destin, toujours plein de finesse, ne cessera jamais de m'étonner. Certaines, coupées avec un poison violent, rendaient aveugle. De l'iranienne, si mes souvenirs sont bons. D'autres pouvaient tuer.

Le brown nécessite tout un bordel pour pouvoir le consommer par voie intraveineuse. Il faut du citron ou du vinaigre afin que la dope se dilue, et du feu pour chauffer cette mixture. Dans les pays où elle est produite en masse, en Afghanistan, par exemple, nombreux sont ceux qui la fument. Elle peut servir de salaire, aussi. Mais à chaque fois qu'on voit un connard chauffer de la blanche dans un film et aller jusqu'à la faire bouillir, il faut bien se dire que ce sont des conneries. Que le réalisateur ou le scénariste est incompétent. Jamais on ne chauffe la blanche.

La marron laisse au fond de la cuillère et tout autour du coton un dépôt qui ressemble à de l'opium, la base de tout opiacé et donc de l'héroïne. Les junkies conservent ces cotons en prévision de vaches maigres et les réutilisent souvent plusieurs fois.

Pascal, du Plessis-Robinson, faisait la tournée des épaves qui se shootaient sur place, à l'îlot. Il faisait des allers-retours dans les ruelles, son petit sac en plastique à la main. Il récupérait les cotons quand les mecs voulaient bien lui filer. Il se les envoyait ensuite, parce qu'il était tellement dans la merde. Il y avait tant et tant de dope, et à un prix si dérisoire, que rares étaient les mecs qui gardaient leurs cotons. Il fallait vraiment être à la rue. Il en a profité un peu et puis il a fini par se jeter par la fenêtre de sa chambre, chez ses parents.

La rose est comme le brown. Elle a besoin d'être chauffée, elle aussi. Mais sans citron. Elle se présente sous la forme de cailloux, et posée par terre, rien ne la distinguerait d'une pierre quelconque. Elle n'est pas rose bonbon mais a plutôt des teintes allant d'un rose clair à un marron ocre ou beige. Le gros problème, avec elle, c'est qu'une fois chauffée et rendue à l'état liquide il faut speeder un maximum, sinon, elle retourne à son état initial de solide. L'hiver, avec des veines inexistantes, c'était juste l'enfer ! J'en ai vu pleurer de dépit et de frustration après de multiples et vaines tentatives pour trouver un passage avant qu'elle ne se transforme. En plus, elle pouvait vous boucher la pompe en se solidifiant à l'intérieur de l'aiguille. Pour la sortir de là, une fois dure, il n'y avait que par le cul de la seringue que c'était possible. Et on en perdait un max, forcément. En plus, elle était souvent naze, cette came, et elle valait rarement le mal qu'on se donnait.

Moi, je m'étais rabattu sur un vaccin qui comportait une petite seringue en verre. Celle-là, tu pouvais la chauffer directement sans avoir à ressortir le mélange pour le faire dans la cuillère. Rien que de savoir que cette putain de dope pouvait gélifier d'un moment à l'autre, ça nous mettait la pression et on arrivait encore moins à trouver une veine.

On ne m'enlèvera pas de la tête que l'infection par le VIH s'est mise à proliférer à partir d'ici. De l'îlot. C'était le terrain idéal pour investir les hommes incognito et se répandre à une grande vitesse. Chacun retournait chez lui, à perpète, dans sa banlieue ou sa province, et polluait ainsi des endroits difficiles d'accès.

Tous les milieux y ont eu droit. C'était une véritable fourmilière cosmopolite. Des milliers de gens venaient s'approvisionner ici en coke et en dope. Ce n'est pas sous prétexte que je ne parle que d'elle qu'il n'y avait que la lie de l'humanité pour venir traîner ici. La défonce a la particularité de pouvoir réunir dans un même lieu des gens totalement différents. C'est ainsi qu'on pouvait voir de gros bourgeois arriver et sortir des liasses pour se payer dix ou vingt grammes de coke avant d'aller faire la fête à Paris sapés comme des princes. Ils s'amenaient avec des gisquettes en robe de soirée, permanente et escarpins vernis, qui attendaient en bas, dans la ruelle, pas très rassurées et jacassant fort pour se donner du courage, ou muettes de peur et serrées les unes contre les autres. Plein de bouffons du show-biz venaient chercher leur défonce ici, et certains l'ont reconnu publiquement bien des années plus tard. Les homos, gros fêtards devant l'Éternel, faisaient aussi partie du lot.

C'était devenu le supermarché parisien de la défonce.

Bouzid, qui squattait carrément sur place depuis

qu'il avait découvert le plan, s'était rendu compte que beaucoup de mecs galéraient pour trouver une pompe après avoir chopé. Sûrement qu'ils ne voulaient pas se balader dans les transports avec le matos sur eux. Les tox disent que ça porte malheur d'acheter la pompe avant d'avoir la dope. À cause des flics, aussi. Lui, c'est par cartons entiers qu'il les avait. Sa sœur était infirmière. Et diabétique, par-dessus le marché. Alors il a monté un petit deal avec les camés. Il leur vendait la pompe moins chère qu'un vaccin à la pharmacie et il leur filait un morceau de citron ou de la flotte, suivant les cas. Des fois, il échangeait ses pompes contre une pointe. Il y a même un des dealers blacks qui l'a pris avec lui. Pour avoir un avantage sur la concurrence. Dieu sait, pourtant, que les clients ne manquaient pas. Il s'était dit qu'en plus du paquet, il allait filer une pompe aux criquets qui shootaient. Ouais, faut pas oublier que certains sniffaient, simplement. Il lâchait à Bouzid de quoi se défoncer, et l'autre amenait les shooteuses.

Bouzid prenait du speed, aussi. Qui se vendait en pharmacie sans ordonnance. Et c'était puissant. Ça s'appelait Biocidan. Des gouttes à se foutre dans le nez quand on a un rhume, à la base. Il suffisait de s'enfiler la petite fiole en plastique en entier, d'avaler le liquide, et on partait sur une autre planète. J'avais goûté, mais, comme tous les speeds, ça rendait bavard. Et je n'aimais pas « trop » parler.

Peu après, certains épiciers arabes du coin, devant le nombre de types qui venaient leur acheter un quart de Vittel et un citron, se sont mis à proposer des kits. Citron, eau et cuillère, pour une trentaine de francs. Non, ils ne fournissaient pas la pompe. Faut quand même pas déconner.

Et puis ça n'a rien à voir, mais Bouzid est mort sur place. Dans la gare, exactement. Il a réussi à se traîner jusque là-bas. Mais ça ne l'a pas aidé. Il a voulu piquer sa dope au Black et ils l'ont massacré. Je crois bien qu'ils lui avaient éclaté la rate, ou un truc dans le genre. Je n'y étais pas moi-même.

Devant la ruée des camés sur les différents bars, beaucoup répugnant à se shooter dans la rue, les patrons des cafés alentour ont fait percer un trou au centre de toutes leurs petites cuillères.

Pour finir, un jour, les poulets ont débarqué et ils ont commencé à foutre la merde. Puis ils sont revenus plusieurs fois à l'improviste. Pas en force, mais juste pour foutre encore plus le souk et faire flipper les Blacks et les clients. Les harceler. Ce n'est pas arrivé brusquement mais petit à petit. Les descentes ont donné confiance aux Rebeus qui ne faisaient pas de business de drogue et que ce zoo permanent mettait en rage. Ils se sont mis à faire la chasse aux acharnés qui venaient encore traîner dans le coin et à se friter avec les quelques Blacks qui restaient. Un pauvre type s'est pris sur la tête une bouteille de gaz balancée du troisième. Ça l'a séché net. Mort. Ensuite, ça a été la descente en force. Et puis enfin, le coup de torchon final a été donné par un troupeau de CRS et de gardes mobiles excités et ravis de pouvoir enfin donner libre cours à leur sauvagerie naturelle. Éclater quelques têtes de bronzés, noirs et gris mélangés.

Après ça, la dope qu'on trouvait encore là-bas est devenue super chère, pas terrible, vendue par un ou deux mecs isolés, et ça s'est terminé par les incontournables arnaques et carottes à deux balles qui ont découragé jusqu'aux plus entêtés.

*

C'est à cette époque que j'ai fait une crise de calculs rénaux. Je me suis retrouvé à l'hôpital sans comprendre ce qui m'arrivait. Je suis allé à Créteil parce que mon cousin y bossait. Comme anesthésiste. Une fois à l'hosto, je savais que si je ne faisais pas quelque chose très vite, en manque j'allais crever sur place. J'ai téléphoné à Rachid. Il n'y avait que lui qui pouvait me dépanner et qui viendrait jusqu'ici m'amener de la dope. Il avancerait l'argent. Même si je n'en parlais pas beaucoup, je savais très vaguement ce qu'il foutait, où il traînait. Ici et là j'avais entendu dire des choses, mais il s'était trop éloigné pour que je sache exactement de quoi il retournait. Il était plus souvent sur Vanves que dans notre quartier. Il sortait avec une meuf. Je ne la connaissais pas. Je pensais ne pas la connaître.

C'est le Mex qui est venu. Ron. Pas normal.

J'avoue que j'ai eu du mal à le reconnaître. Ça m'a foutu un choc, de le voir marqué à ce point. Il devait être bien dedans. Mais moi, c'est les deux paquets qui m'intéressaient. Il me les a donnés avec du citron et le matos, et je lui ai filé la thune que j'avais sur moi. Rachid n'avait rien voulu savoir. Pas de chrome. Ce bâtard ! Il n'y avait pas le compte. Il a fait la gueule. Il m'a sorti le baratin habituel.

— C'est pas à moi… J'peux vraiment pas…

Pleureur ! J'avais déjà les paquets et à moins de me les prendre de force…

Quand il s'est enfin barré, j'ai vite fait mes préparatifs. À côté de moi, il y avait un vieux à moitié dans le cirage, mais je m'en foutais comme de ma première défonce. J'ai fait ma tambouille et, une fois terminé, je me suis fait chier à trouver une veine. L'infirmière, le soir même, ayant vu mon manège, m'a dit qu'au lieu de me massacrer comme ça, je n'avais qu'à piquer dans la perf. Alors c'est ce que j'ai fait. Le lendemain, je passais au bloc. Deux jours plus tard, je me suis tiré sans rien dire à personne. J'ai arraché la perfusion après m'être fait un dernier shoot, et je suis sorti. C'est tout. Je n'avais plus de dope et personne ne voulait ou ne pouvait m'en apporter.

Un soir, environ six mois plus tard, nous étions seuls à la maison, Carole et moi. C'était assez rare, depuis un moment. On ne se voyait plus tellement. Nous regardions la télévision en piquant du nez, pour changer, quand la sonnette de la porte d'entrée a retenti. Je me suis levé en bougonnant, persuadé que c'étaient des casse-couilles. Je ne suis pas tombé loin, mais je ne m'attendais sûrement pas à la nouvelle qu'on allait m'annoncer et qui bouleverserait nos vies.

Ma tante se tenait debout, mon cousin derrière elle, et on aurait dit qu'ils s'étaient trompés de porte, tant leur air semblait emprunté. Il faut dire à leur décharge que c'était la première fois qu'ils venaient chez moi. Nous n'étions pas très liés. Très famille. Je ne les avais même pas vus à l'hosto, c'est dire. Je les ai fait entrer, plus que perplexe, puis je les ai présentés à Carole.

Après avoir tourné autour du pot longtemps et comme on se jette à l'eau, ils nous ont annoncé que nous étions séropositifs. À l'hosto, ils avaient fait le test à mon insu. Et les médecins ne m'avaient rien dit. C'est ainsi que des conclusions hâtives peuvent mettre à mal la vie d'un individu. J'étais pourtant le seul à avoir été diagnostiqué positif ! Mais ils en concluaient, à tort, que Carole avait été contaminée. Et même, ils m'annonçaient ça devant elle ! Du point de vue de l'éthique, ces médecins sortaient vraiment du lot. Du point de vue de la délicatesse, ma tante n'avait rien à leur envier. Mais je n'en avais strictement rien à foutre. Nous nous débattions déjà dans les méandres de nos vices, avec douleur, et ce n'était pas ça qui pouvait nous affoler. Je me souviens de la une de *Paris Match* qui titrait : SIDA, LA MORT ! Ou quelque chose dans ce goût-là. C'était bien trop abstrait pour attirer notre attention. Personne ne savait rien à ce sujet et les médias allaient en rajouter, bien sûr, disant tout et n'importe quoi. On commençait juste à faire jouer la peur, à exciter l'intolérance et la haine en faisant retomber ça sur les homos. C'était leur châtiment particulier. La colère divine. Facile.

Après la nouvelle de « notre » contamination, les choses ont forcément dégénéré. Carole m'a finalement quitté pour de bon quelques années plus tard. Je ne peux pas l'en blâmer. Je n'avais aucune idée de l'endroit où elle pouvait être. J'ai appelé son père à plusieurs reprises sans arriver à la joindre. Pourtant, elle a fini par me téléphoner. Il avait dû lui faire la commission. J'ai été incapable de trouver les mots pour lui donner envie de revenir. Elle ne m'a pas dit où elle se trouvait et je ne lui ai rien demandé. Je pense que je n'y croyais plus. Ou j'étais trop con. Qui peut savoir. J'étais ailleurs.

Le petit Max est mort. Un arrêt cardiaque. Mais il était déjà de l'autre côté du miroir, quand il nous a quittés. Le speed, la culpabilité à cause de la mort d'Antoine, parce que Clarence ne l'avait pas balancé… tout ça l'a fait se sentir petit, insignifiant et inutile. Il s'est mis à vivre dans un monde surréaliste dans lequel il était l'élu. Le Christ attendait de trouver un corps aussi pur que le sien en son temps pour s'incarner à nouveau et il pensait avoir été choisi. Mais comme ce n'était qu'un misérable junkie, il s'est mis en tête qu'il avait fait échouer les plans de Dieu, avec toutes ses conneries. Puis il a commencer à parler aux arbres. Il était persuadé que d'étranges machines, dans le ciel, lui tournaient autour dans le but de l'espionner. Après, il est mort. Son cœur a déposé les armes.

Par la suite, j'ai dû quitter mon appartement pour aller dormir dans un vieux squat. Carole n'y venait plus du tout, de toute façon. Et je ne pouvais plus payer.

Ce squat se présentait sous la forme d'un immense château, sur deux étages, avec une trentaine de pièces. Il était à Cachan. Aujourd'hui, c'est une école de musique. J'avais réquisitionné une piaule au premier, mis un cadenas sur la lourde, et vogue la galère. J'étais profondément désespéré. Je ne voyais autour de moi que mort et désolation et l'avenir avait la forme d'un cercueil et le goût du chaos.

Les frères Faia, avec qui je tapais les bouteilles, sont tombés aussi. Rien à voir avec notre business. Ils ont violé une meuf de leur quartier. Une tournante, comme on dirait aujourd'hui. La fille ne serait plus jamais la même et ils allaient sûrement morfler sévère. Moi, je ne savais plus quoi faire. J'étais livré à moi-même comme jamais et j'allais encore m'enfoncer. Comme toujours.

*

Ce plan de l'îlot Chalon m'a détruit encore plus. J'étais accro comme ça ne m'était jamais arrivé auparavant et même si ce n'était pas cher, à deux cents balles par jour minimum, ça allait déjà chercher six mille balles par mois. Rien que pour la défonce. Alors quand le plan est mort, j'étais dans un dénuement et un état de dépendance incroyables. Je n'y arrivais pas. J'ai commencé à taper les pharmacies. Au cours de nuits apocalyptiques, bourré de Tranxène 50, de Valium ou de Rohypnol que j'achetais grâce aux fausses ordonnances du petit Max que j'avais gardées. J'arrosais tout ça d'alcool dégueulasse et ça me mettait dans des états impossibles, proches de la démence.

J'ai défoncé une vitrine de pharmacie à coups de hachette. Sur la nationale. Je me souviens que quelqu'un, en face, dans l'immeuble, m'a vu. Sa fenêtre était éclairée, la seule, et nous nous sommes regardés. Moi, ma hachette à la main, le cœur au bord des lèvres, et lui, là-haut, dans sa chambre. Il aurait pu appeler les flics mais il ne l'a pas fait. Il a dû avoir peur. Pour d'autres, je forçais la porte vitrée. D'autres, encore, avaient toutes sortes de protections à l'avant et, derrière, une simple porte en bois permettait aux employés et aux livraisons d'accéder à l'officine. Je n'avais jamais d'outils parce que je ne voulais pas me faire serrer en pleine nuit avec ce genre de matériel. Souvent je me servais d'un simple tournevis. La hachette, c'était un soir de pure folie. Mais de toute façon, je n'avais pas une thune pour en acheter. Les portes en bois, je les ai eues en découpant le panneau avec un canif !

Une autre fois, alors que ça faisait une plombe que je m'acharnais sur une porte en verre, celle-ci a cédé et s'est effondrée. J'ai pris mes jambes à mon cou. Mais j'y suis retourné le lendemain. Le mec avait fait poser un panneau en bois vissé. J'ai viré toutes les vis une à une, un sacré taf, et je suis entré quand même. Il y avait une alarme. Baisé. J'ai dû m'enfuir à nouveau.

J'errais dans les villes endormies, la nausée dans les tripes, excité et frustré jusqu'à la folie par les vitrines et leurs croix vertes. Aiguillonné par un manque sans égal, sans comparaison avec rien de ce que j'avais connu jusqu'alors. Un manque indicible. Je bossais presque toujours seul, désormais. Même mes potes, ceux qui restaient, commençaient à me trouver trop fêlé. Imprévisible. Ils n'avaient encore rien vu.

*

Une nuit, j'étais dans mon squat pourri à grelotter et gémir, comme tous les camés en manque, quand j'ai décidé de me faire la pharmacie de la cité Bleue. Elle était juste à côté et ça tombait bien, parce que j'aurais été incapable de conduire longtemps.

C'était une grosse pharmacie, qui fournissait tout le quartier et au-delà, car il n'y en avait pas d'autres avant la nationale. Si elle n'avait jamais été cassée, c'est parce qu'elle était réputée inviolable. En plus, elle donnait sur l'avenue. J'avais bien dû m'envoyer cinq ou six boîtes de Néo-Codion, à vingt cachetons par boîtes, et ça ne m'avait fait ni chaud ni froid, bien entendu. Ça m'empêchait juste de faire des bonds en l'air. J'avais fouillé le squat et jusqu'à la poubelle, pour tenter de trouver des vieux cotons, mais je me les étais tous faits depuis longtemps. Non seulement j'étais malade à en crever, mais en plus je n'avais pas un flèche. Je pensais sans cesse à Carole. Elle me manquait prodigieusement. Personne vers qui se tourner. Après avoir acheté les cachetons, ce matin-là, je me suis cru assez bien pour aller dépouiller quelqu'un. J'ai donc serré une conne vite fait, mais il n'y avait que deux cents balles dans son sac. J'ai foncé aussi sec sur le plan. Pas un chat. Où aller ?

J'ai traîné toute la journée avec mes vingt sacs, comme un clochard, cherchant à droite et à gauche et, finalement, un mec m'a branché sur l'avenue. Pas moyen de goûter ou de voir la came. En plus, cet enculé ne voulait pas couper le paquet en deux. C'est pour ça que je ne me suis pas méfié. Je me suis pris une carotte. Ça m'a rendu barge. Je suis bien retourné sur place, mais je ne l'ai pas retrouvé, ce fils de pute. Et tant mieux. Je l'aurais coupé, c'est sûr. Le pire, c'est que je l'avais fait moi-même, ce plan pourri de rechigner alors que j'allais baiser le mec. J'ai dû me rabattre sur ces saloperies de Néo-Codion, encore.

Cette nuit-là, j'ai pris la bagnole à bout de forces et je suis sorti, bien décidé à trouver quelque chose. Sur place, j'ai garé la caisse dans une petite rue toute proche et je suis passé par-derrière, par le parking de la cité, pour voir s'il y avait une entrée, une porte, une issue de ce côté. Accessoirement, ça m'occupait l'esprit. Je me sentais moins mal, à cogiter.

Il y avait bien une porte. Mais en fer. Impossible de la forcer. Même avec des outils. Et je n'en avais pas, de toute façon. Je suis resté un instant adossé au mur, dans l'ombre, dissimulé par les bagnoles garées là. Je scrutais la nuit, en nage, sur le qui-vive, et l'air était plus froid que le cœur d'un bourreau. Il n'y avait pas un chat. Il devait être trois heures du matin. Je n'étais pas loin de me résigner à partir quand soudain, j'ai réalisé qu'il y avait une fenêtre juste au-dessus de ma tête. Complètement dans l'ombre et à environ deux mètres du sol. Je ne l'avais pas remarquée. Elle était entrouverte mais protégée par de gros barreaux horizontaux qui semblaient inébranlables. Ouais. Mais toutes les putain de pharmacies que j'ai tapées, je me les suis faites sans outil particulier et par-devant le plus souvent. C'est pas dur. Il suffit de savoir comment faire.

Je me suis mis à jeter un œil sur ces barreaux et

j'ai constaté qu'ils étaient relativement espacés. Il y en avait trois. C'est fou ce que le manque, ou la nécessité, si vous préférez, l'impérieuse nécessité, peut vous fournir comme ressources. J'ai immédiatement réalisé que si je collais mon cric de bagnole entre deux de ces barreaux, ils s'écarteraient et plieraient comme de la guimauve. Si cette connerie pouvait soulever deux tonnes, elle allait écarter ces ridicules défenses fissa ! Aussitôt dit, aussitôt fait. Soudain, je n'étais plus aussi malade. L'espoir. Je suis sorti du parking courbé, dans l'ombre des bagnoles, pour rejoindre la rue dans laquelle j'avais laissé ma poubelle. On n'est jamais trop prudent, croyez-moi. Mais c'était la meilleure heure. Entre trois et quatre heures. Celle à laquelle les couche-tard sont pieutés et où les lève-tôt sont encore dans les vapes. L'heure où les keufs se disent que la nuit est bientôt terminée, le coup de feu passé, et qu'ils vont pouvoir aller pioncer peinards. Ils se relâchent.

Une fois le cric récupéré dans le coffre, je suis revenu me coller au mur, sous la lucarne. Pendant que j'étais là, à tenter de percer les ténèbres, j'ai aperçu une ombre bouger sur ma droite, du côté de l'entrée du parking. Je me suis aplati sur le sol, tremblant de stress. Rien ne bougeait. J'allais me dire que c'était juste une hallucination et me relever, quand Momo a débouché devant mon nez, manquant me faire crever de trouille. Il se marrait, cette petite fiotte.

— Putain ! Putain de merde, Momo ! Mais qu'est-ce que tu branles ici ?

— J'rentre, Franck. T'as disparu, ou quoi ?

— Ouais, ben…

— Tu fais quoi ?

Est-ce que je devais lui dire ? Bien sûr que oui. C'était grillé. Il fallait que je l'implique, pour être tranquille.

— Tu tombes bien. Mate le parking, pendant que j'm'occupe de la f'nêtre.

— Quoi ? Tu veux t'faire la pharmacie ?

— J'vais m'gêner !

— Personne a jamais réussi. T'as vu les barreaux ?

— Non ! J'suis abruti ! Ferme ta gueule et chouffe dehors.

Pendant qu'il fouillait la nuit des yeux, j'ai collé le cric plié au maximum entre les deux barreaux inférieurs et puis, lentement, je me suis mis à tourner à l'aide de la manivelle. Petit à petit, ils se sont écartés l'un de l'autre jusqu'à laisser un espace suffisamment large pour un mec de ma corpulence. Ce petit travail achevé, j'ai glissé le cric sous la bagnole garée là, je suis monté sur le capot et je me suis glissé sans peine à l'intérieur. Rapidement, Momo m'a rejoint. Il avait flairé la gratte.

Le magasin était silencieux et il flottait dans l'air cette odeur particulière d'éther et de produits chimiques, une odeur qui excite les camés. J'éprouvais toujours la même jubilation à me trouver, comme ça, là où je n'aurais pas dû être. La tension et l'excitation me faisaient oublier mon état. J'étais concentré sur ce que j'avais à faire et je n'y pensais pas. J'ai dit à Momo de passer à l'avant sans se faire repérer de la rue, parce que je voulais fouiller à l'arrière. Ça m'a fait chier de voir qu'il m'avait suivi, mais ça valait mieux que de le laisser dehors. Les condés tournent sans arrêt dans les cités. S'ils l'avaient repéré, ils auraient vu la fenêtre défoncée. Là, si on ne savait rien, comme c'était dans l'ombre, difficile de se rendre compte de quoi que ce soit.

Le but du jeu, une fois dans la place, c'est de trouver le tableau B. C'est comme ça qu'on appelle le placard où sont rangés les toxiques et les stupéfiants. Suivant la nature des différents médicaments, ils sont classés en A, B ou C et nécessitent des ordonnances particulières. Pour les stups, par exemple, il faut un bon « toxiques » en plus de l'ordonnance normale. J'ai envoyé Momo devant, parce que sitôt à l'intérieur, j'ai remarqué sur ma gauche un petit placard en bois avec une clé dessus. Trop de chatte ! La plupart du temps, il n'est pas évident à trouver. Sitôt qu'il a été hors de ma vue, je l'ai ouvert. Tout était devant mes yeux. Mandrax, Palfium, Skénan, Moscontin, morphine, cocaïne... La totale.

Momo était encore à l'avant, à quatre pattes, à fouiller les tiroirs. Je lui avais dit de ne pas toucher à la caisse. En général, il n'y a que ce qu'on appelle justement le « fond de caisse ». Ça ne va pas chercher loin. Cinq cents balles maxi. En plus, l'alarme peut être là. Je me suis dépêché de fourrer la dope dans le plastique que je trimbalais dans ma poche et j'allais y ajouter la fiole de coke quand Momo s'est ramené. Évidemment, il l'a vue. Alors j'ai dit :

— C'est bon, Momo. J'ai de la CC.

On est ressortis par où on était entrés. Le temps de récupérer le cric et de le planquer dans un coin et on s'est dirigés vers l'intérieur de la cité.

— Tu crèches où ? J'savais pas qu't'avais déménagé, je lui demande.

— …

Je l'ai suivi tandis qu'il se dirigeait vers le bâtiment en forme de serpent, mais, au lieu de monter dans les étages, il est descendu dans les caves et je lui ai emboîté le pas. J'ai compris en voyant les restes de nourriture, les bougies en nombre et le sac de sport plein de vêtements sales, quand il a déverrouillé une des portes. Il dormait là, sur ce tas de couvertures immondes qui recouvraient le sol. Il a allumé une des chandelles et on s'est installés. Dans la lueur tremblotante et irréelle, on a commencé à se farcir méthodiquement. Pour nous, les caves et sous-sols étaient des lieux familiers. Les rats, l'odeur, le bruit des canalisations, toutes ces petites choses nous réchauffaient le cœur. Si on était là, ça voulait dire qu'on avait de quoi se défoncer. Et puis dans certaines, il faisait bon, l'hiver. Dans la cave, il y avait tout ce qu'il fallait. Eau, pompes, cuillères, et des clopes pour les cotons, mais Momo, en petit malin, avait eu la présence d'esprit de prendre un carton de shooteuses dans la pharmacie. Le luxe.

Tous les excitants, le speed ou les amphétamines, amphètes, comme on dit chez les aficionados, qu'on aurait pu écrire « en fête », provoquent le même genre de réactions. Les acides, l'ecstasy ou les buvards, les coupe-faim Fringanor ou Dinintel, Biocidan, tous, comme la coke, vous font déblatérer hors de toute mesure. Sans aucune pudeur. J'ai vu des mecs confier des choses bien trop intimes. Quand c'est à votre soi-disant meilleur pote, c'est déjà chaud, parce que dans la défonce, les potes n'existent plus. Déjà qu'en dehors, c'est plutôt rare. Mais souvent, vous dites ça à n'importe qui, car les speeds vous donnent, tous autant qu'ils sont, l'impression d'être entouré par des frères, des âmes sœurs qui vibrent à l'unisson avec votre être. Au contraire de la dope, qui véhicule tous les clichés possibles et imaginables de la déchéance et de l'ignominie, la coke, cette petite pute bourgeoise, se fait passer pour une sainte. Elle est conviviale. Elle vous fait aimer la terre entière jusqu'à sucer les morts. C'est une défonce de friqués car elle est insatiable et à la différence de la came, ses effets ne durent que quelques heures. Au début, parce que très vite, on se retrouve à se faire un rail toutes les demi-heures. C'est une défonce qui s'inhale, se sniffe. C'est quand elle est arrivée dans les ghettos, les cités, qu'on s'est mis à l'injecter. Et là... Le flash qu'elle délivre est la chose la plus incroyable que l'on puisse ressentir. Aucun mot humain, terrestre, ne peut donner ne serait-ce qu'une vague idée de cette sensation.

Elle est bien plus fourbe que la dope. Contre le mal et la douleur mentale que crée son absence, il n'existe aucun remède. Aucune substitution possible. Tous les thérapeutes vous le diront : face à elle, ils sont démunis. La came, elle, n'est pas une hypocrite. C'est une pute dégueulasse, sans pitié, mais franche. Qui se suffit à elle-même. Elle assume sa réputation de tueuse sans état d'âme. Mais La Coke, elle, c'est une petite salope bourgeoise qui joue les mères poules. Innocente, améliorant les rapports humains et le contact, avec son grand sourire, elle arrive à préserver sa réputation. Mais elle vous baisera en profondeur. À peine le temps de dire ouf et vous

vous retrouverez avec le moral dans les chaussettes et le cerveau à l'envers. Elle n'aime que l'oseille. Et pour elle, vous allez en lâcher un max.

Après quelques heures de sévère défonce, la bougie a rendu l'âme. Le jour allait bientôt se lever et Momo était affalé dans les immondices. Je suis sorti sans bruit. Le Mandrax m'avait retourné. Mes pensées tournaient en se heurtant contre les parois de mon crâne. La ville semblait figée dans l'attente de l'aube, ses rues désertes sous la voûte encore sombre du ciel, dans un silence de mort. J'ai voulu récupérer le cric mais je n'ai pas pu. J'étais trop défoncé. J'ai cherché un peu et puis j'ai rejoint ma bagnole en titubant. J'ai mis le moteur en route et je suis parti. J'étais dans un état comateux mais je ne m'en suis vraiment rendu compte que lorsque j'ai percuté de plein fouet la bitte centrale du carrefour. Le choc brutal et inattendu m'a à moitié assommé car je roulais sans ceinture et ma tronche est allée taper dans le volant. Je savais, même confusément, que j'avais intérêt à dégager de là rapide. Si les flics s'amenaient, j'étais cuit. J'ai commencé à paniquer en pensant à tout ce que j'avais sur moi. Je me suis affolé. J'ai essayé de m'extirper de ce piège à cons, mais je me suis embrouillé dans les rapports et j'ai calé. J'ai remis le moteur en route. La caisse était coincée par cette putain de bitte qui raclait dessous et ça faisait un boucan d'enfer. J'ai recommencé, une fois, deux fois, en accélérant comme un taré. Quelques lumières se sont allumées aux fenêtres et j'en aurais chialé. J'allais rester coincé là et je le croyais pas, putain ! Dans une manœuvre désespérée, j'ai une dernière fois enclenché la marche arrière et j'ai accéléré à fond avant de lâcher la pédale d'embrayage. La bagnole a carrément fait un bond dans les airs. J'ai été propulsé dans un bruit de fer torturé jusqu'au milieu de l'avenue. Des têtes commençaient à se pointer aux fenêtres et j'ai bien dû prendre le coin de la rue à quatre-vingt-dix. La caisse faisait un sale bruit. Elle avait dû morfler.

Je ne me souviens plus comment j'ai atterri au squat. Je suis tombé comme une masse en arrivant, pour me réveiller tard le lendemain et malade. Mais pas de quoi flipper. Il y avait tout ce qu'il fallait pas loin. J'ai cherché mon butin, tranquille, sûr de me sentir mieux dans un moment. J'ai mis la main dans mon futal mais le sachet n'était pas là. Je me suis levé, inquiet, mais sans plus. J'étais tellement farci, hier ! J'ai regardé dans tous les coins, m'affolant de plus en plus au fur et à mesure. Puis j'ai fini par tout retourner. En courant, j'ai foncé jusqu'à la bagnole, mon dernier espoir. Rien. À la fin, je chialais comme une gonzesse ! Oui, je le confesse, l'angoisse et la peur du manque qui m'ont saisi à cet instant, la sévérité de cette fatalité m'ont fait chialer. Tous ces efforts pour rien. C'était des jours de défonce qui s'étaient envolés comme par magie. Tout avait disparu ! Et c'était impossible pourtant ! Personne ne savait que je squattais ici. Momo pas plus que les autres. Mais tout avait disparu, putain ! Ça ne pouvait vouloir dire qu'une seule chose : j'avais oublié la défonce dans la cave ou alors cette petite pute de Momo me l'avait taxée. Dans les deux cas, c'était mort.

15

Avant

Cet événement qui paraît anodin m'a changé. J'ai perdu les pédales. J'ai commencé à user de violence pour parvenir à mes fins. Je me foutais totalement de mes victimes. Homme, femme, petit, grand, je m'en foutais. Je frappais dans le dos, par surprise, avec n'importe quoi de dur. Je n'arrêtais que quand j'étais sûr que la proie était devenue inoffensive, morte de peur ou trop esquintée pour réagir. Seul comptait le fric, et au-delà du fric, la came, reine en son monde. Je la servais avec haine et rage, en faisant payer à la terre entière ma déchéance, infligeant aux caves des ignominies pour ce à quoi elle m'avait réduit. Ils souffraient et allaient souffrir encore pour tout ce qu'elle m'avait pris. C'est ainsi qu'un jour, alors que je traquais une espèce de baltringue en costard, j'en suis arrivé à faire mal par plaisir. Ou plutôt, c'est la première fois que j'y ai pris du plaisir.

Je suivais le mec depuis qu'il avait retiré un joli paquet de blé. J'observais sa démarche et je me foutais de lui en le traitant de pédé dans ma tête. J'imaginais comment j'allais lui défoncer la gueule. Il portait un blazer gris sur un pantalon bleu marine au pli impeccable. Aux pieds, il avait une paire de mocassins à clochettes, ces petites godasses de gonzesses que les Rebeus portaient tous, à une époque. Une paire de Ray-Ban à la con sur le nez. Un ringard. Il n'était pas vraiment épais. Comme moi. Un peu plus grand, peut-être. À un moment, il est entré dans une boutique de fringues et j'ai cru qu'il allait dépenser une partie de mon blé. Ça m'a foutu les glandes, sur le coup, mais finalement, il est ressorti aussitôt. Ça m'a rassuré. On allait se marrer.

J'ai continué ma filature et je l'ai vu descendre dans le parking souterrain qui se trouvait juste en face du poste de police. Il n'y a vraiment de chance que pour les crapules. L'endroit idéal. Toujours désert et sans caméras. J'avais déjà serré un branleur, là-dessous. Je connaissais.

Le type est allé en bas, au deuxième sous-sol. Par les escaliers. Peut-être que c'était un sportif. On ne le saura jamais. Il s'était garé tout au fond, à l'écart, et il n'y avait aucune autre bagnole à côté. Un solitaire, peut-être. On ne le saura jamais non plus. Juste avant d'arriver, il m'a senti dans son dos parce qu'on marchait à découvert et que je ne me cachais pas du tout. J'étais devenu une machine à dépouille. Plus d'angoisses avant de frapper. Il a sursauté et a tourné la tête, mais il n'a pas eu peur tout de suite. Au contraire, il a pris un air de méchant qui m'a fait rire. J'avais une matraque en caoutchouc que je tenais dissimulée dans ma manche. Il me suffisait de la laisser glisser tête en avant. Dans ma main. C'est une arme souple et flexible et qui ne fait guère que trente ou trente-cinq centimètres de longueur. L'intérieur, à l'exception de la poignée, est garni de plomb. Avec la force que donne le bras plus cette flexibilité, si on ne fait pas attention, si on est stressé ou apeuré, trop fébrile, ou si on manque de pratique, tout simplement, on peut tuer quelqu'un sans s'en rendre compte. De me voir rire, ça l'a décontenancé. Est-ce qu'il s'est dit qu'on lui faisait une blague ? Des copains à lui ? Toujours est-il qu'il a perdu son air de têtard coriace et c'est le moment que j'ai choisi pour lui décoller un coup dans la gueule qui lui a pété les dents de devant et éclaté le nez. Il est tombé à la renverse et s'est cogné la tête sur le sol en ciment, ses Ray-Ban s'en allant valser plus loin. Sans perdre une seconde, j'en ai profité pour m'approcher et j'ai continué à le défoncer à coups de lattes. Ses lèvres, son nez, tout son visage n'était plus qu'une seule plaie inondée de sang et il y avait dans son regard une expression d'horreur et d'incompréhension totales qui se devinait à travers ses larmes. En fait, il était simplement choqué. Cette hébétude post-traumatique est physiologique. À moins d'être bien entraînés, vous comme moi, nous serions dans le même état. C'est pourquoi il faut être rapide et sans pitié, lorsqu'on agresse avec violence. Déterminé. Si le type a le temps de réfléchir ne serait-ce que cinq secondes, et cinq secondes c'est long, c'est cuit. Tout peut arriver. La fuite, des cris, une riposte… Je parle par expérience, évidemment, car j'en ai fait les frais.

Je l'ai fouillé. D'abord la veste. J'ai sorti son portefeuille et j'ai empoché la carte bleue. On verrait après, pour le numéro. Dans le larfeuil, trente sacs, que j'ai pris aussi, bien sûr. Je me suis dit que c'était un petit malin. Il avait dû planquer l'oseille ailleurs. Je lui ai fait les poches, toutes, mais il n'avait plus rien. Le fric s'était envolé ! Je lui ai baissé son froc, à cet enculé, mais là non plus, rien. Ça m'a rendu barjot. J'ai hurlé :

— OÙ T'AS FOUTU LE FRIC, FILS DE PUTE ?

Il bavait à moitié, en se roulant par terre, son cul blanc à l'air. Je lui ai remis une série de coups de pompe, mais ça ne servait plus à rien. Il était naze. Et puis je me suis souvenu du magasin dans lequel il était entré juste avant, et la vérité m'est apparue, ignoble et cruelle. Alors j'ai pensé pouvoir m'en sortir grâce à la carte bleue, mais il n'a jamais voulu lâcher le numéro. Je crois qu'il ne comprenait même plus ce que je lui disais à la fin. Par respect pour sa détermination, j'ai balancé la carte par terre et je me suis tiré. Elle ne me servirait à rien, de toute façon.

C'est dans cette atmosphère de marasme que ma mère est morte. Je n'ai pas parlé de ma famille parce que je n'en ai pas. Je n'ai connu mon père que peu de temps, le voyant rarement, et on ne m'a jamais tellement parlé de lui. Il nous rejoignait parfois au bord de la mer. Quand on allait encore à la mer. J'ai vu un paquet de connards défiler à la maison, pendant mon adolescence, mais le premier qui aurait voulu jouer les pères de remplacement, je l'aurais fait changer d'avis rapide. C'est jamais arrivé. Ils devaient le sentir. Par la suite, après de multiples aventures pourries, ma mère s'est enfin décidée à vivre seule. Elle avait fini par comprendre. Elle y avait mis le temps. Ça faisait un sacré bail que j'étais parti, déjà, et j'allais rarement la voir. Mais un cancer ! Si je m'étais attendu à ça. J'étais passé il y avait quelques années, trois, quatre, cinq, peut-être, sans faire attention à son regard réprobateur, au gris de sa peau, pas plus, d'ailleurs, qu'à sa minceur flagrante. Ce n'est qu'aujourd'hui que je réalise. Trop tard, comme toujours.

J'ai pris conscience de nombreuses choses, après ça. Ma solitude et la fragilité des liens qui nous unissent aux autres. Je me suis senti paumé et complètement seul. J'ai réalisé qu'on ne remplaçait jamais ni une mère ni un père. Et que c'était aussi bien comme ça. Je n'avais plus de potes ou presque. C'était devenu chacun pour soi. J'en croisais ici et là, sur des plans, mais ils m'évitaient. Je leur foutais les foies. Carole était partie. J'étais devenu trop imprévisible. Je caressais l'idée d'une fin en feu d'artifice. J'étais dans un tel état d'esprit que j'aurais pu faire n'importe quoi. L'occasion allait se présenter comme le plus beau coup du sort dans ma putain d'existence. Quelle classe il a, ce destin, pour t'enfoncer sans en avoir l'air. Les dieux ont dû estimer qu'un petit coup en plus derrière la tête ne pourrait pas me faire plus de mal.

*

Chez Léon, je continuais à y aller régulièrement, quoique beaucoup moins fréquemment, les choses avaient changé au fil des années et des catastrophes souvent violentes qui les avaient ponctuées. De nouveaux minots avaient remplacé les anciens, les macs s'étaient dispersés, il y avait de nouvelles têtes, mais dans l'ensemble, c'était toujours le même genre de crapules à la petite semaine qu'on y trouvait. Le vieux avait fait maintes tentatives pour nous sortir du merdier dans lequel il nous voyait englués. Il nous avait prêté (enfin, à moi) de l'argent très souvent, tout en sachant pertinemment pourquoi nous en avions un besoin si crucial et pressant, au point qu'il devait taper dans la caisse pour nous satisfaire. Puis il avait baissé les bras. Quand François est mort, et comme moi il aimait beaucoup François, il s'est occupé de tout. Il a donné le fric pour la crémation et il a soutenu sa mère comme il a pu.

Catherine avait eu difficilement son bac et elle avait fait des études à la fac de Nanterre. Quelque chose ne tournait pas rond, chez elle, et Léon était paumé. Elle voulait plaquer son boulot et devenir assistante sociale. Ça lui était venu d'un coup. Allez savoir pourquoi ! Elle n'habitait plus au café. Elle avait pris une piaule à Puteaux pour se rapprocher de son taf et elle ne passait plus que de temps à autre. Rarement et en coup de vent. Le vieux n'aimait pas parler d'elle, alors je ne savais pas grand-chose. Tout ça pour dire que le troquet faisait toujours partie de nos vies, mais beaucoup moins. Nous étions adultes et nous avions des obligations. De sacrées putain d'obligations. Sauf que Cathy occupait une place à part dans mon cœur. Malgré le temps passé. Dans « nos » cœurs, plus exactement.

*

Je voulais monter sur un coup sérieux. Dans ma démence, je m'imaginais fusil M 37 à pompe ou XM 16 à la main, faisant descendre des esclaves de la Brink's de leur fourgon, prêt à leur arroser la gueule de plombs au moindre mouvement suspect. Les .38 et les Magnum des condés explosaient tout autour de moi dans une ambiance de guerre civile et les passants couraient en tous sens comme des lapins, en poussant des cris de terreur. Comme si j'y étais !

J'ai donc décidé d'aller au troquet et de tâter le terrain.

Impossible de me rappeler le nombre de personnes que j'ai dépouillées pendant cette période dingue qui a suivi l'îlot Chalon. Des centaines sûrement ! Partout. Dans la capitale, en banlieue, et jusqu'à la province proche, comme l'Eure-et-Loir ou l'Oise. Mais assez rarement près de chez moi, dans le quartier, comme le font la plupart des toxicos et des tapeurs. Ou alors s'il y avait vraiment urgence.

C'était la fin de l'après-midi. Quand je suis entré dans le café, il s'est passé un truc étrange. Il n'y avait que des gamins, des ados, des petits dealers de fumette. Ça faisait des mois que je n'étais pas passé. Je les connaissais vaguement, de vue. Quand je suis arrivé, j'ai senti comme un arrêt du temps. On aurait dit que tout le monde s'était figé pour me mater. Ça a duré une seconde, peut-être, mais… ils se sont mis à parler moins fort et petit à petit, ils se sont barrés ! Je n'étais pas débile. C'était quoi, ça ? J'ai regardé Léon.

— Y s'passe quoi, là ? j'ai dit.

— …

Pas de réponse.

— Hé ! Léon ! J'te parle ! Pourquoi y s'sont tous barrés comme des voleurs ?

— T'as pas une idée ?

— Non ! J'ai pas une idée ! Alors ?

— Tu leur fais peur.

— Quoi ? Tu t'fous d'ma gueule ? Qu'est-ce que j'ai à voir avec ces p'tits branleurs ? J'les connais même pas !

— Rien. Tu leur fais peur, c'est tout.

— Comme ça ! Sans raison ? Des mecs que j'ai jamais vus ?

— Ils ont entendu parler de toi, Franck. Tu fais peur à tout le monde. Même à moi.

— … !!?

Je dois vous dire que ça m'a séché ! Qu'est-ce qui pouvait bien se tramer, ici ? On parlait dans mon dos ? J'aurais bien chopé un des mômes pour lui mettre des tartes et savoir qui ouvrait sa gueule, mais je suis sûr qu'il aurait été incapable de me dire précisément d'où ils savaient ce qu'ils savaient. S'ils savaient quoi que ce soit, d'ailleurs. Je me suis assis à ma place et j'ai attendu de voir rappliquer une tête, sinon amie, du moins familière. En patientant, j'ai continué à parler avec le vieux.

— Alors, j'te fais peur, Léon ? Tu crois vraiment que j'pourrais t'faire du mal ? À toi ? À ta fille, peut-être ?

À cette évocation, Léon a baissé la tête sans répondre.

— Tu gobes les conneries qu'on raconte ?

— Parce que c'est des conneries, les gens que tu voles ou que tu frappes ?

— Bien sûr que c'est des conneries ! j'ai dit en m'emportant. Tu m'as connu violent, toi ? C'est des jaloux qu'ouvrent trop leur bouche !

— Si tu l'dis.

Putain ! Ça me foutait les glandes qu'il ne me croie pas. Qu'il préfère accorder du crédit aux petits bâtards qui bavaient sur moi. Comme tous les menteurs, plus je voulais le convaincre, et plus je m'énervais tout seul. Il n'était pas dupe. Il ne l'avait jamais été, je crois. C'est dans notre bêtise adolescente que nous pensions le gruger. J'ai esquivé.

— Et Catherine ?

J'avais remarqué son air, tout à l'heure. Quelque chose n'allait pas. Il en avait toujours été très fier et il redressait plutôt la tête, quand on parlait de sa fille unique. Pourquoi cette gêne ?

— Ça va, ça va, Franck. Elle a beaucoup de travail.

— Elle est passée, y a pas longtemps ?

— Bien sûr. Elle vient régulièrement. Tu peux demander aux jeunes.

— Tssssss ! Toi non plus, tu sais pas mentir !

Il n'a rien dit. Les dupes, encore une fois, n'habitaient pas par ici. Ils n'auraient pas tenu. Et puis il a craqué.

— Je sais pas ce qu'elle fait, Franck. J'en suis malade. Elle a changé.

— Attends ! Comment ça, tu sais pas c'qu'elle fait ? Elle est toujours dans sa boîte, non ?

— Je crois. Oui, elle travaille. Elle aime trop son boulot.

— Pourquoi tu dis qu'elle a changé ? Tout l'monde change.

— Je sais pas. Pas comme ça. Elle est toujours pressée et elle veut pas que j'aille la voir. Elle dit que c'est trop loin. Tu parles ! Elle a mauvaise mine. Mais ça date pas d'hier, tu sais. C'est comme si…

— Ouais, vas-y. Comme si quoi ?

— M'en veux pas, mais… c'est comme si elle avait glissé après vous.

Lui qui ne buvait pas, il s'est versé un cognac dans un ballon qu'il a séché cul sec.

— T'excuse pas. Y a pas d'raison. C'est pire qu'une glissade, pour nous.

— Et tu sais rien ?

— Comment ça ? Pour Catherine ?

— …

— J'laisse passer parce que j'mets ça sur le compte de l'émotion et qu'on s'connaît trop, mais… putain ! Ça m'fait bouillir c'que tu m'dis. Tu sais pas qui j'suis en vérité. Tu m'as connu têtard, tu m'as vu grandir et t'as rien compris ! Personne n'aurait touché un seul cheveu de ta fille, quand on était là, parce qu'on l'aurait démoli sur place. C'était une princesse, pour nous. Peut-être même que si on n'avait pas été là… Y a pas un mec qui lui aurait vendu quoi que ce soit, ici. Même pas une aspirine. Tu saisis ? Et je vois pas ta fille tomber dans cette merde.

Que ce soit François, Rachid ou moi, personne n'aurait pu lui faire de mal sans subir de représailles. Et tout le monde savait ça sauf lui, bien entendu. C'est comme les cocus. Premier concerné et dernier au courant.

Je n'arrive pas à croire que j'étais aussi con. J'en avais vu, pourtant. Mais non, ça n'a pas fait tilt, comme on dit. C'était trop improbable.

*

Il faisait nuit, quand Hampton s'est pointé. Je revenais plus souvent dans le quartier depuis quelque temps, et il m'avait branché sur un braquage quelques semaines auparavant. Des dealers. Un coup à l'arrache. Pour la dope. Il avait l'air en forme. Il m'a aperçu et est venu s'asseoir avec moi. C'était bondé et là, je ne faisais fuir personne. J'étais chez moi, après tout. Avec mes semblables. C'était parfait que je tombe sur lui, parce que Hampton est une tête brûlée et qu'on peut lui faire confiance sur un coup. Il n'a pas les nerfs fragiles. Il attendait Momo. Je lui ai dit ce que j'envisageais de faire et je lui ai demandé s'il n'avait rien en vue. Encore une fois, on peut dire ce qu'on veut, mais il faut bien admettre que le destin est vicieux. Ils cherchaient un mec pour taper un dealer. Un Black de Paname. Un grossiste. Hampton aimait braquer les dealers. Parce qu'ils ne pouvaient pas appeler les condés et parce que peu osaient exercer des représailles sur les Gitans. L'info était béton, d'après eux. J'ai pris Hampton à part et je lui ai demandé s'il avait du matos, comme des armes de poing. Il m'a dit qu'il pouvait avoir un Glock, un Brown, et un Police P.

Il faut savoir qu'on a fait au Glock 17 une sale réputation de flingue en plastique. Alors je remets les pendules à l'heure vite fait. Si, en effet, la carcasse est bien en plastique polymère, la culasse et le canon sont en acier. Il a une capacité de dix-sept cartouches, d'où son nom, et pèse juste sept cents grammes. Il n'a ni levier de sécurité, ni chien. C'est un insert mobile sur la détente qui empêche tout départ. Un bijou.

L'autre flingue était un Browning BDM, évolution du GP 35 dont l'armée belge se servait en 1935, justement. Capacité de quinze coups et carcasse en acier pour un poids de près de neuf cents grammes. Le dernier calibre, qu'on ne prendrait finalement pas, était un revolver six coups Colt Python 357 Magnum doté d'un canon de quatre pouces. J'ai fait remarquer à Hamp que le Magnum était long à recharger, en plus d'être bien lourd et encombrant.

— Attends ! On n'aura même pas à tirer ! Y va flipper ses morts, le raclo. Il bougera pas. J'ai un scié, si tu préfères.

— Ah, ouais ? Et s'il les flippe pas, ses morts ?

— S'il les flippe pas, ses morts, comme tu dis, on devrait avoir assez de bastos pour pas avoir à recharger, tu crois pas, mon copain ?

C'était pas faux.

— En tout cas, pas de flingue pour Momo, Hamp ! T'auras qu'à prendre le Bro, avec tes grosses mains de bourrin, et moi je prends le Glock. Qu'est-ce que t'en dis ?

— Michto, ma gueule.

Momo était arrivé entre-temps. Après nous avoir dit bonjour, il est allé faire chier Amor pour qu'il lui lâche un morceau de chichon. Ça voulait dire qu'il était défoncé, parce que dans le cas contraire, il n'aurait même pas tiré une latte sur un spliff.

— Pas de nouvelles des enculés des Baconnets ?

— Nan, ma gueule. Il paraît qu'ils tournent partout comme des Narvalos. C'est ce que m'a dit Mario. Mais ils trouvent que dalle. Si l'Rebeu il ferme sa bouche, ils l'ont dans l'cul.

On parlait d'un groupe de Manouches qu'on avait braqués et dépouillés quelque temps plus tôt. Il se trompait et ça lui coûterait la vie. Les mecs finiraient par l'enlever, le torturer, et le balancer dans le bois de Meudon.

On s'est finalement mis d'accord et on a décidé que Momo resterait dans la rue avec un talkie pour chouffer et nous prévenir au cas où un cave s'amènerait pendant qu'on braquait le deal. Je m'en foutais. Ce coup, je l'aurais même fait tout seul. J'étais prêt. C'est ce que je croyais, mais j'allais avoir une surprise de taille. Il fallait attendre le feu vert de la balance qui avait filé l'info à Momo. Nous ne savions pas qui c'était et on s'en foutait royal. On avait tort.

Une semaine plus tard, c'était parti.

*

Hampton avait tapé une Renault 5 Turbo. Quand ils se sont pointés, je me suis foutu de sa gueule.

J'avoue, c'est vrai. Mais quoi ? C'était une antiquité, ce truc ! Ça l'a gonflé. Faut pas trop chambrer la caisse d'un Gitan. Ou sa femme, sa famille et des trucs perso dans le même genre. Et pour les caves : ne pas chambrer les Manouches du tout. Point. Sur rien ! En plus, j'avais oublié que question bagnoles, les Gitans en connaissent un rayon.

Ce jour-là, on a pris le périphérique extérieur. Pour les campagnards, c'est celui qui tourne dans le sens inverse des aiguilles d'une Rolex en jonc. Hamp voulait passer à la porte de Vincennes pour lâcher de la dope à un de ses cousins avant d'aller sur le braquos, et comme on était tous les trois bien farcis, ça ne nous dérangeait pas.

Malades, on avait envie de lacérer les automobilistes à coups de cutter rouillé. Tous ces branques avachis dans leurs caisses pourries et qui nous barraient le passage, coincés qu'on était dans des bouchons interminables. Défoncés, on aimait se traîner à cinquante, joint au bec et musique à fond. Dans les embouteillages, on matait la tronche des mecs, on essayait de repérer des belettes et on faisait chier tout le monde à changer de file sans arrêt pour les coller. Une fois près d'elles, on leur faisait des signes, on les baratinait, on essayait de choper un numéro de téléphone. Une fois, on a tendu un cône à deux gonzesses qui nous faisaient des sourires. Elles ont ouvert la vitre, pris le joint, et elles ont refermé sans plus nous calculer. Elles se sont fumé le spliff en se foutant de notre gueule. Deux sacrées belettes.

On roulait peinards quand Hampton m'a jeté un regard en coin avant de rétrograder en troisième et d'enfoncer l'accélérateur au plancher. Il m'a collé au siège, ce con. Il a laissé la caisse monter à plus de cent trente et on s'est fait flasher. Mais bon… comme il l'avait taxée, on risquait pas de recevoir la prune. Quand monsieur a fini par se calmer, j'ai dit :

— Bieeeen ! Supeeeeer ! Trop discret, cousin !

— T'as flippé ta race, là ! Hein ? Avoue ! Alors, pas michto, l'auto ?

Il était content ! Avec sa putain de dent en or qui brillait dans son sourire d'embrouilleur collé sur sa tronche de Gitan.

— C'est pas trop une bebom, Eckel ?

C'était Momo, affalé à l'arrière. Il était bizarre, ce jour-là. Stressé, tendu. J'ai mis ça sur le compte du braquage.

— Arrête de tripoter ce putain de flingue, Momo. Tu vas finir par m'en mettre une dans la tête !

— Y a l'cran. Et j'dis qu'j'aurais dû en avoir un aussi !

— Vas-y ! Passe-moi ça !

J'ai attrapé le calibre.

— Tu commences à m'chauffer, avec ce truc.

— J'vois pas pourquoi j'en aurais pas un aussi.

Je me suis retourné, excédé.

— OK. Tu l'veux ?

— Non, non, non, Eckel ! Il a pas besoin d'être armé, ma gueule.

Hampton ne perdait pas le nord. Même farci.

— Alors ? Tu l'veux, ou quoi ?

J'attendais, à demi tourné vers Momo, le flingue tendu, crosse en avant.

— Sérieux, Franck ?

Ce petit con s'est redressé d'un coup, les yeux brillants. Son œil se barrait en coin, comme à chaque fois qu'il était défoncé.

— Sérieux. Après tout, j'ai réfléchi et t'as pas tort. Y a pas de raison valable pour que t'en aies pas. Tu montes sur le braquos avec Hampton, et moi j'reste dehors, peinard, à mater si y a pas un con qui s'amène. J'ai pas b'soin d'un calibre, pour ça.

— Ha ! ha ! j'rigole, a dit Momo, vexé.

Hampton se marrait en douce.

— Ben quoi ?

— Fais pas chier, Franck. Toi t'es un taré, alors !... Tu shooterais un keum pour te marrer. C'est avec des mecs comme toi qu'c'est chaud, justement ! Moi, j'arriverais même pas à le braquer sur un mec. Ça craint pas.

— Ça craint pas ! Non, mais j'le crois pas ! T'entends ça, Hamp ?

— Ouais, ma couille.

— On monte pas sur un coup enfouraillé si on sait qu'on n'est pas capable de tirer, Momo ! C'est comme les menaces. On menace pas quelqu'un si on n'est pas sûr d'aller jusqu'au bout. Tu piges ?

— Eh ! J't'ai pas menacé !

— T'es trop con, tiens ! J't'ai pas dit qu'tu m'menaçais, j't'explique quelque chose de vital. Comment t'as fait pour rester entier jusqu'à aujourd'hui, putain ?

— J'suis moins con qu'tu crois.

— Bien rare ! C'est surtout qu'on est toujours là pour sauver ton p'tit cul de Rebeu, ouais ! Mais bon, t'as qu'à continuer. Change rien, surtout.

J'ai récupéré l'arme et il s'est mis à faire la gueule, enfoncé dans le coin de la banquette. J'ai cherché une station pas trop saoulante sur l'autoradio et puis j'ai laissé RFM. De toute façon, on arrivait.

Il devait être neuf heures. Un peu plus tard, peut-être. Il faisait nuit quand on est sortis à la porte d'Italie. On a pris l'avenue du même nom en direction de la place, toujours du même nom. Là, on a suivi le métro aérien le long des stations Nationale et Chevaleret pour se garer à l'entrée de la rue. On comptait la descendre à pied. On s'est mis sous les rails, dans l'ombre. J'ai sorti mon matos et Momo en a fait autant. Hampton et moi, on s'était gardé cinq grammes de dope et autant de CC qu'on avait prélevés sur toute la défonce qu'on avait taxée aux Gitans, quelques jours plus tôt.

On s'est fait des speed-balls. Coke et dope mélangées. Les deux petites putes à la fête. Sans came, on n'aurait pas pris de coke à cause de la descente, mais là, on s'en branlait de la descente. On avait les deux salopes avec nous, et quand la première nous ferait mal, la seconde nous consolerait.

J'ai d'abord servi Hampton, qui sniffait. Il a roulé un billet de vingt pour faire sa paille avant de s'enfiler les rails d'un seul coup. Pour nous, c'était plus long. Enfin, on a fait ce qu'on avait à faire sans trop galérer, on a tout rangé, et on est partis.

Avant d'arriver, on a essayé les talkies et Momo a commencé à imiter les poulets et leur code : Bravo, Charly, Tango, Delta et toute la clique. Hampton lui a dit de fermer sa gueule et lui a mis une baffe derrière la tête. Comme j'étais d'accord, je lui en ai mis une deuxième.

Le Black habitait au rez-de-chaussée, dans une cour. On aurait dit la maison du gardien. C'était une petite bâtisse de plain-pied qui ne payait pas de mine. J'ai murmuré :

— Tu crois vraiment qu'y a d'l'oseille, dans c'trou ?

— Pourquoi tu chuchotes ? m'a dit Hampton.

— J'sais pas.

— J'espère, ma gueule, sinon... Demande à l'autre charlot.

L'autre charlot était resté sur le trottoir. C'était le seul accès. La rue était à sens unique, étroite, et il y faisait sombre. On pouvait voir les bagnoles arriver de loin. Je l'avais bien prévenu qu'il n'avait pas intérêt à s'endormir et le regard d'Hampton aurait dû suffire à le tenir éveillé. En principe.

Le talkie crachotait dans ma poche. Après la bâtisse, il y avait un porche en arche qui débouchait sur un parking privé. Quelques appartements derrière, aussi. On est restés silencieux, accroupis sous une des deux fenêtres de la baraque. On entendait filtrer de la musique africaine et ça sentait les relents de bouffe exotique. Il devait pas y avoir foule, là-dedans. Je tenais fermement mon calibre et j'espérais secrètement ne pas avoir à m'en servir, même si la pensée de plomber ces types ne me perturbait nullement. J'étais sérieusement défoncé, aussi. La coke me rendait invincible et gai. J'aurais pris une bastos dans l'oreille en souriant.

Hampton sifflotait. C'était imperceptible, mais je

le savais. Il faisait toujours ce truc. Je lui ai cligné de l'œil et j'ai dit :

— « Wild Side » ?

— « Entre dos aguas », il a répondu.

Il avait beaucoup d'esprit.

L'ombre du mec passait d'une pièce à l'autre et on a compris facilement que la cuisine était au fond. Je me suis approché de la porte en restant accroupi. J'ai dit à Hampton de me faire signe quand le Black quitterait le salon pour aller mater sa gamelle à côté. Quand il a levé le pouce, j'ai testé la poignée en douceur. La porte était fermée. Ç'aurait été trop beau. Mais d'un autre côté, des dealers qui laissent la porte ouverte, c'est rare. Ils ont plutôt cinq verrous sur une porte blindée. On devait improviser. Hampton m'a fait signe de le suivre et on s'est repliés un moment sur la rue.

Momo piquait du nez et Hamp lui a mis une claque derrière la tête, qu'il avait au niveau du nombril. On a cru qu'il allait faire dans son froc.

— Hé ! Quoi ?... Putain, c'est vous ? Ça y est déjà ? Vous avez fait vite ! Alors ?... C'est bon ?

Il se grattait le nez, ses pupilles invisibles, ses paupières réduites à deux fentes sous ses cils bruns, un sourire de mongol sur sa tête à claques. J'ai regardé le Gitan en secouant la tête. Ce mec était irrécupérable.

On a décidé de tenter le coup comme ça : on frappe à la porte. Le mec demande qui c'est, évidemment, et là, on embraye et embrouille. On verrait bien.

On a encore mis des gifles à Momo, gentiment,

pour le réveiller, et on est retournés dans la cour. Arrivés devant la porte, Hamp a frappé. On tenait les calibres contre nos jambes, tendus, sérieux, farcis. C'était maintenant ! On savait qu'il était possible qu'il y ait un ou deux clients mais on en doutait. Personne ne mouftait, là-dedans.

On a d'abord vu l'ombre du mec approcher à travers le carreau de la porte. C'était un verre qui ne laissait entrevoir qu'une très vague forme, comme pour les salles de bains. Je me tenais légèrement en retrait, qu'il ne distingue pas deux types, et je priais pour que le Manouche assure. J'en étais là quand on a entendu le Black déverrouiller la lourde. On s'est regardés, incrédules. On n'y croyait pas. Au même moment, alors qu'elle allait s'entrouvrir, on a tapé dedans en envoyant le mec valdinguer. Hampton s'est rué sur lui pendant que je refermais et quand je me suis retourné… j'ai cru que j'avais une hallucination !

Hampton braquait le gros Browning sur la tête du type terrorisé et dans les yeux du Black, j'ai lu la même stupeur incrédule que la mienne. C'était Traoré !

Le Gitan a saisi immédiatement que quelque chose clochait. Il m'a regardé, cherchant une explication, mais je ne pouvais pas détacher les yeux de mon vieux pote qui a compris, à mon air, que je ne savais pas. Que je pensais m'attaquer à un inconnu.

— C'est Traoré, j'ai dit bêtement.

— Traoré ? a demandé Hampton, en baissant son calibre.

— Ouais, j'ai dit.

Le Glock pendait au bout de mon bras comme un poids mort. Tout se mélangeait dans ma tête et je n'arrivais pas à réfléchir. C'était pas le moment, de toute façon.

J'ai tendu la main au Black, qui s'est relevé, et j'ai dit à Hampton d'aller chercher Momo. Quand ils sont revenus, j'ai attrapé ce petit connard et je l'ai balancé contre le mur. Je lui ai mis deux tartes dans la gueule et il a craché vite fait le nom de son contact. C'était son frère. Rachid.

Comme je voulais en savoir plus, j'ai dit aux deux autres de se barrer. On a été jusqu'à la caisse, Momo, tête basse et en silence. Hampton était dégoûté et j'ai dû lui faire promettre de laisser Rachid tranquille. Je voulais m'en occuper moi-même plus tard. J'ai récupéré ma part de la dope et mon matos dans la caisse et je suis retourné jusqu'à la baraque pour éclaircir tout ça avec Traoré.

16

Avant

Nous étions face à face. Traoré a pris le téléphone et il a parlé dans un dialecte africain deux minutes, et puis il m'a dit :

— J'ai une course à faire. Tu veux venir ? Ça pourrait t'intéresser. Si t'en es à braquer les gens, ça devrait te brancher. Pas le temps de parler, là.

Je n'ai pas relevé. Il avait sûrement raison. Comme il voulait prendre une douche et se saper, je me suis occupé. J'ai tapé dans le pot pour rouler un cône. Ça faisait un bail que je n'avais pas fumé d'herbe. Une fois le pétard séché, j'ai attendu qu'il soit prêt. Le connaissant, j'en avais roulé un pour lui. Environ trente minutes plus tard, il est apparu, costume d'alpaga bleu marine Cerruti ou Armani, un truc italien dans le genre, et mocassins beiges. Depuis que j'étais à la rue, je me foutais des marques. Quand on ne peut pas se les payer, ça ne sert à rien de baver devant et, de toute façon, je n'ai jamais été trop sape. Surtout les costards. Tacchini,

Adidas, ouais, je connaissais. Mais je sais reconnaître un costume fait sur mesure du prêt-à-porter, et ce qu'il avait sur lui, c'était trop classe, trop bien coupé, pour ne pas venir de chez un tailleur. Une pochette assortie à sa chemise moutarde dépassait de son veston. Il portait une bague en or avec un diamant à l'auriculaire de la main gauche.

— T'as roulé un joint, Abalo ?

— Sur la table. Écoute, Trao…

— C'est pas la peine ! Je sais qu't'y es pour rien.

— Non, c'est pas ça. Encore heureux, qu'tu l'sais. Il manquerait plus qu'ça. C'est pour ce fils de pute de Rachid. Touches-y pas. Tu peux faire ça ? Après tout, y s'est rien passé. Y a pas de dégâts. Et puis tu l'trouverais pas.

— Et puis quoi, encore ? Il espérait peut-être que vous me buteriez, l'un ou l'autre ? Ça aurait effacé sa dette et ça l'aurait débarrassé de toi. Et de son frère. Mais on en r'parlera tout à l'heure. Faut y aller.

Il fallait que je le fasse changer d'avis. Là, ce n'était pas le bon moment. J'ai parlé d'autre chose.

— Qu'est-ce qui s'est passé, quand on a arrêté l'biz avec Steph ?

— Ah, ouais, Stephen. Je l'ai jamais revu non plus, lui. Et il me doit du blé aussi. Moins, mais quand même.

— Oublie. Il est r'parti chez lui. Il a décro, il paraît.

— C'est ça, ouais.

— Parole.

— J'te crois. Mais ça m'étonnerait qu'il ait décroché.

— Il prend un produit qu'on leur file là-bas. C'est comme de la came.

— C'est bien c'que je disais.

— Ouais, bon ! Alors… il s'est passé quoi, à l'époque ?

— Il faut qu'on y aille, viens. On parlera dans la bagnole.

Une fois dehors, on a pris à droite, vers le pont du chemin de fer. La rue longeait la voie ferrée. Elle était sombre et mal éclairée. Il faisait bon. Une vieille loco tractant des wagons fatigués est passée sur les rails en gémissant, l'aiguillage a claqué et elle a pris la direction du garage. Au bout d'une centaine de mètres, j'ai remarqué une Mercedes grise flambant neuve et, au même instant, les warnings se sont mis à clignoter. Trao s'est approché et m'a fait signe de monter.

Les sièges étaient en cuir, le tableau de bord aussi, comme le volant et tout le reste à l'avenant. Vendre de l'herbe par kilos, ça rapporte, d'accord, mais pas à ce point-là.

Nous sommes remontés par-derrière, vers la place d'Italie, pour descendre les Gobelins et tracer jusqu'au jardin du Luxembourg en passant par la Contrescarpe.

— Alors ?

— Qu'est-ce que tu veux savoir ?

— Depuis quand t'as déménagé ?

— Quelques années. Mais je n'habite pas là. C'est juste pour le business.

— Tu deales de la dope, maintenant ?

— J'm'y suis mis. Comme d'autres. L'oseille.

— Parle-moi d'Rachid. Il venait choper chez toi, c'est ça ?

— Qu'est-ce que tu veux que j'te dise ? Pas exactement. Quand tu t'es mis à bosser avec Stephen, il l'a mal pris. Je sais que c'est lui qui t'a cambriolé, par exemple. Une fois que tu t'es mis à glisser la pente, il s'est lâché. Et moi je l'ai encouragé à parler. Tu vois, ça sert. Et puis il était dedans à fond, déjà.

Je préférais ne rien dire. Je n'étais pas plus étonné que ça ! Si Traoré croyait que j'allais lui en être reconnaissant, c'est qu'il avait pété un câble.

— Après, c'est ta faute, Carole est allée le voir. C'est elle qui l'a ramené ici.

— Comment ça, ma faute ? Qu'est-ce qu'il t'a raconté, cette pute ?

— Que c'est toi qui l'avais mise dedans. C'est ce qu'il disait toujours : « C'est pas moi qui suis allé la chercher, sa pouffe, et c'est pas moi qui l'ai mise dedans. Elle en veut, j'lui en donne. Et j'suis pas l'seul. »

— Et ils sont venus te voir, hein ?

— Ils sont tombés en panne.

— Pourquoi t'as fait ça ? J'comprends pas.

— Fait quoi ?

— Pourquoi tu leur as filé un plan ? T'étais même pas dans ce business ! Pourquoi tu t'es mouillé pour cet enculé ?

— Je me suis pas mouillé pour lui. Il me doit seize mille balles, d'ailleurs.

— … ?

— Je vais être franc, Abalo. Tu me connais. T'as passé du temps avec moi, alors… c'est à cause de ta femme. Si tu venais jamais avec elle, je sais que c'est parce que tu voulais pas que je la rencontre. Vrai ou faux ?

— On peut rien t'cacher.

— Je sais pas d'où ça vient, mais j'ai eu du mal à pas me laisser prendre à son jeu. Elle est revenue plusieurs fois. Souvent. Je la dépannais et elle dormait là. Et puis elle a ramené Rachid, qui devait sûrement la servir jusqu'à ce qu'il perde son plan. Et un jour je lui ai dit d'aller gagner sa came. Je ne pouvais pas l'entretenir, tu vois. Elle consommait beaucoup et moi, je démarrais. Si c'était aujourd'hui…

— Gagner sa came ?

— Ouais, elle était d'accord.

Je me suis souvenu à cet instant de Carole, défoncée, à moitié folle, avec ses jupes courtes et ses décolletés provocants, son parfum à deux balles… et c'était ça, ses plans ? Rachid, Momo, Traoré ? Et qui, encore ? Et elle lui avait dit qu'entre nous c'était terminé. Salope ! C'était la dope, ça.

— J'aurais pas cru ça de toi, putain !

— Ouais. Moi non plus. Je sais aussi que Rachid en était fou. Mais elle a jamais voulu. C'est elle qui me l'a dit. Je crois qu'il t'en voulait pour ça, aussi. C'était un jaloux. Il était déjà avec une autre gonzesse. Une petite bourge qu'il a voulu me coller. Mignonne, remarque, mais source à emmerdes. Quand tu t'es retrouvé à l'hosto, c'est ma dope qu'il t'a amenée. Au fait, c'est vrai que t'as pas voulu payer ?

— J'ai raqué. Mais pas tout. J'avais pas assez sur moi. Tu veux p't-être que j'te rembourse ?

— Laisse tomber.

On a roulé en silence et je me suis mis à repenser à lui. À nous, avant. Le revoir m'a plongé dans les souvenirs d'une époque où tout allait bien, quand Carole était belle et qu'elle m'aimait. Quand on claquait l'oseille sans compter, comme si on la fabriquait. Le temps des boîtes et des restos chics, de la gentille défonce, des crises de rire et des copains. À l'époque, Trao était toujours fourré dans les soirées branchées de la capitale où il fourguait son herbe aux caves des beaux quartiers ou aux bouffons du show-biz. Il fréquentait beaucoup d'homos et de lesbiennes, un milieu friqué. C'est souvent que je sortais avec lui m'éclater. J'étais comme sa mascotte. Il m'appelait Abalo. J'ai jamais réussi à savoir ce que ça voulait dire. Sûrement une connerie.

Je repensais à tout ça, ce soir de misère.

Une fois à Luxembourg, on s'est garés et on a pris la rue Monsieur-le-Prince. Il y avait du monde qui se baladait encore, à cette heure tardive. C'est un quartier de noctambules depuis toujours, un coin à touristes et à pigeons. Pendant la journée, ça grouille d'étudiants. C'est à deux pas de la Sorbonne. La Paillote est dans cette rue. Ça m'a rappelé nos soirées en amoureux, quand on venait y fumer des joints et écouter du jazz, Carole et moi. À cet instant, j'aurais bien buté ce chien.

Des odeurs alléchantes s'échappaient des cuisines des restaurants, nombreux et divers dans ce quartier touristique. On était au mois d'avril, si mes souvenirs sont bons, mais rien n'est moins sûr. Je crois qu'il faisait doux, qu'il flottait dans l'atmosphère comme un air de défaite pour l'hiver. Le printemps devait être embusqué pas loin et on sentait sa présence. C'était presque impalpable. Mais c'était peut-être la came qui me tenait chaud, tout bêtement. Et tandis qu'on marchait en silence, malgré les révélations de Traoré, en dépit de ma situation catastrophique, j'étais bien. C'est pitoyable. Rachid paierait. Plus tard. Traoré ? Comment lui en vouloir ? Je connaissais Carole et, une fois accro, elle était capable de tout. Comme les autres. Elle s'était servie de ses armes les plus efficaces. Ça me faisait un mal de chien, mais je n'étais pas un gros con. Je regardais les choses en face sans chercher de bouc émissaire. Seulement, l'envoyer sur le trottoir… Sale fils de pute !

Arrivés au numéro 12, un immeuble rustique à la façade impeccable et blanche, Traoré a poussé la lourde porte en bois et on a débouché sur une petite cour rectangulaire au bout de laquelle, tel l'œil d'un insecte borgne, brillait l'ampoule rouge d'un Digicode. Des fenêtres ouvertes, au-dessus de nos têtes, nous parvenaient des bribes de conversation. Un téléviseur diffusait les infos du soir. Un chat s'est mis à miauler dans la nuit. Traoré a tapé un numéro auquel je n'ai prêté aucune attention et, sous sa poussée, la porte s'est ouverte avec un bruit sec. Il m'a précédé dans le couloir silencieux. Nous avons traversé un hall sombre, décoré de miroirs et de plantes vertes. Ça sentait le bourgeois ou je n'y connaissais rien. Après la loge du concierge, plongée dans le noir, nous avons traversé un petit hall. Sur la gauche, une cabine d'ascenseur vétuste avec ses grilles en fer nous tendait les bras, mais Traoré a choisi l'escalier tapissé de rouge. Il a désigné la cabine plongée dans l'ombre et murmuré :

— Ça fait trop de bruit.

Le hall sentait l'encaustique, le vieux bois et la poussière. La poussière propre, noble. Nous sommes montés jusqu'au quatrième étage sans allumer. À pinces. Ça m'a tué. Il a frappé à la porte de droite. Trois coups discrets suivis de deux autres. Comme si on n'attendait que ce signal, celle-ci s'est entrebâillée pour s'ouvrir aussitôt sur une grande et belle femme. Elle devait avoir une trentaine d'années. Une Black à la peau très noire. Elle portait un boubou multicolore assorti à sa coiffe et tenait un beau calibre contre sa cuisse. Elle a eu un joli sourire, dévoilant deux rangées de perles blanches, et, après nous avoir fait entrer, elle a embrassé Trao avant de m'effleurer la main du bout de ses longs doigts.

On entendait, venus d'une autre pièce, les échos d'un disque de reggae que je n'ai pas reconnu. À part Bob, je suis nul en reggae. La fille a refermé la porte en prenant bien soin de verrouiller derrière nous et on l'a suivie le long d'un couloir encombré de cartons. Elle trimbalait son flingue comme si de rien n'était, d'une façon incroyablement naturelle et gracieuse.

Elle nous a conduits jusqu'à un salon spacieux, meublé et décoré de nombreux objets d'art africain. Sur les murs, éclairés par de petites lampes colorées cachées à l'intérieur, des masques en bois jetaient un regard vide sur le monde. Deux grandes sagaies encadraient le portrait saisissant d'un roi ou d'un dieu de chez eux, avec son anneau dans le nez, sa coiffe traditionnelle et ses pendants d'oreilles multicolores. Des boîtes avec des papillons de toutes les couleurs étaient posées sur des meubles bas, en bois ou en rotin. Sur des étagères, campées à leurs extrémités, des statuettes semblaient monter la garde. De valeureux guerriers en costume d'apparat, armes et boucliers à la main.

Juste en face, lorsqu'on entrait dans la pièce, une imposante baie aux vitres fumées s'ouvrait sur une petite terrasse et sur un jardin arboré en contrebas. De part et d'autre de celle-ci, deux énormes plantes grasses dans des pots en terre ouvragés et peints dans des tons vifs. Sur la droite, encadré par deux fauteuils assortis, un canapé de cuir brun moderne et élégant imposait sa présence. Il faisait face à un meuble en teck multifonctions qui supportait, en plus du téléviseur, de la chaîne hi-fi et du magnétoscope, un grand nombre de livres ainsi qu'une non moins considérable collection de disques, vinyles et compacts mélangés. Une table basse, dont les pieds s'enfonçaient dans la moquette beige. Un putain d'appartement. Dans ce quartier, ça devait coûter une jambe.

Assis dans un des grands fauteuils, un rasta lisait le *New York Times*. À notre entrée, il s'est levé, a posé son canard et il a donné l'accolade à Traoré comme s'ils ne s'étaient pas vus depuis longtemps. C'était peut-être le cas. Le mec devait bien mesurer deux mètres dix. Ou vingt, même. Trao, qui dépassait le mètre quatre-vingts, avait l'air d'un nain, à côté. Comme il m'a tendu la main, j'ai bien été obligé d'y passer, mais il a dû avoir pitié parce qu'il m'a à peine broyé les doigts.

Le type avait des locks qui lui descendaient en bas du dos, épaisses et emmêlées en un fouillis inextricable, comme il se doit. Il avait passé des bagues en argent autour de certaines, qu'il avait nouées ensemble à l'aide d'un ruban tricolore. Rouge, vert et jaune. Il portait un anneau en or à chaque oreille. Le plus frappant, chez ce géant, c'étaient ses yeux. Des yeux d'un bleu liquide et translucide. Deux agates sur un tas de charbon. Ourlés de grands cils de gonzesse. Il avait des bras et des épaules énormes, une tête massive sur un cou de taureau. Pas un gramme de graisse. Tout en lui faisait penser à un bloc de granit indestructible et inaltérable. Son tee-shirt lui collait à la peau et semblait avoir du mal à contenir la masse de son torse puissant. On aurait pu croire un de ces athlètes de foire. Avec ses mains, ces deux battoirs bicolores, il aurait pu me broyer la tête comme il l'aurait fait d'un petit melon.

Le monstre nous a invités à nous asseoir en désignant le canapé. J'ai choisi un fauteuil. Par prudence. Une fois confortablement installés, les deux Blacks se sont mis à discuter dans un de leurs dialectes à la con. Comme j'avais l'habitude, pour y avoir eu droit souvent, je me suis décontracté, enfoncé confortablement dans les profondeurs du cuir. J'étais peinard. Dans mon futal, j'avais les deux putes et mon matos. Je n'avais plus de chez-moi et personne ne m'attendait nulle part. Je ne tenais pas à réfléchir à tout ce que j'avais appris récemment. J'allais garder ma haine et ma rancune pour plus tard.

À un moment, la jolie Black est revenue pour nous proposer à boire et j'ai remarqué qu'elle s'était changée. Elle avait troqué son boubou coloré contre un jeans moulant et elle avait chaussé des tennis. Ses cheveux, dissimulés par sa coiffe auparavant, retombaient en longues tresses artificielles sur ses épaules. Sa peau sombre tranchait avec son caraco rouge carmin. Elle était très classe. J'ai accepté le punch qu'elle me conseillait de sa voix douce. J'ai demandé un peu de glace et elle a eu l'air étonné. Traoré et M. Muscles ont pris un scotch avant de se remettre à parler et, tandis que je jouais avec mon glaçon, je me suis laissé emporter par ces sonorités exotiques, petits bruits de bouche et exclamations rauques.

Plus tard, le géant s'est levé, interrompant ma rêverie, puis il est sorti de la pièce pour revenir aussitôt avec un sac plastique transparent plein d'un truc qui ressemblait à de la terre. Une espèce de terre fine et brune. En réalité, un incroyable, un improbable paquet de came ! De la marron. Il devait bien y en avoir un kilo. Jamais je n'en avais vu autant à la fois. La même came qu'à l'îlot.

J'ai fait celui qui s'en foutait, le style blasé, jetant des coups d'œil à la dérobée sur cette montagne de dope, l'air ennuyé. En vérité, j'aurais voulu plonger la tête la première dans ce tas de poudre et m'en farcir les narines jusqu'à la voûte crânienne. Me faire un shoot énorme pour recommencer aussitôt, encore et encore. J'aurais pu…

— Tu veux la goûter, Abalo ?

J'ai regardé Traoré. Le rasta semblait attendre

que je me décide, comme absent, pas vraiment concerné. Putain ! Il était con, lui ! Si je voulais la goûter ? Cette question !

— Pourquoi pas ?

Nonchalant.

Bien entendu, je voulais la shooter. La sniffette, c'était pas trop mon truc. Seulement, je craignais la réaction du rasta. Je savais comment ils étaient, ceux-là. Jah par-ci, Jah par-là, la fumette et le foot. La plupart d'entre eux, les dopés... ils n'aimaient pas trop ça. Alors un sportif, en plus.

— J'vais l'acheter. J'voudrais être sûr qu'elle est aussi bonne qu'il le dit, m'a lâché Traoré.

Franchement, j'aurais dû tiquer. Beaucoup de deals, en banlieue, ont leur camé attitré à qui ils font goûter la dope. Le junkie donne son avis et le deal la coupe en fonction. Mais là, à ce niveau... Bon, c'est lui qui voyait. Ils me mataient tous les deux et, grâce au ciel, la gonzesse n'était pas là. Je me serais senti encore plus mal. Un cobaye qu'on utilise. Une capote qu'on jette. J'ai regardé le Black et j'ai dit :

— J'la shoote. Tu l'sais ?

Le rasta n'a pas bronché. Je me suis même demandé s'il parlait notre langue. En tout cas, il avait l'air de s'en foutre royalement. Traoré allait dire quelque chose, mais je lui ai coupé la parole :

— J'ai c'qu'y faut.

J'ai tapoté ma braguette en le regardant, alors il a déchiré un morceau de papier d'un *Paris Boum Boum* qui traînait sur la table basse et il y a mis de quoi faire trois ou quatre bons shoots avant de replier la feuille et de me la tendre. Je me suis bien gardé de lui dire que ça faisait beaucoup. Je me suis levé et je l'ai suivi jusqu'à la salle d'eau.

L'appartement était bien plus grand qu'il n'y paraissait au premier abord. En traversant le couloir, j'ai aperçu un calibre par la porte entrouverte d'une chambre. Celui que la fille tenait lorsqu'on était arrivés, vraisemblablement, et qu'elle avait posé sur la table de nuit. Ça n'avait rien d'étonnant. La lampe de chevet était allumée et l'acier bleu du pistolet jetait de petites lueurs malsaines. Machinalement, j'ai remis le mien en place dans le creux de mes reins avant de m'enfermer dans la salle de bains.

Une fois isolé, j'ai déballé mon attirail, j'ai mis juste de quoi la goûter dans la cuillère et c'est à ce moment-là que j'ai réalisé que je n'avais pas de citron. Baisé. Pas question d'aller en demander. Je ne pouvais pas. La fierté.

Même s'ils savaient ce que j'étais en train de faire, et ce n'était pas sûr, je ne voulais pas m'afficher. Si j'avais été malade, inutile de dire que j'aurais foncé jusqu'à la cuisine et que j'aurais fouillé le frigo et tous les placards pour en trouver, mais là... j'étais déjà farci. J'ai décidé de me faire une ligne. Après tout, je n'en avais rien à battre, qu'elle soit bonne ou non. J'en verrais pas la couleur. Dans mon portefeuille, j'ai pris un biffeton et je me suis envoyé le petit tas de poudre brune dans les deux narines. C'est moins fort qu'en shoot, alors comme un gland, j'en ai mis plus. Ça m'a d'abord brûlé les cloisons nasales. Puis j'ai eu les larmes aux yeux. Ensuite, la dope a suivi la pente naturelle, s'enfonçant dans le gouffre sombre de ma trachée, la force de gravité la faisant glisser vers le fond. Son goût exécrable m'a donné envie de gerber. De retour dans le salon, j'ai asséné mon verdict d'une voix pâteuse :

— Mortelle.

Mais ça se voyait sur ma tronche. Je me suis écroulé dans le fauteuil et je me suis mis à piquer du nez pendant qu'ils reprenaient leur discussion. Quelques années plus tard Traoré m'a secoué en me foutant une peur bleue. Ma gueule enfarinée les a fait marrer. Des liasses de billets usagés étaient empilées sur la table. La came avait disparu. Je me suis levé péniblement, dans un coltard sévère, et j'ai salué le rasta. La meuf était toujours invisible. Traoré a ramassé un petit sac à dos à ses pieds, l'a passé sur son épaule et puis on est repartis comme on était venus. Dans l'obscurité, nos pas étouffés par l'épais tapis des escaliers.

J'ai rejoint la bagnole avec quelque difficulté. J'avais du mal à marcher droit. Je voyais double et trouble. J'avais la nausée et mal dans le dos, où le flingue était coincé. J'avais piqué du nez dans une mauvaise position. Traoré marchait devant. Je me suis arrêté un instant, pensant pouvoir vomir, mais je n'avais rien dans l'estomac en dehors du punch qui m'a arraché les tripes en remontant. J'étais dans un drôle d'état. Un simple rail, putain !

Je ne sais pas ce qui m'a pris, mais, au moment où on traversait une petite rue déserte, j'ai viré l'arme dans un égout après l'avoir essuyée discrètement. Ce n'est que dans la caisse, après avoir roulé quelque temps les vitres grandes ouvertes, que j'ai commencé à me sentir mieux. Traoré a dit :

— Eh ben ! Elle a l'air bonne !

— Putain, ouais ! j'ai marmonné.

— T'as pas des potes que ça intéresserait ?

J'étais dans une merde noire, ce n'est pas un secret. Je n'avais plus de logement, je dormais souvent dans mon squat pourri ou dans la bagnole, et j'avais le moral à zéro depuis que Carole était partie. En plus, j'étais accro comme une bête. J'ai réfléchi aussi vite que mon cerveau embrumé me le permettait. C'était l'occasion de consommer gratis tout en gagnant un peu de maille. J'avais des scrupules que j'ai fait taire rapidement et sans trop de mal. Chacun sa merde. Chacun sa gueule. C'était ma loi pour ne pas crever trop vite, désormais. J'ai dit :

— Ouais, ça s'pourrait. Mais j'ai pas d'quoi investir. Avec cinq grammes pour démarrer, sûr qu'ça marcherait. Si elle est toujours aussi bonne, évidemment. Tu la coupes pas avant ?

— Non.

— À combien tu m'lâcherais les cinq ?

— Deux mille.

C'était correct. Bien moins cher que la blanche. Ça pouvait me laisser de quoi consommer peinard en plus d'un joli bénef. Il me suffisait de la couper pour faire, avec un gramme qui me coûtait quatre cents balles, dix paquets qui en vaudraient deux cents chacun à la revente. Cinq fois la culbute ! Plus ma consommation personnelle, évidemment. Ça voulait dire un appart, à béqueter, moins de soucis, de braquages, de folies. J'étais en train de penser à un moyen de trouver deux cents sacs et à ceux que je pourrais brancher ensuite, quand Trao a dit :

— Écoute, Abalo, j'te propose un truc. Je t'avance les cinq premiers grammes et quand tu les as vendus, tu me rembourses et t'en reprends cinq ou dix cash. De mon côté, j'aurai de quoi fournir. Qu'est-ce que t'en dis ?

Dans ma situation, je voyais ça comme une opportunité à ne surtout pas manquer. Le Père Noël vidait sa hotte à mes pieds. Il n'y avait qu'à se baisser. J'ai dit :

— Ouais, on peut toujours tenter.

On est passés chez lui et j'étais si farci que je ne me suis même pas fait un petit shoot. Pour voir ce qu'elle donnait en fixe, quoi. On a juste fumé un joint et, comme il attendait une gonzesse, il m'a appelé un taxi. Il ne tenait pas à ce que je me fasse serrer avec sa dope dans les transports. Sûr. Je me suis donc tiré. Lui, il avait un type de plus à sa botte, et moi, son numéro et mes cinq grammes de merde. J'allais à l'abattoir le cœur en fête. En bon mouton.

17

Avant

Trouver des clients ne m'a posé aucun problème. Je me suis contenté de faire courir le bruit à droite et à gauche et j'ai tourné quelques mecs gratos. J'ai laissé la came telle quelle. Pure. Pour qu'ils se prennent une belle baffe. C'était une vraie bombe, en shoot. Il fallait même faire gaffe et je prévenais les criquets d'y aller mollo. Tous les crevards qui vendaient de la blanche pouvaient toujours se toucher. Ils ne faisaient pas le poids, sur ce coup-là. Je comptais bien la couper deux ou trois fois rapidement, mais avant, je voulais que les types s'accrochent. Pas dans le sens commun de ce mot, ils n'avaient pas eu besoin de moi pour ça, mais pour qu'ils m'accordent la préférence. J'étais sûr d'être le seul à avoir du brown. Ça me donnait un avantage incontestable. Je faisais des vingt feuilles. Old school. Parce que les mômes, les bambins dealers, ils ne font que des quarante. Non seulement elle était bonne, mais je servais bien mieux que la plupart des branleurs des cités. Et je faisais des chromes. Ça, on peut dire que j'appâtais le chaland.

Le téléphone arabe est ultraperformant chez les toxicos. En l'espace de quelques jours, j'ai vu des types arriver de tous les environs. Les criquets. Pareil. J'avais choisi de m'installer à la frontière de ces deux villes de bourges que sont Sceaux et Bourg-la-Reine, à l'arrêt du 197. On pouvait m'y trouver le matin entre dix heures et midi, et le soir de dix-sept à vingt heures. En face, il y avait une pharmacie et c'était bien pratique pour les clients. Bien entendu, un acharné pouvait me trouver en dehors de ces horaires, mais j'avais bien précisé que je ne voulais pas. Juste en cas d'urgence, j'avais dit. Faut être con, quand même, pour dire des trucs pareils ! Comme si nos vies de camés n'étaient pas qu'une éternelle urgence ! En plus, il y avait bien quatre ou cinq privilégiés à qui je n'imposais aucune contrainte, comme Gros-Louis, Cochran, Momo et quelques autres.

Avec Momo, c'est pas qu'on avait fait la paix, mais c'était déjà loin, pour lui, cette histoire de braquage. Il était comme ça. Et moi, c'est son frère que je visais. On ne pouvait pas en vouloir longtemps à Momo.

J'allais plus régulièrement chez Léon, maintenant. En général, j'arrivais tôt. Vers neuf heures. Je lisais le journal jusqu'au moment où venait l'heure d'aller servir les clients.

Un jour, deux connards m'ont aperçu au fond du bar et ils se sont mis à me faire des signes pour que je sorte. J'avais pourtant insisté, et cette fois sans plaisanter, sur le fait qu'en aucun cas, et ce quoi qu'il arrive, on ne devait venir me parler de dope ici. Je ne les connaissais pas. Quand ils m'ont vu arriver sur eux, un des mecs a lancé précipitamment :

— On vient d'la part de Kamel. Il nous a…

J'ai mis une gauche bien sèche sur la bouche du silencieux avant de l'attraper par les cheveux et de le traîner sur la petite pelouse. Pour qu'on ne nous voie pas du troquet. Son copain faisait :

— Hé… ! Mais… hé !

Je n'étais peut-être pas épais, mais j'étais très rapide. On ne s'y attendait jamais, quand ça partait. Titan m'avait montré ça dès le primaire. Il disait souvent :

— Parle pas, Franck. Agis. Raconte pas ta vie ou ce que tu vas faire. Fais-le.

Je lui ai dit d'approcher. Je tenais toujours l'autre charlot par sa tignasse. Il avait des cheveux sales et gras et il était moitié accroupi, moitié à genoux, parce que j'appuyais sur sa tête.

— Alors c'est Kamel qui vous a dit où m'trouver ?

— La vie d'ma mère, c'est…

— Ferme ta gueule !

Je ne connaissais aucun Kamel qui soit dans ce milieu, évidemment, mais je connaissais les tox. Quand on est en manque et qu'on n'a pas de plan, c'est un moyen comme un autre de se faire servir. Les deals voient tant de monde que souvent, ça passe.

— Vous voulez quoi ?

— Ben… pécho.

— Combien ?

— Un demi.

— J'ai que des quarts. Et écoutez-moi bien ! Si j'vous revois devant c'troquet pour autre chose que boire un verre, vous allez regretter d'être nés. File-moi la thune.

J'ai tendu la main et le mec m'a désigné son pote, par terre. J'ai lâché le type et il s'est remis debout avant de sortir l'oseille. Si j'avais voulu, j'en restais là. Je prenais leur fric et je retournais finir mon café. Mais je les ai servis quand même. Et je l'ai fait parce que j'étais moi aussi un camé. Je pouvais me mettre à leur place. Une fois leur paquet dans la poche, ils se sont tirés et je n'ai jamais plus entendu parler d'eux, même si je les ai revus sur des plans, à droite, à gauche, comme à Bagneux. Aux passerelles.

*

Depuis que le vieux avait appris que je dépouillais les caves, il me regardait d'un sale œil. Il m'avait même dit que je lui filais les jetons. J'ai jamais réussi à savoir qui m'avait balancé. Mais je me demande bien pourquoi ça m'a étonné. Les camés sont de vraies pipelettes. Un petit monde qui radote, se casse du sucre sur le dos, se balance, s'embrouille et puis renoue. C'est la came qui dirige tout ça. Ce n'est pas une histoire de goûts ou de sentiments.

Je suis rapidement passé de cinq à dix, puis vingt grammes. Traoré était aux anges et ma consommation, bien entendu, suivait la courbe des ventes. Je passais mon temps à me shooter. J'étais constamment si imbibé que j'avais l'impression de ne plus la sentir. Après quelques mois, je me suis fait repérer dans mon squat. Des connards ont appelé les flics. Je me suis replié sur la bagnole, mais quand l'hiver est arrivé, je n'ai pas pu tenir. Alors j'ai pris une piaule aux Voyageurs, l'hôtel pourri qui se trouve rue de Paris, à Bagneux. C'était le même genre de taudis puant que la piaule que j'ai aujourd'hui. À tel point que le plus souvent, je préférais aller me doucher chez un tox contre un paquet, plutôt que là-bas. Ils étaient légion et se seraient battus, pour pouvoir m'héberger.

Dealer m'a permis de revoir des types que j'avais perdus de vue depuis longtemps. Pour certains ça me faisait plaisir et pour d'autres… moins. J'ai appris par un de ses nombreux cousins qu'Hampton était mort. Charcuté et défiguré. J'avais beaucoup d'argent et j'ai fait ce qu'il fallait. On a retrouvé le criquet. Il avait décroché et travaillait comme larbin dans une grande surface. Ça m'étonnerait qu'il rechante un jour. Pour le reste, ils régleraient ça entre eux.

Ça m'a vraiment sapé le moral. J'aimais Hamp et sa gueule de fripouille. Son sourire espiègle et sa dent en jonc. J'aimais surtout l'esprit vif et subtil qui se cachait derrière cette façade grossière. Son humour. C'était un cas à part, parmi les Gitans du coin. Il était cultivé. Il aimait lire. Tout ce qui passait. Si vous preniez le temps de parler avec lui, il vous étonnait par les connaissances qu'il avait dans tous les domaines. Une culture générale impressionnante. Il en avait tant, d'ailleurs, qu'il n'avait pas besoin de l'étaler.

C'est en dealant que j'ai repris contact avec

Rachid. Il n'avait pas tellement changé, malgré les années. Il était plus maigre, ça oui. Plus marqué. Mais ça restait un beau gosse. Survêtement blanc, chaînes en or, embrouilleur professionnel. Depuis un certain temps, il passait vers dix heures chaque matin. C'était souvent le premier arrivé. Il était même là avant moi, parfois. On avait parlé, bien sûr, mais pas des choses qui fâchent. Et puis il ne savait pas que je savais. Ni pour Carole, ni pour l'appart, ni pour Traoré. Momo n'avait pas dû se vanter de l'avoir balancé, et voyant qu'il n'y avait de représailles de personne… Traoré avait tenu parole, finalement. Il n'avait pas bougé.

Rachid prenait quatre paquets. Je faisais des quarts. J'étais le seul. Ça me permettait de ratisser plus large. Quand t'as que deux cents balles, t'es souvent en galère. Faut trouver un autre mec pour faire quarante. La plupart du temps, je ne revoyais Rachid que le lendemain. Dans la came, on est toujours aux pièces. Même si je ne bronchais pas, il devait sentir une espèce d'animosité latente. Il arrivait et repartait aussitôt. Autant dire que ça devait bien le faire chier, d'avoir à venir m'acheter de la dope. Ça me plaisait assez. En attendant mieux.

C'est le seul à qui je continuais de la filer pure. Pourquoi ? Je voulais qu'il se foute dedans sévère. Qu'il vienne mendier sa came, cet enculé.

Quand il a décidé de ne plus rester avec nous et le vieux, le soir, de ne plus venir à nos petites réunions, je le voyais encore parce qu'on tapait ensemble. C'est quand Stephen est arrivé qu'il a cessé de traîner avec nous et qu'il s'est barré à Vanves. Le bruit courait qu'il magouillait avec les mecs de la porte et je m'en foutais, à cette époque. Il était déjà dedans. J'avais bien pensé à lui, quand on avait trouvé l'appart dépouillé, mais pas plus qu'à un autre. Je ne voulais pas y croire. Et je ne voyais pas pourquoi il aurait fait ça, à ce moment-là.

Un soir, vers neuf heures, j'avais terminé mon business et j'étais chez Léon, en train de boire un verre et de discuter avec Coralie, une pute que j'aimais bien, quand la porte s'est ouverte et que Ron est entré. Ça m'a carrément surpris. Il était censé tirer une longue peine à Caen pour une histoire de bédo. Deux cents kilos qu'il avait stockés dans un box en attendant de les dispatcher. On l'avait chargé. Infraction sur les stups, importation de substance prohibée, association de malfaiteurs, détention d'armes, tentative de fuite avec mise en danger de la vie d'autrui, rébellion et insultes à caractère raciste sur personnes détentrices de l'autorité publique, et j'en passe. Il m'a raconté que la plupart des motifs d'inculpation étaient vrais. Mais pas la rébellion. Il s'était laissé passer les bracelets sans broncher. À six heures du mat', quand tu roupilles comme un bébé, t'as pas trop le choix. Au poste, un flic lui aurait dit texto :

— Hé, le Rosbif ? Tu vas rentrer dans ton bled à la nage, si tu continues à nous faire chier.

Et Ron lui aurait répondu :

— Et toi, c'est à la liane que tu vas gicler dans ton île. Pauvre larbin !

Inutile de préciser que le keuf était black. Antillais, exactement. Alors ils sont entrés dans la cage et ils lui ont mis une danse. C'était ça, la soi-disant rébellion. Il faut dire qu'à chaque fois que les flics ont un problème de ce genre, qu'ils ont défoncé un mec ou malmené une nana et qu'il y a des traces, leur défense est la même. Rébellion. Qu'ils aient été quatre ou plus et que la fille ait été seule ne dérangent ni leur conscience ni celle des juges. Ils sont systématiquement relaxés. Non-lieu. Et toujours, « l'agresseur » est condamné.

Ça s'était passé pendant la garde à vue. Ron voulait un casse-dalle et des clopes et comme d'habitude, les flics faisaient la sourde oreille. Ils aiment bien faire ça avec les petits malins et les fortes têtes. Alors il les avait insultés. Dans le cas contraire, s'ils t'ont à la bonne, ils peuvent éventuellement accepter d'aller te chercher un truc. Si t'as de la thune. Souvent, quand un pote se faisait serrer, on fonçait dans le fourgon ou au poste pour lui filer du pognon. De quoi fumer et manger en garde à vue, et un peu plus si on était sûrs qu'il allait tomber. Pour tenir jusqu'au ballon.

J'ai dit à Ron, en le voyant :

— J'y crois pas ! Ils t'ont lâché ?

— Ouais. Conditionnelle.

— Ah, ouais ? Faut un taf, non ? Comment t'as fait ?

— Tony s'est porté garant. J'vais crécher chez ma mère. Mon beau-père s'est barré.

— Content pour toi.

Tony la Pince tenait toujours l'ancienne station-service, près du grand terrain en friche, au bord de la N 7. Là s'entassent de vieilles bagnoles, des moteurs de toutes marques et des milliers de pièces détachées regroupées et rangées en fonction de leur utilité. Les carburateurs ensemble, les radiateurs, portes, sièges, pare-chocs, idem. Tous les bricolos des environs viennent fouiner dans ce bordel depuis des décennies, sûrs d'y trouver leur bonheur. Une solution pas chère pour leur caisse ou leur bécane. C'est un cousin de Mario, aussi. Celui à qui j'avais lâché ma 205 pour dix grammes de dope. C'est là qu'il bosse et fait ses magouilles.

— Tu vas faire quoi, là-bas ?

— J'tiendrai la caisse quand la Pince y s'ra sur une dépanne. Et d'autres conneries, aussi.

— Ah ! d'accord.

D'autres conneries. Ben tu m'étonnes.

Il avait pris de la coke. Ou du speed. J'en étais sûr. Il avait deux petites taches blanches au coin de la bouche qui le trahissaient sans équivoque. Et dans ses yeux clairs, c'était flagrant.

On a parlé de son séjour et des mecs qu'on connaissait et qu'il avait vus en préventive, à Bois-d'Arcy. J'ai su que les frères Faia, les Portugais, s'étaient pris dix piges. À les entendre, la gonzesse était une grosse salope et elle était d'accord jusqu'au moment où elle s'était mise à hurler et ameuter tout le quartier. Ça n'avait pas trop plu au tribunal, ce genre de défense. Douze prévenus. Presque quatre ans d'instruction.

Léon nous jetait des coups d'œil de derrière le bar.

— Tu vois Rachid, Eckel ? J'pensais qu'y s'rait p't-être là.

— Y traîne plus trop ici, tu sais. Mais ça m'arrive de l'voir, ouais.

— Qu'est-ce tu d'viens ?

— Une merde. La came. Toujours la même chanson.

Ron n'est pas du quartier. Je dis ça parce qu'en général, on écrivait à nos potes. On pouvait même leur envoyer de l'oseille. Avant la dope, en tout cas. On a fait la connaissance de Ron parce qu'il venait chercher du bédo dans la cité et qu'on traînait toujours dans les parages. On n'est pas des copains mais on a pu s'apprécier à l'occasion. Comme le jour où Momo, pour changer, nous avait foutus dans la merde et qu'on s'était fait courser par une bande de tarés vindicatifs et décidés à nous embrocher. Du côté des Halles. À Châtelet.

Ron et Hampton s'étaient fait serrer par une demi-douzaine de types dans une impasse et avec les autres on avait réussi, Dieu seul sait comment, à les sortir de là. Enfin, si. On sait comment. Avec pertes et fracas. On a mangé sévère. Quand Momo s'est pointé, tout nickel, après avoir été se planquer sur les quais, il s'est pris une putain de dérouillée par Max. Ron et moi, depuis, on se respectait et on s'était quelquefois dépannés. Sans plus.

— Il savait que j'devais sortir. J'lui ai écrit pour lui dire.

— Écoute, il est d'dans en c'moment et pas qu'un peu.

J'étais bien placé pour le savoir.

— C'est pas nouveau. Non, c'est pas ça. J'crois plutôt qu'c'est à cause de sa meuf. C'est une chieuse. Elle m'aime pas à cause d'un vieux truc. J'lui avais vendu d'la CC, une fois. C'est elle qui m'avait saoulé. Elle avait des examens, c'était super important, ça l'aidait à bosser, et bla et bla… tu vois ? Et puis c'est pas comme si j'lui avais vendu de la dope. Elle m'a demandé d'pas en parler à Rachid. J'ai rien dit. Depuis ce temps-là, elle m'en veut parce qu'elle s'est foutue dedans. Et en ce moment, elle merde grave.

Il a allumé une clope et il a murmuré dans un soupir :

— Comme si j'l'avais forcée.

Puis il a ajouté, en désignant le café de la tête :

— Elle vient encore ici, des fois ?

— … ?

— Putain, c'troquet. Ça m'rappelle le Titan et Toine ! Tu t'souviens, ces barjots ? Et elle, alors, tu la vois ?

De quoi il me parlait lui ? Il était trop défoncé, ou quoi ?

— J'en sais rien, Ron. J'la connais pas. J'sais vaguement qu'il a une meuf. Mais ça peut être qu'une pute ou une gamine, si elle vient ici. Et c'est trop tôt là, pour les putes. Et trop tard pour les gamines.

Il me regardait en faisant une drôle de gueule, comme si j'étais naze ou taré.

— Ben, quoi ? Qu'est-ce que j'ai dit ? Y a que des putes ou des mômes, ici. Ça a pas changé, mon pote.

— La p'tite du patron, mec. C'est d'elle que j'te cause. Ça fait quand même un bail qu'y sont ensemble. T'y es, là ?

L'habitude de rester impassible en toute circonstance m'a aidé à ne pas hurler. Ne pas broncher.

Serrer les dents. Je n'arrivais pas à imprimer. Rachid et Cathy ? Il devait y avoir une explication. C'était une erreur, un malentendu ! Mais il a poursuivi, enfonçant le clou, inconscient de mon malaise. Défoncé.

— Si le vieux l'apprenait… ça f'rait du vilain ! Ferme ta bouche, Eckel, hein ? Rachid veut pas qu'elle vienne par ici. Il m'a dit de la fermer là-dessus, alors… Elle a lâché son taf et puis les trucs de psycho, socio… tout son bordel, là ! C'est la défonce. Il sait pas que c'est moi qui lui ai fait goûter à la coke. J'espère, en tout cas. Rachid savait même pas qu'elle en prenait. Si ça se trouve, elle m'a balancé, cette connasse. Y m'a raconté qu'un jour elle était complètement déprimée et qu'elle l'avait branché pour qu'il lui trouve un truc. Un truc pour la descente. Tu connais. C'est comme ça qu'il a compris qu'elle s'était foutue dedans. Il a pas voulu lui filer de came. Mais elle a bien dû choper à quelqu'un d'autre, pour s'accrocher comme ça, parce que moi, j'l'ai dépannée qu'une fois et c'était pas d'la dope. C'est c'qu'y m'a raconté, en tout cas. Et il m'a juré que c'était pas lui qui lui avait filé de l'héro. Il était sûr que c'était toi. Il m'avait dit : « Il est croqué, Franck. J'suis sûr que c'est lui. Ça peut être que lui ! » Il t'avait pas à la bonne, en c'temps-là.

L'exemple parfait du mec défoncé au speed et qui ouvre trop sa gueule. Si Rachid venait à le savoir, ça irait mal. En plus, il n'avait aucune raison de me raconter tout ça.

J'étais mort ! anéanti ! liquéfié ! Dans mon cerveau déchiré, des idées essayaient de prendre forme, aussitôt balayées par des images effroyables. Comment ne pas perdre l'esprit en repensant à tous ces matins où j'avais servi ce chien. Avec une came pure, en plus. Qui t'accrochait comme c'est pas permis. Et je pensais lui faire mal ! Au lieu de ça, j'empoisonnais un ange dont l'innocence avait été corrompue et foulée aux pieds. Je sentais Léon, sur ma gauche, au fond du bar. Sa princesse. Sa vie. Catherine était foutue !

J'ai dit à Ron, ce messager de l'enfer, de m'attendre le temps que je me rende aux toilettes. Une fois devant le miroir, j'ai levé les yeux sur mon image. Longtemps, je me suis observé. Le front large sur des yeux bruns et vides. Un nez cassé et tordu. Coup de boule. Des lèvres pleines et sensuelles, mais froissées en un rictus constant de dédain, au pli souvent féroce. Le menton volontaire, soulignant des joues creuses et pâles. Je me voyais là, devant moi, comme un autre. Un inconnu habité de misère et de fureur. J'ai passé de l'eau fraîche sur mon visage, hagard et perdu. J'aurais aimé que le monde m'engloutisse une bonne fois pour toutes. Je ne sais pas combien de temps je suis resté ainsi. Quand je suis revenu dans la salle, Ronald avait disparu. Son poison lâché, il était parti, inconscient d'avoir fait mourir en moi une ultime part de tendresse. Le souvenir chéri de mon amour d'enfant. Inconscient d'avoir semé une graine d'effroi et de haine. Je me sentais vide et mort. Léon m'a dit qu'il repasserait tout à l'heure et j'ai évité son regard. Comme les verres étaient payés, je suis sorti sans un mot. Tête basse.

J'ai rejoint mon vieux break et j'ai roulé sans but dans la ville. La nuit était tombée et c'était un décor cauchemardesque, qui résonnait en moi, un lieu de déchéance. Je pensais sans cesse à Catherine. Sans trop savoir comment, je me suis retrouvé au Panorama, grande esplanade plantée de gazon qui domine la ville et tous ses environs.

J'ai garé la voiture sur le parking et je suis descendu planquer la thune et une partie de la dope dans les hautes herbes du talus tout proche. J'ai dû enjamber le garde-fou qui court tout le long, car la pente est à pic sur une trentaine de mètres. Jusqu'aux pavillons en contrebas. Je ne laissais jamais rien à l'hôtel quand je pouvais. Je suis descendu en m'accrochant jusqu'à mi-pente, environ, et heureusement qu'il y avait des arbres, sinon j'aurais roulé jusqu'au fond. C'est dans ces circonstances qu'on peut constater la baisse de sa condition physique. J'étais essoufflé et je devais remonter. Les flics passaient souvent plusieurs fois, par ici. On se demande bien pourquoi. Peut-être à cause du CEA, le Commissariat à l'énergie atomique, qui se trouve là. Sûrement, même.

De retour à la bagnole, je me suis fait un shoot dans un état second, en épiant sans cesse la route dans le rétro, angoissé à l'idée que les poulets s'amènent. Ensuite, j'ai balancé mon matos dans l'herbe, par la fenêtre, j'ai baissé le dossier du siège et je me suis allongé. Je voulais passer la nuit, ici, au Panorama, près du ciel, comme pour conjurer l'emprise de l'enfer sur ma vie.

J'ai regardé la vallée de béton et de fer s'endormir, routes et maisons minuscules à mes pieds, les réverbères et les lumières artificielles s'allumant une à une, lueurs vacillantes et incertaines, pâles étoiles terrestres sous l'immensité d'un ciel sombre et moucheté d'astres épars, déjà morts depuis des millénaires. Comme moi.

Au sud, les longues pistes de l'aéroport d'Orly se découpaient dans le lointain, rectilignes et illuminées, et, sur la gauche, l'autoroute avait la forme d'un long reptile, disparaissant derrière les tours de Sainte-Geneviève et Savigny. Des feux mouvants, bicolores, se croisaient sans fin. Ils glissaient dans les ténèbres ou se ruaient dans la gueule de la ville, jaunes vers Paris et rouges en direction de la province. Une multitude d'insectes dérisoires et pressés, égarés dans le cœur glacé d'une mégalopole tentaculaire et vorace, elle-même infime bout du monde sous la voûte infinie des cieux.

Je suis resté toute la nuit, somnolant, pour soudain me redresser en sursaut, abruti de sommeil et d'angoisse, détruit. Transi de froid, recroquevillé sur le siège glacé, je faisais tourner le moteur le temps que la caisse se réchauffe, puis je sombrais à nouveau dans un brouillard agité. Les flics sont passés deux fois sans s'arrêter.

Au matin, gris et sale, je suis descendu, froissé au-dedans comme au-dehors. Je suis allé récupérer la pompe que j'avais balancée dans l'herbe. J'ai attendu que la caisse soit bien chaude et j'ai verrouillé les portes de l'intérieur. Je me suis servi d'une canette retournée comme cuillère et d'un vieux citron qui traînait dans la boîte à gants pour faire ma petite affaire. J'ai galéré comme un chien. Après, j'ai allumé une clope et je me suis mis à réfléchir.

Une à une, les lumières se sont allumées à l'intérieur de maisons douillettes et, plus tard, les réverbères se sont éteints, laissant la ville sous un ciel terne et nuageux. J'étais décidé à faire quelque chose pour Catherine. Je ne savais pas quoi, exactement, mais je devais au moins tenter de choper Rachid et mettre les choses au point avec ce fils de pute. Comment avait-elle pu… ?

J'aurais dû lui dire à quel point je l'aimais, peut-être que rien ne serait arrivé. Il avait bien caché son jeu, cet enculé !

Non ! C'est à Cathy qu'il fallait que je parle. Lui, il me dirait d'aller me faire mettre et de m'occuper de mon cul. Il pourrait arguer du fait que j'ai mis Carole dedans, alors que lui… et le pire, c'est qu'il n'aurait pas tort, là-dessus.

18

Avant

La nuit m'avait redonné un peu de courage. Pas des masses. Vers neuf heures, je suis allé comme chaque jour boire mon café au troquet avant de descendre à l'arrêt de bus faire mon business. J'étais obligé de continuer quelque temps. Je n'avais pas le choix. Mais il n'y avait pas de risque que je serve cet enculé, ce matin-là. J'allais le défoncer, oui. Mais au sens propre. Un paquet de monde est passé. Pas Rachid. J'ai attendu jusqu'à midi et demi mais il n'est pas venu. Ça m'a soulagé, dans un sens. Ça me donnait le temps de réfléchir. Si ça se trouve, il avait rencontré Ron.

Vers une heure, j'ai débarqué chez Léon en me disant qu'il avait dû aller choper ailleurs. Il ne perdait rien pour attendre. Lorsque j'ai débouché sur la place, j'ai compris qu'il se passait quelque chose de sérieux. Le rideau de fer était tiré. Je me suis approché, mais il n'y avait rien d'affiché. J'avais une boule au creux de l'estomac sans savoir pourquoi.

Je tournais en rond, quand Momo s'est pointé. Il tirait une de ces têtes. Si je ne l'avais pas connu aussi bien, j'aurais dit qu'il venait de chialer. Et puis j'ai su.

Les Stups, alertés par le gérant d'un hôtel miteux du XIVe arrondissement de Paris, ont débarqué vers dix heures le matin pour emmener le vieux. Arrivés sur place, à Alésia, ils l'ont accompagné jusqu'au deuxième étage d'un taudis crasseux. Tout le couloir était encombré de types en costumes et de flics, brassard au bras, qui se sont écartés pour leur permettre de passer.

Léon s'est laissé guider, égaré, totalement perdu, vers une chambre sordide, à la moquette élimée et mille fois trouée. Une ampoule nue pendait du plafond et éclairait d'une lueur blafarde la vieille penderie, ses portes ouvertes et ses étagères vides et nues. Le papier peint était décollé par endroits. De grandes auréoles d'humidité verdissaient en se mêlant aux motifs vaguement floraux. Le plancher était pourri, comme le tapis. Le lit était défait et les draps, gris et tachés, roulés en boule aux pieds de la jeune fille qui gisait là. Ses yeux verts au regard mort étaient tournés vers la fenêtre comme si sa dernière pensée avait été pour ce ciel pâle. Ses cheveux blonds et bouclés recouvraient une partie de son visage, mais on apercevait, à travers les mèches blondes, un nez mutin piqueté de son d'où s'échappait un mince filet de sang ocre. Un livre traînait au pied du lit. De sociologie : *Les enfants de Sanchez*. Léon l'a ramassé comme il aurait cueilli une fleur délicate, d'une main tremblante, avant de s'approcher, petite silhouette martyrisée, puis il a recouvert le corps sans vie de sa fille à l'aide d'une vieille couverture. Il s'est agenouillé, tombant presque, puis il s'est mis à pleurer.

Cathy était morte pendant la nuit. Au matin, le type qui l'accompagnait était parti sans se retourner, même lorsque le gérant l'avait appelé. Alors ce dernier était monté jusqu'à la chambre, pressentant que quelque chose d'inhabituel avait eu lieu. Après avoir frappé à plusieurs reprises sans obtenir de réponse, il s'était décidé à faire usage de son passe pour découvrir le corps sans vie de Catherine. Trente minutes plus tard, les flics envahissaient les lieux, relevant les empreintes et prenant des clichés. Puis ils avaient été chercher le père de la jeune femme. Le vieux Léon.

Je suis resté longtemps debout au milieu du trottoir. Momo ne disait rien. J'ai repensé à la fois où on avait rencontré Catherine à Puteaux, à la sortie d'une immense cité grise.

*

Nous étions ensemble ce jour-là, Momo et moi. J'étais allé le chercher pour aller dans son bled. Il avait plein de potes là-bas. Quand on ne trouvait rien dans le coin, on allait plutôt vers une autre banlieue qu'à Paris. On ressortait au pas d'une petite rue pavillonnaire quand j'ai cru reconnaître une silhouette familière. J'ai eu un doute parce que je n'arrivais pas à associer la fille en question et le quartier. J'avais oublié qu'elle vivait dans le coin. Pourtant, on ne pouvait pas s'y tromper. Ces cheveux blonds et bouclés, comme une crinière fauve sautillant au rythme de sa démarche, qui faisait penser aux marcheurs, ces sportifs à l'allure si particulière. C'était bien Cathy. Je me suis porté à sa hauteur et j'ai dit à Momo de baisser sa vitre pour l'appeler. Il était muet. Il avait l'air bizarre et j'ai mis ça sur le compte de la came.

— CATHY ! HÉ ! CATHERINE !

Elle a fini par tourner la tête, le visage fermé et prête à repousser les avances de deux blaireaux parmi tant d'autres, puis elle a fini par nous reconnaître. Elle connaissait Momo, aussi, comme ça, parce qu'il traînait avec nous depuis si longtemps. C'est ce que je me disais. Pauvre gland que je suis. Elle avait terriblement changé.

— Salut Catherine. Tu vas où ? On peut t'déposer ?

— Salut. Salut Momo. Vous rentrez à Cachan ?

— Ouais. On t'emmène si tu veux. Vas-y, monte.

Momo a déverrouillé la porte arrière et elle s'est installée. Elle était en jupe, sans collant. J'ai remarqué qu'elle était maigre et que ses jambes portaient de petites écorchures, des griffures. J'ai fait comprendre à Momo d'un coup d'œil qu'il fallait éviter le sujet de la dope. On ne savait jamais, avec lui. Qu'est-ce qu'il devait se foutre de ma gueule, dans sa tête ! Quand j'y pense... il ne risquait pas de moufter.

Une chance que mon vieil autoradio ait encore marché, parce que personne ne parlait. Momo piquait du nez et Cathy, à l'arrière, semblait plongée dans ses pensées. Je lui jetais de petits coups d'œil dans le rétro, mais je ne croisais jamais son regard, inconsciente qu'elle était du fait que je l'observais à la dérobée.

Ses joues étaient pâles et elle n'était pas maquillée. J'apercevais une auréole de sueur sous son bras et ses cheveux étaient sales et mal coiffés. Le bord de ses paupières était rougi et des cernes sombres soulignaient le vert translucide de ses yeux de biche. Elle avait vieilli trop vite. Je me souviens d'avoir pensé qu'elle aurait pu avoir pleuré. Puis je me suis dit qu'elle devait être grippée ou que son boulot d'assistante maternelle, avec ses exigences, l'épuisait. Mais jamais, à aucun instant je le jure, ne m'a traversé l'esprit cette pensée folle et tragique qu'elle était simplement devenue une pauvre junkie. Si seulement j'avais pu deviner la raison de sa présence dans ce coin pourri. La cause de son teint de cire et de ses yeux absents, au regard mort. J'aurais peut-être pu faire quelque chose pour tenter de la sauver. Mais j'étais à cent lieues de penser à ça. Ce jour-là, si elle avait été défoncée, je l'aurais vu immédiatement. Mais au contraire, elle devait être en galère.

On a mis plus de temps au retour qu'à l'aller à cause d'un accident sur le périphérique extérieur. On a dû sortir avant. Mais l'ambiance est restée la même. Catherine observait un mutisme têtu, et Momo n'osait pas l'ouvrir, défoncé qu'il était, en plus. C'est lui que j'ai déposé le premier et Catherine en a profité pour passer à l'avant.

Nous étions tous les deux mal à l'aise. Nous ne nous étions jamais retrouvés ainsi, seuls, en tête à tête. Même si nous nous connaissions depuis l'adolescence, nous étions des inconnus l'un pour l'autre. Si de mon côté je croyais en savoir un peu sur elle, elle ne connaissait sans doute de moi que les rumeurs, car Rachid ou son père s'étaient sûrement chargés de lui faire mon portrait à leur manière. Mais ça, je l'ignorais. Que son père m'ait eu à la bonne à une époque me donnait un statut particulier. Je me voyais comme un grand frère, plus que comme un amoureux pubère et transi. Un frère peu recommandable, sans doute, mais qui connaissait la vie et ses embûches.

Je roulais au ralenti et je me souviens que la radio passait « Money for Nothing ». C'est étrange que je me souvienne de détails aussi insignifiants que le titre d'un morceau de musique. Mais je retiens toutes les mélodies naturellement. J'aime la musique. Je lui ai demandé :

— Qu'est-ce que tu faisais à Puteaux ? T'es dans l'coin, non, j'crois ?

— Oui. Pas loin. J'ai été voir une copine. Et toi ?

— Pareil. J'ai emmené Momo chez un pote.

Elle regardait au-dehors sans rien voir, son profil de madone à contre-jour. J'ai eu envie de fumer une clope, mais je n'en avais plus. Alors j'ai dit :

— Tu fumes ?

Elle a compris ce qu'on comprend en général dans notre milieu, mais moi, je ne savais pas qu'elle en faisait partie. Elle a tourné vivement la tête vers moi, soudain plus gaie, le regard un instant moins mort.

— Ouais ! T'as du teush ?

Évidemment, j'en suis resté comme deux ronds de flan. Ce n'est pas que j'étais un naïf, bien sûr, loin de là ! Quoique je doive bien reconnaître que mon histoire n'est qu'une suite d'exemples de mon incomparable connerie. Mais bon, ça dépend pour quoi, en fait. Je m'étais fait une telle image de cette fille, aussi, que la réalité m'a ramené brusquement sur terre. Hors de question de jouer les moralistes. De ma part, ç'aurait été malvenu. C'était la hantise de son vieux, ça. Il flippait qu'une raclure la branche un jour et lui propose de « la drogue ».

La drogue ! Ça englobait tout. Le chichon, la coke, la dope, les cachets et fioles en tout genre, les acides, le speed... Bref ! Tout sauf cette pourriture d'alcool, comme toujours. Je lui disais sans cesse qu'en fille intelligente et équilibrée Cathy saurait dire non à tout ça. Mais rien n'y faisait. Il avait confiance en elle, mais il connaissait trop bien les résidus de crevards qui gravitaient autour du bar et leurs méthodes radicales pour circonvenir une innocente et transformer un cœur pur en balai à chiottes. Il était bien placé pour savoir que la came s'attaquait à tout le monde et que ses pourvoyeurs étaient habiles, loquaces, et sans pitié. Et puis il ne risquait pas d'oublier Vanille. Elle était à peine plus âgée que Catherine quand elle s'était écroulée dans les chiottes de son café. Ce sont des choses qui vous marquent, quand vous n'êtes pas de ce milieu. Et que vous avez une fille du même âge.

Pour ma part, si j'étais surpris, je n'étais pas inquiet pour elle. Après tout, ce n'était que de la fumette. Autant dire que dalle, en comparaison de ce que proposait le marché. Le légal comme le parallèle. Alcool et cigarettes étaient bien plus nocifs, à mon sens. Mais je pressentais autre chose. Je percevais, derrière les réponses laconiques de Cathy et son air de vieille habituée déjà blasée, quelque chose de plus dévastateur. J'ai garé la bagnole dans une rue pavillonnaire d'Arcueil et j'ai roulé un joint avec son tabac. Dans la boîte à gants, il y avait un flash de JB. Je l'ai chopé et on se l'est tourné tout en grillant le cône. On a fait ça en silence. C'était comme s'il n'y avait rien à dire, à cet instant. Ça a duré un certain temps. Je regardais les arches du vieil aqueduc, près de la station du RER, qui court jusqu'à Paris. Je ne savais pas à cet instant que j'échouerais un jour à ses pieds, dans l'immense château qui trônait, masse imposante, juste au bas de la rue. J'ai roulé un autre pétard et puis l'atmosphère s'est modifiée, apaisée. Enfoncée dans le siège de la Ford, les pieds sur le tableau de bord, Cathy s'est mise à parler d'elle. D'abord par bribes et de façon décousue. La mort de sa mère, d'abord, l'avait profondément marquée. Elle se sentait responsable et la plaie demeurait béante et toujours à vif, malgré les efforts maladroits de son père. Une blessure qui se rouvrait sans cesse sous les sarcasmes ou la curiosité franche et directe des charmants bambins de l'école publique.

Pourquoi c'est toujours ton père qui vient te chercher ? Elle est où, ta mère ? T'en as pas ? Pourquoi on la voit pas ?

Eh, m'dame, c'est vrai que Catherine elle a pas de maman ? Pourquoi ? Elle est partie ? J'voudrais bien qu'ça soit ma mère. Tu la vois jamais ? Jamais jamais de toute ta vie ?

Son existence avec son vieux n'avait pas été

facile. Une ombre, depuis ce jour. Qui lui parlait à peine, sinon pour la tanner. Qu'elle ne comprenait pas. Son anniversaire lui rappelait toujours, à lui, ce jour maudit où sa femme lui avait été enlevée. À qui confier tout ça ? Puis la transformation de son corps, ce mystère insondable. Personne pour la rassurer, lui expliquer, dire ces choses. Parce que parfois il faut dire les choses. Ses amours, ses peines, autant de sentiments qu'elle avait dû garder pour elle. Jusqu'au jour où tout explose, un feu d'artifice de leurres et de faux-semblants.

Elle avait été une enfant solitaire. Puis une jeune fille réservée que les garçons n'osaient pas aborder, se contentant de la suivre des yeux car elle était belle. Elle avait fumé son premier pétard au lycée et ça lui avait plu. Avec ça, elle oubliait tout. Aujourd'hui, c'était une jeune femme désabusée, déjà lasse et en route vers la perdition et la mort. Mais qu'est-ce que j'en savais, moi, après tout ? Pour moi elle restait Cathy. La petite Cathy de mon enfance. Mon amour impossible. Pure. Incorruptible.

Je l'ai laissée parler sans l'interrompre. Longtemps. Puis elle s'est tue. On regardait au-dehors dans le vide depuis un petit moment, quand elle a dit :

— Quand Antoine est mort, j'étais là. J'ai tout entendu. Les coups de feu qu'il y a eu, les cris, tout. J'étais là, Franck.

Je me suis dit que l'alcool et la fumette ensemble ne lui réussissaient vraiment pas.

— Comment ça, t'étais là ?

— C'est moi qui conduisais la voiture.

Stupeur ! Elle gardait les yeux fixés droit devant elle et ses cheveux me cachaient son visage. Je l'entendais pouffer et j'ai écarté ses mèches blondes en pensant qu'elle se foutait de ma gueule. Qu'elle me faisait marcher. Je ne la connaissais pas si bien que ça, après tout. Elle pleurait. De grosses larmes qui coulaient, roulant sur ses joues pâles. Je lui ai tendu un mouchoir en papier et j'ai dit doucement :

— C'est rien, Catherine. Tu veux en parler ?

D'un revers de la main, elle s'est essuyé les yeux avant de moucher son joli nez, et puis elle a saisi la bouteille et a séché les dernières gouttes de whisky. Ensuite, elle m'a regardé un moment, comme si elle n'était pas sûre de vouloir dire ce qu'elle avait en tête, avant de se décider subitement. Elle s'est mise à parler comme on pose une lourde charge. Après un long et pénible chemin. Et je pense que c'est parce qu'elle était à moitié en dépression qu'elle m'a confié tout ça.

— Je rentrais du bahut, ce jour-là. Vous prépariez la fête pour Gus.

Ça me revenait, maintenant ! La fête pour Gus ! Il avait eu son permis. Putain, Gus ! Comment j'avais pu oublier Gus ? C'est devenu une vedette, depuis. Le chanteur charismatique d'un groupe à succès.

— Y avait plein de monde partout, tu t'rappelles ? C'est pour ça que j'suis passée par-derrière. Je voulais pas traverser la salle. C'est là que j'les ai vus.

— Qui ?

— Ben… Rachid et Ron.

Rachid et Ron ! J'allais péter les plombs, si ça continuait. Qu'est-ce qu'ils foutaient dans cette sombre histoire, encore ?

Elle s'est saisie du paquet de tabac et a entrepris de rouler un énième joint. Ses mains tremblaient et j'ai mis ça sur le compte de ce souvenir dément qui la hantait. Qui aurait pu deviner ? Elle a reniflé comme une enfant et remis une mèche de cheveux blonds derrière son oreille. Elle portait une feuille de chanvre en pendentif. Si Léon l'avait vue !

Elle a allumé le cône avant de poursuivre, inhalant une grosse bouffée pour l'exhaler lentement, les yeux clos.

— J'ai essayé de me cacher, mais Rachid m'a vue et ils sont venus. Ils m'ont dit qu'ils avaient besoin de moi pour emmener Antoine et Clarence pas loin et que j'avais intérêt à les aider si je voulais pas que mon vieux découvre que je fumais. Ils avaient des têtes de fous, Franck. J'ai vraiment eu peur. Je voulais pas que mon vieux sache. Pour la fumette. Ça l'aurait tué, tu sais !

— Ouais, je sais. Alors tu fumais déjà, à l'époque ? Putain, je rêve ! File le joint, tiens !

Elle tenait ses mains serrées entre ses cuisses, tortillant le vieux mouchoir que je lui avais passé. J'ai retiré le pétard, qu'elle bogartait, d'entre ses lèvres, et j'ai pris une latte. Après tout, j'en avais bien besoin, moi aussi.

— J'avais la trouille. C'est ça qu'y faut comprendre. Ils m'ont toujours fait flipper, les mecs du troquet. On en parlait souvent, avec papa. Lui aussi, ça lui plaisait pas trop. Y a que toi, Titi, et François, en qui j'avais confiance. Papa, lui, il croyait qu'en François.

— Ah, bon ?

Ben, mauvaise pioche. Il a pas fait long feu, j'ai pensé.

— Antoine et moi, on est restés avec Clarence, et Rachid est parti à pied avec Ron en disant qu'ils allaient chercher la voiture. Ils sont revenus avec une bagnole grise. Une Peugeot ou je sais pas quoi.

— On s'en branle. C'était une Ford. Tu lis pas les journaux ?

J'avais tenté de détendre l'atmosphère, mais c'est tombé à plat. C'était écrit dans *Le Parisien*, je m'en souvenais comme si c'était hier, moi. Une deux-portes, ces cons !

— Il avait pas d'bagnole, à l'époque. Si ? Qu'est-ce qu'il t'a dit ?

— J'sais plus, Franck. Tu crois que j'leur ai demandé ? Titan a hurlé à cause de la voiture comme quoi Rachid était une tache et que fallait être un connard pour ramener une deux-portes et puis il les a insultés en disant qu'ils avaient pas de couilles. J'ai cru qu'il allait les frapper. Je crois qu'ils voulaient pas conduire, c'est pour ça. Je suis montée à l'arrière, et Antoine et Clarence devant. Les autres, ils sont partis. Pendant le trajet, j'ai remarqué qu'ils portaient des gants, mais il faisait si froid que ça m'a pas choquée, tu vois ? Sauf qu'ils étaient en cuir. Ils ont garé la voiture dans une toute petite rue. J'étais terrorisée. Ils étaient tendus, nerveux. Trop speedés. Et je sentais bien qu'y avait quelque chose qui allait pas. Ils transpiraient et ça puait dans la voiture. Ils m'ont dit de passer devant et j'ai vu que les fils avaient été arrachés sous le volant. Ils m'ont dit d'attendre et de pas y toucher, surtout, parce que ça pouvait couper le moteur. Et puis Clarence m'a tendu un pistolet en me disant qu'on savait jamais. J'étais morte de trouille. Là, j'ai compris que j'étais mal.

— Un flingue ?

— J'étais dans le noir, dans la voiture, et je m'attendais sans arrêt à ce que la police passe et s'arrête. Et puis y a eu les coups de feu. J'ai entendu Clarence crier et puis plus rien. Le silence. J'ai pas réfléchi. J'ai ouvert la porte et j'ai couru tout droit. Après j'ai reconnu le RER de Gentilly et j'ai réussi à rentrer. C'était encore la fête et personne m'a vue. Papa était trop occupé en bas.

J'étais scié.

— Tu sais qu't'as eu un bol hallucinant ? Fallait t'barrer dès qu'ils ont disparu ! Ces enculés !

— Et s'ils avaient réussi et qu'ils avaient pas trouvé la bagnole ? Ils m'auraient tuée ! Et puis ils m'auraient balancée à papa.

— Ça m'étonnerait.

J'y croyais pas moi-même, mais bon…

— Et puis j'pouvais pas. J'étais paralysée. C'est les coups de feu qui m'ont fait réagir.

— En tout cas, si les keufs avaient eu tes empreintes, tu serais mal ! Et s'ils t'avaient balancée ? Sans compter que t'aurais pu te faire gauler avec le flingue. Comment t'as pu penser à l'emporter ?

— J'avais mon sac de cours et je l'avais mis dedans machinalement. Dans la panique, je l'ai oublié. J'ai même pas pensé aux empreintes, à ce moment-là.

— Putain ! C'est dingue ! Et t'en as fait quoi ?

— J'l'ai caché au grenier.

— Au grenier… du troquet ? Chez toi ? Tu l'as pas lourdé ?

— Ben non.

— Tu m'le fileras, que j'm'en débarrasse. Bordel ! J'arrive pas à croire à ces conneries.

Je ne sais pas pourquoi je lui ai proposé ça. Enfin… si. Je sais. Je me sentais comme responsable.

Je me suis mis à repenser à une brave fille que j'avais rencontrée des années plus tôt. Elle arrivait de province, toute fraîche, avec des illusions et des rêves plein la tête, et elle avait fini accro et au tapin, alpaguée par un faisan. J'en avais connu moi-même, de ces types qui rabattent dans les grandes gares de la capitale et qui sont experts pour reconnaître ce genre de têtardes. Elles allaient grossir le rang des disparues, âmes perdues dans les méandres glauques de la capitale. Les coins sombres de rues anonymes.

Cathy aurait pu tomber, pour cette histoire. Des mecs moins coriaces auraient lâché le morceau et l'auraient fait plonger. Des plus coriaces l'auraient brutalisée, coupée ou violée, voire les trois à la fois. Elle ne semblait pas en avoir conscience. Peut-être parce qu'elle ne connaissait pas vraiment ce milieu. Ou alors elle était plus dure au mal que je ne le pensais.

— Comment t'as pu faire pour…

Mais je n'ai pas terminé ma phrase. Elle était déjà ailleurs. Une vieille histoire gommée par tout ce qui avait suivi et dont j'ignorais tout. Elle reniflait machinalement et, encore une fois, je n'ai pensé qu'à son chagrin. Elle n'avait pas parlé de came une seule fois. C'est même ça qui aurait dû me mettre la puce à l'oreille. Entre Antoine et Clarence, Rachid et Ron, c'est un mot qui revenait sans cesse. Sous toutes ses déclinaisons. Et puis il y avait des trucs qui ne collaient pas vraiment, dans son histoire.

Bien plus tard, quand j'ai su pour Rachid et elle, pour la came, l'idée m'est venue qu'un deal entre eux avait peut-être été passé. Un pacte conclu pour se partager le magot et se payer assez de came pour ne plus avoir de soucis. J'en suis venu à croire qu'elle ne m'avait pas tout dit, ce jour-là. Elle pouvait être de mèche avec Rachid et les autres dès le départ. Au moins avec Rachid.

Après avoir vidé son sac et explosé mon morceau de teush, elle a eu l'air d'aller mieux. Puis elle m'a dit qu'il fallait qu'elle rentre, alors je l'ai raccompagnée. Elle voulait aller voir son père. Ça faisait des mois qu'elle n'était pas passée. On a soigneusement évité le troquet et je l'ai déposée à l'arrière. On s'est quittés avec entre nous la plaie encore à vif d'un secret chaud bouillant. Inavouable et dangereux. Tout un enchaînement qui lui serait fatal. Je l'ai obligée à aller chercher le flingue et à me le donner. Enfin, elle s'est pas fait prier.

Aujourd'hui, Cathy n'est plus là. Abandonnée morte dans le fouillis de draps souillés, ses cheveux blonds, ses cheveux doux, entremêlés sur un oreiller gris, éclat d'or comme un soleil de velours, halo de feu autour de son visage de cire, ses yeux, ses beaux yeux verts éteints, l'iris décoloré et la pupille invisible, tournés vers le ciel. Fixés sur l'éternité dans le silence et la solitude.

19

Avant

Quand Momo m'a annoncé la nouvelle, pour Cathy, j'ai décidé d'en finir. J'étais dans un état second et prêt à faire n'importe quoi. J'avais l'impression d'être le spectateur d'une tragédie. J'observais ce qui m'arrivait avec curiosité. Détaché. Ailleurs. C'est comme si dans un réflexe de survie, mon esprit s'était séparé de mon corps. J'étais pourtant anéanti par les événements. Rachid n'avait passé qu'une seule nuit en garde à vue après s'être présenté de lui-même au commissariat du XIVe arrondissement. Il n'était même pas passé voir le vieux. Il serait jugé pour non-assistance à personne en danger, usage de stups et tentative de fuite et serait astreint à des soins en centre spécialisé. On ne pouvait pas grand-chose contre lui. C'était une victime des circonstances.

Je ne marchais pas. Le pire, c'est que les flics avaient fait le rapprochement entre les deux séries d'empreintes appartenant à Cathy. Celles retrouvées dans le véhicule ayant servi à braquer les convoyeurs et les autres, dans la chambre de l'hôtel pourri où elle était morte. Et Léon l'avait su.

J'ai attendu quelque temps, qu'il reprenne sa petite vie de merde, et par un beau matin, j'ai pris ma vieille Ford et je suis monté au Plessis. L'arme était dans mon blouson, graissée et astiquée. Prête à l'emploi. Gros-Louis m'avait fait ça. Je savais comment trouver ce chien de rabza au parc. J'étais minable, maigre et pâle. Une ombre. Une ombre armée venue de l'armée des ombres.

Un soleil pâle était suspendu à la cime des arbres, timide, et les blocs gris projetaient leur silhouette difforme sur la rue. Rachid est entré dans le hall de son immeuble avant de ressortir avec un jeune clébard au bout d'une laisse. Je l'ai suivi de loin. Jusqu'au bois. Sur place, je suis resté planqué derrière les haies un moment. Alors que j'allais pour le contourner, j'ai vu arriver une gonzesse que je ne connaissais pas. Elle s'est dirigée vers lui. Ils se sont embrassés. Il a détaché le clébard pendant qu'elle s'asseyait sur le banc, et puis il s'est assis à son tour avant d'allumer un joint. Ils me tournaient le dos. Je n'arrêtais pas de tripoter le flingue. Il était encore poisseux et je pouvais sentir l'odeur de la graisse. Je ne savais pas quoi faire. Je n'avais pas prévu que quelqu'un d'autre serait là. Mais qu'est-ce que j'en avais à foutre, après tout ? Je me suis avancé lentement. Le banc était en haut d'une petite colline à la pente raide. Ce n'est que quand je suis arrivé à leur hauteur qu'ils m'ont aperçu. J'étais essoufflé, j'avais mal aux jambes. Ma main était toujours dans ma poche, serrée sur le flingue. Rachid me regardait, muet, sentant que quelque chose se préparait. Un truc pas bon pour lui. La fille, de son côté, semblait plus curieuse qu'apeurée. J'ai dit :

— Ça va Rachid ?

— …

Je souriais, pourtant, mais je devais dégager une aura de haine et mon vieux copain n'arrivait pas à se dérider. Je n'ai jamais su sourire. Et j'étais dans un tel état… La fille nous jetait des coups d'œil inquiets. Je l'ai regardée. Elle était quelconque. Une brune aux cheveux fins avec des yeux cernés. Une camée.

— Casse-toi ! On doit parler, moi et lui.

Je ne voulais pas l'avoir dans les pattes, cette conne. Qu'elle m'ait vu, je m'en foutais. Elle a hésité un millième de seconde et elle est partie, trébuchant dans sa fuite, sentant la mort. Je me suis tourné vers Rachid.

— Qu'est-ce qui s'passe, Eckel ?

— Il s'passe plus rien, justement.

Il serrait nerveusement la laisse du clebs, qu'il avait enroulée autour de son poing. Il s'est passé l'autre main dans les cheveux et la langue sur les lèvres, clignant des yeux plusieurs fois.

— Qu'est-ce que tu veux dire ? Vas-y, accouche.

Sale petit fils de pute ! Il la ramenait encore.

— Attache ton pit, déjà, et oublie tes conneries. J'ai un calibre pointé sur ta gueule.

J'ai remué la main et il a regardé ma poche et la forme de l'arme à travers. Je l'ai sortie, qu'il puisse en voir la crosse. Il a sifflé le chien et l'a attaché.

— On va marcher un peu, si ça t'fait pas trop chier. Et doucement.

— J'ai le choix ?

— Avance ! Pourquoi Cathy ? Mon appart ? Carole ? Espèce de kilb ! enculé !

— Quoi, Cathy ?

— Le braquage, la dope, Traoré. Pourquoi tu l'as mise dedans, espèce d'enculé ?

Je n'avais pas cru Ronald, quand il m'avait dit que ce n'était pas Rachid qui avait engrainé Catherine.

— C'est pas moi qui l'ai mise dedans, connard !

— T'as plus d'couilles, en plus ?

— J't'emmerde, Franck. Tu veux connaître la vérité ? T'es qu'un pauvre blaireau ! T'as mis mon p'tit frère Momo dedans. T'as mis ta femme dedans. Les deux t'ont niqué. C'est mon frère qui lui a filé son premier rail. Elle prenait déjà de la coke pour ses examens et même moi, j'le savais pas. Une fois accro, elle pouvait pas supporter la descente. Il était amoureux, mon connard de frère. Vous chopiez tous ensemble et lui, il en gardait toujours pour sa petite chérie. J'me suis servi d'eux, c'est tout. Alors ramène pas ta gueule ! Mon frère, c'est un baltringue. Comme toi. Vous pouvez tous crever. C'est ta came qu'a tué Catherine.

— Espèce de sale fils de p…

J'ai sorti le flingue sans m'en rendre compte et je me suis rué sur lui. Mais je ne pesais pas lourd et j'étais physiquement diminué. Je n'avais aucune chance au corps à corps ou à mains nues. Mais la rage m'aveuglait et décuplait mes forces. On a roulé sur le sol et on a dévalé la pente tous les deux. Je le tenais à la gorge tout en essayant de dégager mon bras et le flingue au bout. Il tenait bon en l'immobilisant, le souffle court.

— Ça t'en… bouche… han !… un… coin… hein ? Ahh ! Pauvre… con ! Et ta meuf… une pute ! Ma… haaa ! Maquée par… par un nègre. T'es qu'… une… brêle !

Le chien, qui pensait à un jeu, attrapait, mordait et déchirait tout ce qui passait à portée de ses petites dents pointues. On se débattait sur le sol en grognant, moi, jurant et essayant de le braquer, et lui, essayant de m'exciter davantage encore, sûr de sa supériorité.

— … Argh !… T'as plombé… t… tout… l'monde ! Et ton appart… han ! hein ? Tu croyais… t'la… péter. Avec ce co… connard de Hollandais d'mes cou… couilles.

Et puis il s'est retrouvé sur moi, son avant-bras me bloquant la trachée, pesant de tout son poids sur mon squelette à l'agonie. Les larmes me sont montées aux yeux et je me suis senti partir, alors dans un sursaut désespéré, je l'ai surpris d'un coup de reins et j'ai dégagé mon bras armé.

C'est comme ça que le coup est parti, assourdissant. Tout seul. Sans que je comprenne comment. Un putain d'accident. Je suis devenu sourd et puis mes oreilles se sont mises à siffler tandis qu'une odeur de poudre et de chair brûlée montait dans l'air moite. Le corps de Rachid s'est fait pesant et j'ai aperçu le regard étonné de ses yeux clairs juste avant que son visage ne vienne se plaquer dans le creux de mon cou. Là où Carole aimait m'embrasser.

Je me suis débattu, soudain hystérique, ne pouvant pas supporter ce contact et ce qu'il semblait signifier. Je suis parvenu au prix de durs efforts à m'extirper de dessous lui et puis, après, je me souviens que j'ai couru, couru, couru. Comme jamais. Jusqu'à ce que je repense à ma bagnole garée là-bas. Alors j'ai fait demi-tour et je suis allé récupérer cette maudite caisse.

J'ai roulé longtemps et je suis tombé en panne d'essence à Villejuif, juste en face de l'hôpital psychiatrique. Il ne manquait plus que ça. Dieu seul sait comment je me suis retrouvé à cet endroit précis, en rade et désespéré. Encore l'humour dévastateur du destin. Celui qui fait payer les dettes au carat près. J'ai poussé la caisse pour qu'elle ne gêne pas et j'ai cru que j'allais en crever. Y a pas un enculé qui est venu m'aider. Je suis descendu de la bagnole, j'ai traversé la rue et j'ai regardé, impassible, la façade grise de l'hôpital. Il fallait que tout ça s'arrête. Je n'en pouvais plus. Je suis entré dans la cour et je me suis dirigé vers l'accueil comme un somnambule, d'un pas incertain, sans savoir ni comprendre comment j'en étais arrivé là. Comment j'étais tombé si bas.

Je n'avais pas de came sur moi, juste un bout de chichon et presque pas d'oseille. J'avais tout laissé planqué dans la cave de l'hôtel, au milieu de toutes les merdes. J'ai réalisé soudain que je ne savais même pas ce que j'avais fait du calibre. Je ne me rappelais pas l'avoir ramassé dans le bois et mon trajet en voiture n'était qu'un rêve. Traoré allait être sur les dents. Qu'il crève ! Gros bâtard de crevure.

À l'accueil, j'ai expliqué ce qui m'amenait à

un infirmier. Ça n'a pas été difficile, car à cette époque, ce n'était pas rare que des toxicos se fassent interner volontairement. La taule et l'HP étaient les deux méthodes de contrainte les plus efficaces pour décrocher sur-le-champ. Efficaces momentanément. Il faut qu'un camé soit persuadé sans l'ombre d'un doute qu'il n'y a aucune possibilité de trouver de la dope et le seul moyen, c'est quand il est enfermé contre son gré. Sans espoir de fuite. S'il sait qu'il peut sortir, le plan peut bien se trouver à mille bornes, il ira. Il cherchera. Il trouvera. Il inventera mille et une ruses et fera preuve d'une imagination que lui-même ne soupçonnait pas pour parvenir à ses fins.

J'ai suivi le type le long d'un couloir jaune pâle qui sentait l'eau de Javel jusqu'à une salle dans laquelle trois autres infirmiers jouaient aux cartes. La télé diffusait un jeu à la con. Après que j'ai expliqué la raison de ma venue d'une façon plutôt décousue, les mecs ont dû se rendre compte que j'étais mal, parce qu'ils ne m'ont pas trop fait chier. J'ai rempli une feuille d'admission que j'ai signée, et puis celui qui m'avait reçu à l'accueil s'est dirigé vers la porte. Je lui ai emboîté le pas.

On a traversé la cour avant de prendre une allée bordée d'arbres et encadrée de bâtiments de brique tous semblables. Il faisait doux. Nous sommes passés ensuite sous une arche, puis après avoir longé les cuisines, nous sommes entrés dans le bâtiment D. Le hall était vert pâle, vide et anonyme. Silencieux. Un escalier se trouvait à l'autre bout et on l'a emprunté pour monter jusqu'au troisième étage. Une fois en haut, il y avait une porte vitrée. Le type a sonné. Quand celle-ci s'est ouverte, j'ai pu voir qu'elle était très épaisse. On est entrés et les deux mecs se sont parlé à voix basse. Ensuite, le premier est retourné à sa belote et le second m'a à son tour fait signe de le suivre.

Le mec portait des lunettes avec des verres aussi épais que des culs de bouteille. Il était quasi chauve et tentait de masquer sa calvitie en rabattant une pauvre mèche de cheveux teints sur son crâne rose. Dans la poche de sa blouse, un paquet de Gitanes maïs anachronique et un stylo qui avait bavé une tache bleue et pâle, délavée. Il m'a fait remplir une espèce de fiche d'identification à la fin de laquelle une clause spéciale stipulait que « l'hôpital ne saurait être tenu pour responsable en cas de vol » et que « tout objet de valeur devait être déposé à l'accueil afin d'être enfermé dans le coffre prévu à cet effet ». Elle rappelait également que « le placement était volontaire et d'une durée d'une semaine minimum ». Motif : Toxicomanie. À côté de « Produits », j'ai juste mis : Héroïne. Pour aller plus vite. Je me souviens vaguement d'avoir saoulé l'infirmier avec des : « J'en peux plus ! », « Faut qu'ça s'arrête », et autres conneries de la même eau. Et Dieu sait que ce n'était pas mon genre. Mais il s'en foutait complètement.

Il m'a conduit à travers des couloirs déserts qui sentaient le désinfectant. À droite et à gauche défilaient des portes closes munies de judas, toutes semblables. À un moment, un pauvre débile a filé un coup de pied dans une des lourdes juste quand on passait. J'ai dû faire un bond d'au moins deux mètres. Pauvre mongol, va ! L'infirmier s'est foutu de ma gueule et ça m'a gonflé. On a finalement débouché dans une section isolée, verrouillée. Deux portes battantes au-dessus desquelles trônait un grand D y donnaient accès. J'étais abonné au D. Décidément. Des si déments. D comme Délire. D comme Défoncé. Débile. Dope. DAS. Dealer. Dégoûté. Débâcle. Daubé. Dépouillé. Détruit. Dingue.

Sitôt franchi ces portes, j'ai entendu des bruits de voix entrecoupés de cris et de chocs sourds. L'autre con m'a regardé avec un sourire et il a dit en rigolant :

— C'est rien.

On a contourné la salle à manger et pris encore un couloir avec les mêmes portes anonymes et borgnes, pour s'arrêter enfin devant l'une d'elles. Mon guide s'est servi d'une longue clé plate pour ouvrir. Il m'a dit :

— Bienvenue chez toi.

C'était une pièce d'environ trois mètres sur trois qui ressemblait plus à une cellule qu'à autre chose. Pour tout ameublement, un lit en fer soudé au mur et sa tablette. Un espace clos dissimulé par un rideau en plastique était réservé au lavabo en inox, ainsi qu'aux toilettes, en inox également. L'éclairage était assuré de façon violente par un néon grillagé fixé au plafond. La lumière du jour ne parvenait pas à franchir la double épaisseur du vitrage de l'unique fenêtre. Les murs étaient vert d'eau, couleur réputée apaisante.

Des yeux, j'ai fait le tour de la pièce et je suis allé m'asseoir sur le lit en soupirant.

— Enlève tes vêtements. Je vais aller te chercher un pyjama. La première semaine, tu peux pas sortir, a craché l'autre naze.

La première semaine ! Il était beau, lui ! Comme si j'allais rester plus de huit jours !

La porte s'est refermée avec un claquement sourd et j'ai entendu la clé tourner dans la serrure. Après, plus rien. Aucun son de l'extérieur ne parvenait jusqu'à cette cellule aseptisée. Les murs, les portes, tout avait été conçu de manière à isoler le malade. Aucun de ses sens ne pouvait le renseigner sur ce qui se passait au-delà de sa prison. Le temps lui-même n'existait plus, ici. Juste une souffrance et une solitude éternelles.

Je me suis déshabillé et pour être franc, l'idée de me barrer direct m'a bien traversé l'esprit. Mais je me suis contenté de mettre ma thune et le morceau de shit que j'avais amené sous le matelas. Et puis j'ai attendu en caleçon que le type revienne. Il faisait une chaleur à crever dans tout le bâtiment. Environ quinze minutes plus tard, il s'est pointé avec un pyjama bleu clair et une paire de chaussons informes que j'ai enfilés sur-le-champ. Ce n'était pas ma taille et je m'en foutais. J'ai dit :

— Il m'faudrait quelque chose pour dormir et un truc pour le manque. Et puis des clopes, aussi. C'est possible ?

Il m'a regardé avec son air de con pendant une seconde. Je savais déjà ce qu'il allait me répondre. Ça n'a pas loupé.

— T'as de l'argent ?

J'avais les mille balles que j'avais planquées. Je

suis allé prendre un billet de dix feuilles pour le lui refiler et il s'est fendu la gueule en me voyant retourner le pucier.

— Y a pas de voleurs, ici.

Moi, j'ai pas bronché. Je lui ai tendu le fric et il l'a fourré dans la poche de sa chemise réglementaire. Il y avait marqué « Guy », sur sa blouse. Il s'est curé le nez en continuant à me mater et sans cesser de sourire comme un gland.

— Et pour les cachetons ? j'ai demandé.

— Antalvic, Di-Antalvic, Visceralgine forte, Tranxène 10, Valium, Seres…

— Tranxène 10 ?

— C'est ce qu'on file en attendant l'avis du toubib, ouais.

Tranxène 10 ! J'étais à deux doigts de lui décalquer la tronche, à ce con. Dans ma tête, en tout cas. J'aurais pu les prendre tous en même temps et danser la gigue après.

— Il vient quand, ce toubib ?

— Demain matin.

Inutile de vous dire que dans mon état et malgré le choc que j'avais subi, le spectre du manque était assez effrayant pour que sa réponse me glace. Je me suis vu encore une fois mettre un pain à ce rat, faire demi-tour, récupérer mes affaires et prendre mes jambes à mon cou pour foncer me faire un gros shoot. Mais c'était quand même pas sa faute, alors… Et puis le souvenir de Cathy et la peur des flics, qui devaient avoir trouvé Rachid, m'en ont empêché.

C'est peut-être paradoxal et j'en conviens tout à

fait. J'ai de la came planquée dans la cave de l'hôtel, et pas qu'un peu, plein de thune, et je viens sans rien dans cet asile à la con. Au risque d'être salement malade. Mais c'est impossible de faire comprendre l'état d'esprit d'un défoncé. Les derniers événements m'avaient complètement bouleversé, l'air de rien. Je me trouvais dans un tel état que je ne pouvais pas réfléchir. J'étais trop angoissé. Je pensais à Rachid, mort, et aux flics qui allaient me chercher partout. Parce que j'étais sûr qu'ils n'allaient pas mettre longtemps à m'identifier. Je pensais à Cathy, blanche et immobile, abandonnée sur le lit d'une chambre d'hôtel pourrie. Je pensais à Momo, ce bâtard d'hypocrite. Je pensais à mon état qui se dégradait à une vitesse folle. Je frôlais la démence et c'est par miracle que j'avais atteint cet hôpital. J'en étais convaincu. Je me disais que c'était la main de Dieu. Et puis il faut bien savoir que la grande majorité des camés veut décrocher, rêve d'arrêter. Moi, pour la dope, je gardais les pieds sur terre. Un autre moi-même veillait au grain, lucide et attentif. Seconde nature. J'ai réalisé que ça allait être trop dur la première nuit, sans rien.

— Il va falloir qu'on s'arrange sans lui. J'peux pas attendre le toubib. Il me faut un truc ce soir.

Il a semblé réfléchir, mais je savais bien que c'était impossible, que derrière cette tête de con, point de cervelle. Il ne pouvait penser qu'à une seule chose.

— T'as de l'oseille, hein ?

Ben tiens !

— File-moi vingt feuilles, et on pourra peut-être s'arranger.

C'était pas une pute, celui-là ? Il avait vu le blé sous le matelas.

— Attends, attends, t'envole pas. Quelles thunes ? Et tu vas arranger quoi, pour vingt sacs ?

— Une ampoule de morphine. C'est tout c'que j'peux faire. Et c'est chaud. Je joue ma place, là.

La rage a commencé à bouillonner en moi de cette façon si caractéristique et qui aboutit en général à un allumage de tronche dans les règles.

— Une ampoule, hein ? Vingt sacs ! Pour une pauvre dope qui tient pas deux heures ? Ce que je veux, c'est quatre ampoules de morphine ou huit cachetons de Palfium. C'est le minimum pour pas être malade comme un chien, tu vois ?

— Alors là, tu rêves ! Tu viens pour décrocher et tu pleures pour pas être malade ?

— J'pleure pas. Te goure pas. Mais j'dois passer la première nuit au calme. Pour réfléchir. Tu comprends ?

J'ai senti qu'il n'était pas très ferme. J'ai poussé mon avantage :

— Je te file quinze sacs pour chaque ampoule et dix par cacheton, si c'est du Palfium.

— Parce que tu te crois en position de discuter ? Ouvre pas trop ta gueule, quand même. File le fric.

Ça avait au moins le mérite d'être clair et je gardais ma fierté quant au prix. Super cher, mais faut savoir transiger, parfois.

— Ben voilà ! Tu vois quand tu veux. Va me chercher le matos et t'auras ta thune. C'est pas moi qui suis en position de te mettre une carotte. T'es d'accord, non ? Tu veux voir les billets ?

— Pas la peine. Joue au con et ton séjour, même si c'est qu'une nuit, risque de pas être triste.

Il allait partir quand je l'ai rappelé.

— Hé ! Oublie pas la pompe.

— C'est quoi encore, comme vanne, ça ? Quelle pompe ?

— Une seringue, mec ! Tu les sniffes, les ampoules, toi ?

Il est sorti sans relever, en secouant la tête. Une demi-heure plus tard, il était de retour avec un paquet de Camel, quatre ampoules de morphine, deux cachets de Palfium et la seringue qu'il a balancée sur le lit d'un geste dédaigneux. Je lui ai filé son fric de la même manière et il s'est tiré sans un mot. On se comprenait, lui et moi. J'étais bien tombé. Je suis allé m'installer derrière le rideau qui masquait les chiottes, au cas où je galérerais une plombe, et je me suis envoyé la première ampoule avec un plaisir indicible. Pas besoin de cuillère, de coton ou même d'eau. Non. Simple et pratique, la dope de pharmacie. Tu pompes à la source, dans l'ampoule, et c'est réglé. J'étais encore défoncé quand il s'est ramené avec mon plateau-repas.

Pendant la nuit, j'ai à peine dormi. Les quatre ampoules y sont passées et le paquet de Camel aussi. Le shit a pris une bonne claque dans la gueule, comme le reste. Le matin venu, j'étais complètement farci. Un infirmier s'est pointé aux aurores, vers neuf heures, et m'a conduit à travers les couloirs jusqu'à une petite pièce exiguë où officiait le médecin. On avait dû passer devant la veille, mais je ne l'avais pas remarquée. Le jeune type a frappé, puis s'est effacé pour que j'entre, avant de refermer, nous laissant seuls, le toubib et moi.

J'étais face à un vieux débris à la bouille ronde, ses joues et ses pommettes striées de petits vaisseaux pourpres éclatés par l'alcool. Au centre de cette face humide, un nez ravagé plongeait vers une bouche aux lèvres mauves et un menton rêche qui semblait fuir devant tant de laideur. Il arborait une coupe de cheveux permanentés qui donnait à l'ensemble du personnage l'air d'une vieille tante vicieuse et lubrique. Instinctivement, j'ai éprouvé un sentiment de rejet et de dégoût, en le voyant.

J'ai dû subir un examen sommaire, ainsi qu'une leçon de morale approfondie, avant de pouvoir partir avec ma prescription. La potion habituelle que j'ai dû avaler sous ses yeux. De retour dans la piaule, je me suis envoyé les deux cachetons de Palfium et j'ai attendu midi allongé sur mon pieu, à repenser à ce que j'avais fait et pourquoi je l'avais fait. Je n'éprouvais aucun regret. Pour Rachid, s'entend. Pour Cathy, j'étais bien au-delà des regrets et des remords.

À midi pétant, on est venu m'ouvrir et nous sommes allés au réfectoire.

Ce n'est pas facile de décrire une bande de jobards affamés, vagissant et bavant, agités de tics et faisant des bruits encore plus incongrus. C'était grotesque. C'était immonde et ça m'a foutu le moral dans les pompes en deux secondes.

Devant moi, une grande salle vide au sol recouvert de lino blanc et aux murs jaune paille. Au plafond, deux grands ventilateurs qui tournaient en silence, brassant les relents de graillon et d'urine et, au centre, une table autour de laquelle nous étions censés nous installer. Assiettes, verres et couverts étaient en plastique. J'ai attendu une seconde, de façon à repérer une place tranquille. Mais c'était une erreur, ici. Il faut dire à ma décharge que je n'avais pas une grande pratique des barjots, même si j'en avais connu un paquet. Mais là, c'était du gros calibre. À peine dans la salle, j'ai contemplé, médusé, les tarés se ruer sur la bouffe.

De guingois, poussant des cris et des grognements, ils ont fondu comme un seul homme sur la table, masse informe de bras et de jambes, de ventres blancs et mous, de bouches tordues. Les premiers arrivés ont plongé leurs mains dans la gamelle, extirpant des poignées de pâtes qu'ils se dépêchaient d'enfourner tout en esquivant les attaques adverses en roulant des yeux fous. Un grand maigre avait collé sa tête entière dans un des plats, mais, saisi par un jeune type aux dents pourries, il a perdu l'équilibre et ils se sont ramassé la gueule tous les deux dans un fracas de chaises.

Ils se mettaient des grands coups, se servaient des os de poulet comme projectiles. La sauce tomate donnait l'impression qu'ils s'étaient massacrés. Ils en avaient partout. Comme il y avait aussi de la purée, ils ont commencé à se l'envoyer à travers la figure.

J'ai remarqué que dès le départ, les matons s'étaient mis à l'abri dans un coin et qu'ils se fendaient la poire. Et puis j'ai vu ensuite les sourires sur la face des fous. Ce que je prenais pour des grimaces affligeantes, c'était leur joie. Bon, c'est vrai que je n'ai rien bouffé, mais je m'en foutais. J'étais défoncé de la nuit dernière, encore. Plus tard, j'ai su que c'était leur seul moment de vraie détente, de réel plaisir. Comme leur récréation quotidienne, aux débiles. Les matons s'amusaient à parier sur l'un ou l'autre et tout le monde était content. Étrangement, et comme pour confirmer cette entente tacite, le goûter et le dîner se passaient dans le calme et presque en silence. J'ai donc pris l'habitude de ne manger que le soir. Faut pas croire que tout ce bordel donnait du travail aux femmes de ménage ou aux infirmiers. Ils faisaient tout nettoyer et ranger aux barjots. À ceux qui en étaient capables, en tout cas.

Il y avait un autre type qui, comme moi, ne mangeait que le soir. Il s'appelait Daniel. Les après-midi, tout le monde était lâché dans le grand couloir et j'ai pris l'habitude de les regarder, ces pauvres hères, tourner en rond, parler tout seuls, agités de tics ou somnolents, abrutis par les traitements chimiques. Il y en a un qui passait son temps accroupi à un bout de ce putain de couloir. Soudainement, il se mettait à courir à l'autre extrémité où il s'accroupissait à nouveau, ses deux bras décharnés recouvrant son crâne en forme d'obus. Et il recommençait comme ça toute la journée. Accessoirement, c'était un voleur de sucre impénitent et comme il était également diabétique… Fallait toujours avoir un œil sur lui. Ou planquer le sucre. Un autre passait ses journées à se branler. Il se faisait systématiquement mettre en cage à cause d'une débile qui l'espionnait et courait le balancer en poussant des cris aussitôt qu'elle le chopait en flag. Il n'y avait guère que Daniel pour présenter une apparence normale et un discours à peu près rationnel. Il était alcoolique et souffrait de delirium, mais j'aimais bien faire une partie d'échecs avec lui ou discuter, simplement. C'était loin d'être un con. Il était ingénieur. Sa boîte s'était cassé la gueule. À cinquante piges, même avec sa qualification, il n'avait pas réussi à retrouver de boulot et ça l'avait miné. Sa femme avait été obligée de trouver un taf merdique, forcément, et il avait commencé à se sentir minable. C'était pourtant pas sa faute, mais c'est comme ça. Puis il s'était mis à téter le biberon et, au bout de deux ans, sa femme s'était barrée. C'était tout, pour lui, sa femme. Aidé par les banques et les huissiers, il avait découvert le trottoir et les portes cochères. À la rue. Plus de tisane pour ne pas geler sur place l'hiver, autant l'été parce qu'il fait chaud. Un soir, crise de manque, saccage d'une supérette, coma éthylique au Ricard taxé sur place, puis arrivée en fanfare au Val-de-Grâce. Quand il avait une crise, on le sanglait sur son lit et on lui faisait un shoot de je ne sais quoi qui l'assommait sur-le-champ. À son réveil, il ne se souvenait jamais de rien. Il disait :

— J'suis encore parti en sucette, hein ?

Au bout de huit jours de ce régime, je n'en pouvais plus. J'en avais chié, aussi. Leurs cachetons, c'était pas grand-chose et je ne dormais presque pas à cause des crampes. Et puis la came qui m'attendait à l'hôtel commençait à prendre le dessus sur tout le reste. Après toutes les formalités d'usage, j'ai repris possession de mes vêtements, signé les papiers de sortie et suivi l'autre grand con jusqu'à la liberté.

20

Avant

Ma bagnole était toujours au même endroit, une prune en plus sur le pare-brise, et mon premier souci a été de retrouver le flingue. Il était sous le siège du passager où il avait dû glisser. Dire que ça m'a soulagé serait un euphémisme. Ragaillardi, je suis allé jusqu'à la station chercher du gas-oil et j'ai filé à l'hôtel en quatrième vitesse. Je voulais récupérer tout mon blé et appeler Traoré. J'avais eu le temps de cogiter au milieu des tarés. J'avais décidé de mettre un terme à toutes ces conneries et une grosse carotte à ce fils de pute. Pendant le trajet, je n'ai pas arrêté de frissonner tandis que mes intestins torturés se liquéfiaient en me filant la courante. Je suis rentré sans encombre, en roulant comme un malade, et j'ai récupéré mon oseille. Les flics auraient pu me serrer à tout moment mais je n'en ai pas croisé un seul. En ressortant, j'étais rétamé. Je ne suis pas retourné à l'hôtel. Pas confiance. J'ai attendu plusieurs jours. Je dormais dans la caisse. Et puis un beau matin, je suis allé à la cabine téléphonique. Elle était ruinée. J'ai finalement appelé de la station de RER, à Cachan. À onze heures du mat', j'étais sûr de le trouver chez lui.

Traoré a été soulagé de m'entendre. Connaissant les toxicos, il avait dû faire une croix sur ses thunes et c'était une bonne surprise, pour lui. On s'est filé rencard pour le début d'après-midi. Je ne lui ai rien dit au téléphone concernant mon absence, Cathy, et tout le reste. Il aurait fallu que je sois dingue. Il y avait bien une chance qu'en me cherchant il soit tombé sur un mec au courant, mais franchement, ça me paraissait peu probable. Une semaine, c'était court. Et puis il ne foutait jamais les pieds en banlieue. J'avais près de trois heures à tirer et j'ai décidé d'aller bouffer dans un chinois du XIIIe. Comme Traoré faisait son business à Chevaleret, la station de métro, j'ai choisi la place d'Italie. À quatorze heures pétantes, j'attendais à la station en sachant qu'une demi-heure de retard, c'était le minimum, pour lui. C'est l'heure africaine, c'est pour ça. Ils ne sont pas sur le même rythme, le même tempo que nous, les culs blancs speedés. Je m'en tapais.

J'avais acheté un journal pour piquer du nez tranquille, et c'est ce que je faisais, calé au soleil, lorsqu'il s'est pointé. Quatorze heures dix ! Il devait être vachement inquiet.

Je suis monté dans la Mercedes et on a tourné au hasard des rues, le temps de discuter tranquillement. Je lui ai monté un bateau rapide dans lequel, en gros, j'avais ramé avant de couler. Un truc simple. C'est le plus crédible. Pas besoin de rentrer dans les détails. Les camés ont toujours des histoires improbables à raconter pour expliquer pourquoi ils ne pouvaient pas payer, pourquoi il manquait la moitié de la dope ou pourquoi elle avait un goût sucré au lieu de t'arracher la gueule. Bref, toujours des conneries pour se sortir de la merde. Dans mon cas, c'était différent. J'avais la thune. Toute la thune. Le reste, c'était que dalle. Du moment qu'il récupérait ses ronds, tout allait pour le mieux.

Alors je lui ai demandé de m'avancer trente grammes. J'ai juste payé ce que je devais. Pour rattraper le temps et l'argent perdu, j'ai dit. Il a tiqué. Il ne savait pas où me joindre et c'est ça qui l'emmerdait. Mais pas trop. La fraîche que je venais de lui donner le rassurait et il a accepté sans trop me faire chier. On est allés chez lui et je me suis refait un shoot. Pour la goûter. Et puis il m'a servi et je me suis tiré en lui promettant un bénef rapide. Quelques jours. Comme d'hab. J'allais lui mettre en profondeur. Et rien à branler de sa gueule. Après tout, cet enculé s'était bien servi de moi. Il avait maqué ma meuf. C'était ma prime pour une rentabilité exceptionnelle. Mon stock de « Dope Option ».

Chez les junkies, le vendeur non consommateur est un enculé. Point final. Il ne peut pas comprendre ce que vit et ressent un malade et par conséquent, il ne peut pas avoir de pitié. À moins d'être bon et sensible. D'avoir bon cœur, comme on dit. Et ça voudrait dire qu'il s'est fourvoyé sur le choix de son activité. On en a vu. Ils n'ont pas tenu longtemps.

C'est la nouvelle génération. Grâce à nous, ils ont constaté les ravages provoqués par la came, mais ils ont aussi vu le fric qu'ils pouvaient faire avec ce produit. Ceux-là, le toxico les hait. S'il doit balancer un dealer, c'est un de ceux-là qu'il balancera en premier. Et sans qu'on le malmène de trop. Pour peu qu'il ne se soit pas fait serrer tout seul, et il est tranquille. Ça sera une déposition de plus au milieu des autres. Pas de représailles, en général. Les criquets qui balancent ne se font pas démolir par les dealers. Tout va trop vite. Les plans et les vendeurs tournent trop rapidement. Et puis s'il fallait exercer des représailles sur toutes les balances camées !... Ils ne se font pas d'illusions. Un criquet en manque vendrait père, mère, sœurs, frères et tout ce qu'il y a autour, pour un paquet. Celui qui dit le contraire est soit un menteur, soit un ignorant, soit un riche. Très riche. Et les flics savent ça. Ils s'en servent.

Les toxicos sont des comédiens exceptionnels, incroyables, très inventifs et particulièrement convaincants. Lorsqu'ils veulent, par besoin, de l'argent ou de la came, ils sont capables de tout. Je ne parle pas de meurtres ou de violences physiques, mais de tchatche. Les toxicos font rarement preuve d'inventivité lorsqu'ils commettent un crime violent. C'est jamais dans la dentelle. Ils agissent sous l'emprise du manque. La majorité d'entre eux, d'ailleurs, en serait incapable dans des circonstances normales. Malgré ce qu'on pourrait croire, ce sont souvent des êtres sensibles. Trop sensibles, je veux dire. Et c'est aussi, sans doute, la cause de cette dépendance. Tout ça pour dire qu'il est difficile de trouver un juste milieu et que souvent, le « vendeur consommateur » est celui qui s'en approche le plus. Il connaît le vice et c'est difficile de le baiser sur un terrain qui est aussi le sien. D'un autre côté, il sait ce qu'être mal veut dire et peut, dans certains cas, faire preuve d'empathie et dépanner un pleureur.

J'avais réussi à mettre un beau paquet de caillasse de côté, avec le business, et j'ai décidé de me trouver une piaule. Dormir dans cet hôtel pourri, ça commençait à me gonfler. À chaque instant, je m'attendais à voir les condés me tomber dessus, et pourtant, j'étais conscient qu'ils n'avaient rien pour me gauler, à part la gonzesse qui était dans les bois avec Rachid. Mais c'était suffisant. Si cette conne était allée pleurer au poste, si elle avait fait demi-tour après, pour revenir sur ses pas…

Je crois bien que c'est ma conscience qui me travaillait. Et puis je dois dire que même si je n'en parle pas vraiment, mon état physique était désastreux. Je devais peser une cinquantaine de kilos, je bouffais mal ou pas du tout, je me défonçais comme un malade, ce que j'étais, et si ça continuait comme ça, je n'allais pas faire long feu. Il arrivait fréquemment qu'un de mes membres, du côté gauche, ne réponde plus. Ça commençait par des picotements, puis mon bras ou ma jambe, parfois les deux, s'engourdissait et devenait comme insensible. Dans ces moments-là, même mon élocution devenait difficile et je sentais ma bouche se crisper, rétive à proférer le moindre son. Ça me terrorisait. Avec ça, j'avais des nausées soudaines et des maux de tête qui ne s'apaisaient qu'avec la came.

*

J'ai longtemps hésité à passer chez Léon. J'évitais autant que possible le quartier et avant de finalement me risquer à y aller, j'ai observé plusieurs jours les alentours afin d'être sûr que les flics n'avaient pas monté une souricière. Quand j'ai été certain d'être en sécurité, je me suis pointé tôt le matin. Assez tôt pour éviter les pros de l'apéro, mais assez tard pour ne pas tomber sur les junkies alcoolos.

Ce n'était plus le même homme qui se tenait derrière le bar. Bien obligé, Léon avait rouvert le troquet. Pour ne pas crever de faim en plus du chagrin et de l'ennui. Il m'a reçu sans un mot dans son café désert. Plus personne n'y foutait les pieds. J'avais pu m'en rendre compte pendant les quelques jours où j'étais resté en planque. Après le drame, Léon est devenu raciste. Léon s'est aigri. Le vieux avait la haine et il en voulait au monde entier. Je n'ai pas trouvé les mots. Je n'ai pas su quoi lui dire. Un gouffre nous séparait et personne n'y changerait quoi que ce soit. Il m'a dit avec un air de défi que le Front national avait raison. Que tous nos malheurs venaient des immigrés, ces sauvages qui ne respectaient rien, pas même la vie. Je n'avais rien à lui répondre. Si ça se trouve, c'est pour me faire chier qu'il m'a filé le numéro de cet enculé de Foucher. J'ai su plus tard que c'était un adhérent et un militant zélé du FN. Est-ce que le vieux savait aussi que c'était un marchand de sommeil, un exploiteur raciste ? un chien ? Je l'ignore et je m'en fous. Je ne lui en veux pas. Qui pourrait comprendre ce que représente la perte de deux êtres chers dans de telles circonstances ? Qui peut savoir ce qu'on ressent et comment l'esprit horrifié va réagir ? L'homme est un être complexe, et cette complexité s'accommode mal des raccourcis. Je préfère me souvenir de ces jours insouciants où nous étions tous ensemble. Des gosses idiots et un vieux triste sous le regard d'un soleil blond.

Quand réunis dans la pièce, au fond du bar, nous l'écoutions muets, encore innocents, attentifs, guettant les bruits au-dessus de nos têtes qui nous signaleraient que Cathy était là, au premier, et que peut-être elle descendrait nous dire bonjour.

Des trente grammes de dope, j'ai décidé de ne rien vendre au détail. Je ne pouvais plus. J'avais cinq briques et toute cette came. Avec de tels arguments, la vie devait se faire plus douce, non ? C'est ce que je pensais. Je devais être un optimiste-né. J'ai lâché vingt grammes à Gros-Louis. C'est tout.

Je n'ai pas eu de soucis particuliers avec Foucher, excepté une irrépressible envie de gerber. La piaule était innommable mais je n'ai pas discuté. Elle était dans un quartier qui me permettait de monter sur un plan en dix minutes et excentrée par rapport au troquet et les rues autour. Ça me suffisait. Deux plaques chauffantes, un frigo, un placard et un matelas par terre. Rustique. Néanmoins par la fenêtre, je pouvais voir la cime de deux grands arbres. Des peupliers. Avec mille précautions, j'ai cherché à vendre ma Ford et j'ai trouvé un jeune du Plessis-Robinson qui a bien voulu lâcher trois mille balles.

C'était l'hécatombe. Tous les tox disparaissaient

les uns après les autres dans un ballet macabre et traumatisant. En les voyant, on pensait immédiatement aux camps de la mort nazis. *Nuit et Brouillard.* Quand en plus vous savez que votre tour viendra bientôt, c'est pire. Et c'était aussi notre cas. On savait qu'on allait y avoir droit. Nous on l'avait cherché, oui. Peut-être. J'aurais bien voulu pleurer sur ce gâchis sans nom, mais je ne pouvais pas. Je me détachais de tout ça comme un bateau dont on coupe les amarres, qui dérive en s'éloignant doucement du bord, emporté par les flots, sans conscience. La défonce, la maladie, la solitude, la mort, intimement liées entre elles, omniprésent fardeau, cortège d'angoisses familières et de souffrances intimes, toutes avaient fait de moi quelqu'un d'autre. Un étranger familier. Un inconnu prévisible. Je savais qu'il ne me restait plus beaucoup de temps.

Naturellement, mon état s'est dégradé encore plus rapidement dans les semaines qui ont suivi. Mal nourri, surdopé, aux aguets. Tout le monde pouvait deviner, désormais, la cause de ma déchéance, son origine, car le sida s'associe automatiquement, dans l'esprit des caves, aux homos ou aux toxicos. Dans les deux cas, les regards ou les attitudes étaient assez explicites. Il n'était plus question de dissimuler. Mais l'opinion des autres, je m'en foutais.

Où étaient donc les fêtes et les rires d'antan ? Qu'étions-nous devenus ?

21

14 septembre 1999
3 heures

J'ai froid. Un froid sournois qui pénètre mes os et s'insinue dans les moindres recoins de mon corps dévasté. Jusque dans ma tête. Je suis à plat ventre. Depuis combien de temps suis-je dans les vapes ? La radio crachote. J'essaie de tendre le bras pour l'éteindre, mais je ne peux pas. Il ne répond pas, ankylosé, inutilisable. C'est une sensation étrange. Je me sers de mon autre bras pour parvenir à mes fins puis, épuisé, je tire sur le câble qui s'arrache de la prise avec une petite étincelle bleutée. La pièce est plongée dans le noir. Je suis allongé les pieds vers la porte, ce qui n'arrive jamais. C'est impossible de se coucher à l'envers, non ? Même si on se sert d'un matelas pourri en guise de litière. C'est une question d'habitude. Je me retourne, non sans mal, afin de voir par la fenêtre mes deux arbres. Ils sont engloutis par la nuit et dans ce ciel d'encre, je ne distingue rien sinon l'écho plaintif du vent et ma pesante solitude.

Rachid n'est pas mort ! Loin de là. La balle lui a cassé une côte et arraché un bout de barbaque, rien de plus. Moi qui croyais que ma conscience me torturait à cause de ça, je ne suis pas soulagé. Ça me fous la haine, même. J'aurais préféré qu'il crève. Au moins j'aurais été jusqu'au bout de quelque chose. J'aimerais qu'il vienne me demander des comptes. Je m'imagine lui mettant un pruneau en pleine gueule, attentif à ne pas le louper, cette fois. Je suis en plein délire. La dépression.

J'ai le côté gauche anesthésié. Du visage jusqu'au bout du pied. Je tente de remuer les orteils, mais rien à faire. Je me dis que j'ai dû rester trop longtemps dans une mauvaise position. Optimiste impénitent. Je pouffe. J'ai la sensation qu'une partie de mon corps ne m'appartient plus. Je me pince la joue. Insensible. Je serre plus fort mais je ne ressens rien de plus que ce familier fourmillement.

Au réveil, il est trois heures trente du matin. Je ne pense à rien de précis. À force d'être seul et de vivre à sa guise, on prend l'habitude de laisser filer le temps, défiler les heures, l'esprit vide, sans rien attendre de précis. Une parenthèse.

Sur la table, j'aperçois un petit paquet de fric et mon bout de shit. J'ai envie de fumer un joint mais je me sens si crevé que je ne sais pas si j'arriverai à le rouler. Je me traîne quand même au pied de la table et m'aidant de la chaise comme appui, je me hisse avec mon bras valide jusqu'à atteindre le bout de shit puis le tabac et avec ma bouche, je les fais chuter à terre. Ça m'aidera à me rendormir. À cause de mon bras inutilisable, je galère comme c'est pas permis. Au bout d'une éternité, j'allume ce qui ne ressemble à un joint que de loin. C'est comme si j'avais eu deux mains gauches. Je somnole, entre passé et présent et le joint m'échappe pour aller transpercer le duvet avec une odeur âcre. Ça fait un moment que ces putain de fourmis devraient avoir disparu. J'ai juste le temps de ressentir une bouffée d'angoisse quand je me mets à vomir. Et je retombe dans une espèce de léthargie, entre rêve et réalité.

*

Je suis enfant. Je tiens la main de ma mère pendant que mon père nous parle en riant. J'entends le fracas des vagues derrière les dunes de Fort-Mahon. De gros nuages courent dans un ciel torturé et les mouettes hurlent en faisant des cabrioles, vaisseaux légers et vifs. Le vent nous apporte toutes les odeurs de la marée, gorgé de sel et d'eau, capricieux comme un enfant sauvage.

Je me mets à courir, comme chaque jour, à travers les herbes folles que le vent couche, jusqu'à la petite route qui longe le bord de l'eau où je m'arrête, essoufflé, les yeux brillants et les joues rouges. Je montre à mon père un petit bateau de pêche qui tangue au loin. Un vieux bunker, blockhaus gris et à moitié enterré dans le sable de la dune, sert de cachette aux gamins du coin. On dirait une grosse tortue. J'ai mon anorak rouge avec ma capuche enfoncée sur les yeux. Des bottes en caoutchouc bleues. Des moufles.

Mon père est reparti et je pleure, seul dans mon lit, sa veste de pyjama sous ma joue.

— Un, deux, trois : soleil ! Lui, c'est qu'un mauvais joueur ! Il dit toujours que j'ai bougé et c'est même pas vrai !

— Le menteur ! C'est lui qui bouge tout l'temps. Maman ! François il arrête pas de m'embêter.

J'ai tapé Alain, le voisin. Il a dit que j'avais une petite bite. On pissait contre le mur de la grange et j'ai ramassé le bâton qui sert pour les vaches. Bing ! Dans sa gueule. C'est qu'un gros con. Il est nul, lui. Mais ses parents, ils sont venus en hurlant et en disant que je lui avais ouvert la tête. Il avait presque rien, en plus. Ils lui avaient mis un gros bandage pour que ça fasse plus peur. Il a pleuré comme une fille. Après, on n'est plus revenus ici. On leur a donné de l'argent et mon père, il était pas content. Mais il ne m'a pas trop engueulé parce qu'il savait que l'autre, il faisait que de me faire chier. Il était même un peu fier. C'est peut-être la seule fois où quelqu'un a été fier de moi.

J'ai volé de l'argent à ma mère pour acheter des cigarettes. J'ai onze ans. On est dans un bled de péquenots. Dans la Beauce. À la maison de campagne de tonton René. Je m'ennuie trop, là-bas. Les autres, ils me traitent d'étranger, de sale métèque. Alors j'en ai tapé un avec sa carabine à plomb et je lui ai ouvert la tête, à celui-là aussi. C'est pas ma faute s'ils ont tous la tête fragile. Ça a fait plein d'histoires, encore. On était des Parigots, aussi. Tous des cons, ces péquenots. Et puis ils ont des drôles de têtes.

Quand j'ai acheté les cigarettes, on a été les fumer dans les bois. Moi, Reich, un copain d'ici, et l'autre salaud de Touati, un crâneur. Il a pas voulu fumer, lui. Il avait une mobylette et il est parti juste avant nous. J'avais caché le paquet sous des pierres, avant de partir avec Reich, et l'autre avait tout vu. Plus tard, quand je suis rentré, mon père m'a demandé où j'étais et ce que j'avais fait. J'ai menti. Alors il a sorti le paquet de cigarettes. Ça m'a tellement étonné que j'ai rien dit. Je suis resté la bouche ouverte comme un idiot. J'arrivais pas à comprendre comment il avait pu avoir ce paquet de cigarettes. Et puis, comme a onze ans on n'avait pas d'argent, à l'époque, j'ai dû avouer le vol. Il a sorti sa ceinture et j'y ai eu droit. Ça doit être pour ça que je supporte pas les mouchards. J'ai eu des traînées bleues dans le dos pendant deux semaines. J'ai continué à fumer.

22

14 septembre 1999
10 h 30 / Éternité

Avant même d'ouvrir les yeux, je sais que quelque chose ne va pas. Tout est toujours comme la veille, dans un bordel ahurissant. À travers la fenêtre vers laquelle se portent mes yeux chaque matin, je peux voir la pluie fouetter les deux peupliers. Je l'entends crépiter sur le carreau. J'ai froid. J'ai toujours froid. Au milieu du sol jonché de détritus, la petite radio est muette et dans le coin, juste derrière, s'entassent pêle-mêle vêtements sales et chaussures, serviettes et torchons, mégots et restes de bouffe moisis, enchevêtrés et nauséabonds. Je pue et je me rends compte que je me suis encore vomi dessus. Je ne m'en souviens plus. Les sacs-poubelle bloquent presque la sortie, dégueulant leurs déchets, cotons souillés, papiers gras, seringues, tous les témoins de mon ignoble vie. Le matelas est pourri d'auréoles sombres et recouvert de cet infâme duvet mille fois troué. Et moi je suis allongé là, immobile, grelottant et terrifié. Je ne peux pas bouger. Du front au pied, toute la partie gauche de mon corps est morte. En portant ma main valide à mon visage, je sens la salive qui coule le long de mon menton. J'en ai sur tout le torse. Ma langue est comme une grosse boule de coton à l'intérieur de ma bouche et je n'arrive pas à parler. À articuler. Je ne comprends pas ce qui se passe. Ce qui m'arrive. J'ai un mal de crâne atroce et je sens mon cœur qui s'emballe dans ma poitrine. J'ai l'impression d'étouffer. Je halète, les yeux écarquillés d'effroi. Je sens que je suis mouillé. J'ai pissé dans mon lit.

Une terreur immonde commence alors à monter en moi, tel le grondement sourd d'un fauve sanguinaire, semblable à celui d'un volcan juste avant l'éruption de sa puissance dévastatrice. Et cette angoisse infinie réveille subitement le manque qui s'était tenu coi jusque-là. Un frisson glacé me parcourt tout entier, des pieds à la racine des cheveux, pour laisser place aussitôt à des bouffées d'une chaleur intense. Je sais que la souffrance va devenir intolérable et que les spasmes commenceront avec elle leur lent travail de sape. Ils vont secouer mes membres, puis tout mon corps, comme un vulgaire pantin. Une marionnette désarticulée aux mains d'un dément. Petit à petit se fait jour en moi la conscience des heures à venir et de la torture que je vais endurer, incapable d'appeler à l'aide, de bouger, de me faire un shoot réparateur.

Déjà, ma peau commence à être à vif et je repousse le duvet de ma jambe valide. Je sens mes articulations à l'agonie tirer sur les tendons, rongées par le besoin du lubrifiant, de l'apaisant poison. J'essaie de crier, mais aucun son humain ne sort de ma bouche sinon un grognement pathétique et mouillé. Cela achève de me rendre fou de terreur. De panique. Personne ne viendra jamais jusqu'ici.

J'emmerde la mort. Elle ne me fait pas peur. Mais pas comme ça. Pas dans la torture. Dans la crasse.

J'aimerais qu'on s'occupe de moi, qu'on ne me laisse pas crever comme ça. Comme un chien galeux. Seul dans un cagibi puant.

J'aurais aimé mourir dans des draps propres et frais, comme lorsque j'étais un petit enfant et que le soir, bien au chaud dans mon lit douillet qui sentait bon, ma mère ou mon père venaient m'embrasser et me souhaiter bonne nuit. Je demandais toujours un verre d'eau pour traîner encore et puis on éteignait la lumière. Alors je m'endormais, la tête pleine de rêves, insouciant, inconscient de ce bonheur fragile, de sa fugacité. Ignorant alors que tout cela serait mis en charpie, dévasté, foulé aux pieds et réduit à un souvenir incertain, comme ayant fait partie de la vie d'un autre. Oui, j'ignorais que grandir me tuerait.

Mais je vous en supplie. J'ai trop peur. J'ai trop mal. Il fait de plus en plus sombre et j'ai de plus en plus froid. Venez me chercher. S'il vous plaît.

Je grommelle en bavant. Des ombres dansent autour de moi.

... Maman ? Papa ? C'est vous ? Vous êtes venus ! Vous m'aimez toujours ? Me laissez pas là, tout seul. Je serai sage. Je toucherai plus à rien, c'est juré.

Je volerai plus d'argent. Mais laissez-moi juste une dernière chance. Je veux pas mourir tout de suite. Pas encore, hein ? D'accord ? C'est d'accord ? Vous voulez bien, une dernière fois ? Papa ?… Maman ?… Vous êtes là ? Je voulais vous dire… que…

Je ne vois plus rien.

… Vous êtes encore là ? Y a Carole ? Puce ?… J'm'excuse, ma princesse… j'aurais tellement aimé… Pourquoi t'es partie ? Minou ?… C'est moi, puce. Ton Titoubab. Je t'aime, mon ange.

Je pleure et je me débats, immobile. Je hurle, sans un mot. La bouche tordue dans un rictus sinistre de gargouille grotesque. Sous moi, un objet dur m'arrache la peau. Du côté encore vivant, encore sensible. Je tâtonne jusqu'à ce que mes doigts rencontrent le métal froid de l'arme. Je ne me souvenais même plus de l'avoir sortie de sa cachette. À cet instant, mon regard s'accroche au miroir en morceaux, et j'aperçois mon image qui se reflète, tordue et explosée, sur chaque petit éclat de verre. Ma bouche, mes lèvres pendent sur le côté gauche dans un sourire difforme et je me contemple ahuri, bafouillant des mots sans suite, incohérents.

Ma main se referme alors sur la crosse de l'arme, comme déjà auparavant, il y a si longtemps. Je trouve enfin la force de porter le canon à ma bouche de clown et d'appuyer sur la détente, faisant gicler mes chairs dans un bruit assourdissant, éclaboussant les murs et le miroir de mon peu de cervelle et d'un sang impur, ocre et chaud, avant de m'évader enfin et de quitter ce corps depuis longtemps moribond. Comme une ombre. En silence.

Remerciements

À Atramenta, à ses auteurs et lecteurs pour tout ce qu'ils savent ; ils m'ont apporté un soutien sans faille et de précieux avis, tant sur le plan personnel que sur mon écriture.

Chez Gallimard, à Flavia, ma première lectrice et « découvreuse », pour avoir su lire comme on doit lire. À Aurélien Masson pour son coup de cœur et son soutien. À Benoit Farcy pour ses conseils et suggestions.

DU MÊME AUTEUR

Aux Éditions Gallimard

Dans la collection Série Noire

LA FAUX SOYEUSE, 2014 (Folio Policier n° 814)

COLLECTION FOLIO POLICIER

Dernières parutions

438. Bernhard Schlink	*Le nœud gordien*
439. Joseph Bialot	*Route story*
440. Martina Cole	*Sans visage*
441. Thomas Sanchez	*American Zazou*
442. Georges Simenon	*Les clients d'Avrenos*
443. Georges Simenon	*La maison des sept jeunes filles*
444. J.-P. Manchette & B.-J. Sussman	*L'homme au boulet rouge*
445. Gerald Petievich	*La sentinelle*
446. Didier Daeninckx	*Nazis dans le métro*
447. Batya Gour	*Le meurtre du samedi matin*
448. Gunnar Staalesen	*La nuit, tous les loups sont gris*
449. Matilde Asensi	*Le salon d'ambre*
450. Jo Nesbø	*Rouge-gorge*
451. Olen Steinhauer	*Cher camarade*
452. Pete Dexter	*Deadwood*
454. Keith Ablow	*Psychopathe*
455. Batya Gour	*Meurtre à l'université*
456. Adrian McKinty	*À l'automne, je serai peut-être mort*
457. Chuck Palahniuk	*Monstres invisibles*
458. Bernard Mathieu	*Otelo*
459. James Crumley	*Folie douce*
460. Henry Porter	*Empire State*
461. James Hadley Chase	*Pas d'orchidées pour Miss Blandish*
462. James Hadley Chase	*La chair de l'orchidée*
463. James Hadley Chase	*Eva*
464. Arkadi & Gueorgui Vaïner	*38, rue Petrovka*
465. Ken Bruen	*Toxic Blues*

466. Larry Beinhart	*Le bibliothécaire*
467. Caryl Férey	*La jambe gauche de Joe Strummer*
468. Jim Thompson	*Deuil dans le coton*
469. Jim Thompson	*Monsieur Zéro*
470. Jim Thompson	*Éliminatoires*
471. Jim Thompson	*Un chouette petit lot*
472. Lalie Walker	*N'oublie pas*
473. Joe R. Lansdale	*Juillet de sang*
474. Batya Gour	*Meurtre au Philharmonique*
475. Carlene Thompson	*Les secrets sont éternels*
476. Harry Crews	*Le Roi du K.O.*
477. Georges Simenon	*Malempin*
478. Georges Simenon	*Les rescapés du Télémaque*
479. Thomas Sanchez	*King Bongo*
480. Jo Nesbø	*Rue Sans-Souci*
481. Ken Bruen	*R&B – Le Mutant apprivoisé*
482. Christopher Moore	*L'agneau*
483. Carlene Thompson	*Papa est mort, Tourterelle*
484. Leif Davidsen	*Le Danois serbe*
485. Graham Hurley	*La nuit du naufrage*
486. John Burdett	*Typhon sur Hong Kong*
487. Mark Henshaw & John Clanchy	*Si Dieu dort*
488. William Lashner	*Dette de sang*
489. Patrick Pécherot	*Belleville-Barcelone*
490. James Hadley Chase	*Méfiez-vous, fillettes !*
491. James Hadley Chase	*Miss Shumway jette un sort*
492. Joachim Sebastiano Valdez	*Celui qui sait lire le sang*
493. Joe R. Lansdale	*Un froid d'enfer*
494. Carlene Thompson	*Tu es si jolie ce soir*
495. Alessandro Perissinotto	*Train 8017*
496. James Hadley Chase	*Il fait ce qu'il peut*
497. Thierry Bourcy	*La cote 512*
498. Boston Teran	*Trois femmes*
499. Keith Ablow	*Suicidaire*

500. Caryl Férey — *Utu*
501. Thierry Maugenest — *La poudre des rois*
502. Chuck Palahniuk — *À l'estomac*
503. Olen Steinhauer — *Niet camarade*
504. Christine Adamo — *Noir austral*
505. Arkadi & Gueorgui Vaïner — *La corde et la pierre*
506. Marcus Malte — *Carnage, constellation*
507. Joe R. Lansdale — *Sur la ligne noire*
508. Matilde Asensi — *Le dernier Caton*
509. Gunnar Staalesen — *Anges déchus*
510. Yasmina Khadra — *Le quatuor algérien*
511. Hervé Claude — *Riches, cruels et fardés*
512. Lalie Walker — *La stratégie du fou*
513. Leif Davidsen — *L'ennemi dans le miroir*
514. James Hadley Chase — *Pochette surprise*
515. Ned Crabb — *La bouffe est chouette à Fatchakulla*
516. Larry Brown — *L'usine à lapins*
517. James Hadley Chase — *Une manche et la belle*
518. Graham Hurley — *Les quais de la blanche*
519. Marcus Malte — *La part des chiens*
520. Abasse Ndione — *Ramata*
521. Chantal Pelletier — *More is less*
522. Carlene Thompson — *Le crime des roses*
523. Ken Bruen — *Le martyre des Magdalènes*
525. James Hadley Chase — *Vipère au sein*
526. James Hadley Chase — *Alerte aux croque-morts*
527. Jo Nesbø — *L'étoile du diable*
528. Thierry Bourcy — *L'arme secrète de Louis Renault*
529. Béatrice Joyaud — *Plaisir en bouche*
531. Patrick Pécherot — *Boulevard des Branques*
532. Larry Brown — *Fay*
533. Thomas H. Cook — *Les rues de feu*
534. Carlene Thompson — *Six de Cœur*
535. Carlene Thompson — *Noir comme le souvenir*
536. Olen Steinhauer — *36, boulevard Yalta*

537.	Raymond Chandler	*Un tueur sous la pluie*
538.	Charlie Williams	*Les allongés*
539.	DOA	*Citoyens clandestins*
540.	Thierry Bourcy	*Le château d'Amberville*
541.	Jonathan Trigell	*Jeux d'enfants*
542.	Bernhard Schlink	*La fin de Selb*
543.	Jean-Bernard Pouy	*La clef des mensonges*
544.	A. D. G.	*Kangouroad Movie*
545.	Chris Petit	*Le Tueur aux Psaumes*
546.	Keith Ablow	*L'Architecte*
547.	Antoine Chainas	*Versus*
548.	Joe R. Lansdale	*Le mambo des deux ours*
549.	Bernard Mathieu	*Carmelita*
550.	Joe Gores	*Hammett*
551.	Marcus Malte	*Le doigt d'Horace*
552.	Jo Nesbø	*Le sauveur*
553.	Patrick Pécherot	*Soleil noir*
554.	Carlene Thompson	*Perdues de vue*
555.	Harry Crews	*Le Chanteur de Gospel*
556.	Georges Simenon	*La maison du juge*
557.	Georges Simenon	*Cécile est morte*
558.	Georges Simenon	*Le clan des Ostendais*
559.	Georges Simenon	*Monsieur La Souris*
560.	Joe R. Lansdale	*Tape-cul*
561.	William Lashner	*L'homme marqué*
562.	Adrian McKinty	*Le Fils de la Mort*
563.	Ken Bruen	*Le Dramaturge*
564.	Marcus Malte	*Le lac des singes*
565.	Chuck Palahniuk	*Journal intime*
566.	Leif Davidsen	*La photo de Lime*
567.	James Sallis	*Bois mort*
568.	Thomas H. Cook	*Les ombres du passé*
569.	Mark Henshaw & John Clanchy	*L'ombre de la chute*
570.	Olen Steinhauer	*La variante Istanbul*
571.	Thierry Bourcy	*Les traîtres*
572.	Joe R. Lansdale	*Du sang dans la sciure*

573.	Joachim Sebastiano Valdez	*Puma qui sommeille*
574.	Joolz Denby	*Stone Baby*
575.	Jo Nesbø	*Le bonhomme de neige*
576.	René Reouven	*Histoires secrètes de Sherlock Holmes*
577.	Leif Davidsen	*Le dernier espion*
578.	Guy-Philippe Goldstein	*Babel Minute Zéro*
579.	Nick Stone	*Tonton Clarinette*
580.	Thierry Jonquet	*Romans noirs*
581.	Patrick Pécherot	*Tranchecaille*
582.	Antoine Chainas	*Aime-moi, Casanova*
583.	Gabriel Trujillo Muñoz	*Tijuana City Blues*
584.	Caryl Férey	*Zulu*
585.	James Sallis	*Cripple Creek*
586.	Didier Daeninckx	*Éthique en toc*
587.	John le Carré	*L'espion qui venait du froid*
588.	Jeffrey Ford	*La fille dans le verre*
589.	Marcus Malte	*Garden of love*
590.	Georges Simenon	*Les caves du Majestic*
591.	Georges Simenon	*Signé Picpus*
592.	Carlene Thompson	*Mortel secret*
593.	Thomas H. Cook	*Les feuilles mortes*
594.	Didier Daeninckx	*Mémoire noire*
595.	Graham Hurley	*Du sang et du miel*
596.	Marek Krajewski	*Les fantômes de Breslau*
597.	François Boulay	*Traces*
598.	Gunnar Staalesen	*Fleurs amères*
599.	James Sallis	*Le faucheux*
600.	Nicolas Jaillet	*Sansalina*
601.	Jean-Bernard Pouy	*Le rouge et le vert*
602.	William Lashner	*Le baiser du tueur*
603.	Joseph Bialot	*La nuit du souvenir*
604.	Georges Simenon	*L'outlaw*
605.	Kent Harrington	*Le serment*
606.	Thierry Bourcy	*Le gendarme scalpé*
607.	Gunnar Staalesen	*Les chiens enterrés ne mordent pas*

608. Jo Nesbø — *Chasseurs de têtes*
609. Dashiell Hammett — *Sang maudit*
610. Joe R. Lansdale — *Vierge de cuir*
611. Dominique Manotti — *Bien connu des services de police*
612. Åsa Larsson — *Horreur boréale*
613. Saskia Noort — *Petits meurtres entre voisins*
614. Pavel Kohout — *L'heure étoilée du meurtrier*
615. Boileau-Narcejac — *La vie en miettes*
616. Boileau-Narcejac — *Les veufs*
617. Gabriel Trujillo Muñoz — *Loverboy*
618. Antoine Chainas — *Anaisthêsia*
619. Thomas H. Cook — *Les liens du sang*
620. Tom Piccirilli — *La rédemption du Marchand de sable*
621. Francis Zamponi — *Le Boucher de Guelma*
622. James Sallis — *Papillon de nuit*
623. Kem Nunn — *Le Sabot du Diable*
624. Graham Hurley — *Sur la mauvaise pente*
625. Georges Simenon — *Bergelon*
626. Georges Simenon — *Félicie est là*
627. Ken Bruen — *La main droite du diable*
628. William Muir — *Le Sixième Commandement*
629. Kirk Mitchell — *Dans la vallée de l'ombre de la mort*
630. Jean-François Vilar — *Djemila*
631. Dashiell Hammett — *Moisson rouge*
632. Will Christopher Baer — *Embrasse-moi, Judas*
633. Gene Kerrigan — *À la petite semaine*
634. Caryl Férey — *Saga maorie*
635. James Sallis — *Le frelon noir*
636. Gabriel Trujillo Muñoz — *Mexicali City Blues*
637. Heinrich Steinfest — *Requins d'eau douce*
638. Simon Lelic — *Rupture*
639. Jenny Siler — *Flashback*
640. Joachim Sebastiano Valdez — *Les larmes des innocentes*
641. Kjell Ola Dahl — *L'homme dans la vitrine*
642. Ingrid Astier — *Quai des enfers*

643. Kent Harrington *Jungle rouge*
644. Dashiell Hammett *Le faucon maltais*
645. Dashiell Hammett *L'introuvable*
646. DOA *Le serpent aux mille coupures*
647. Larry Beinhart *L'évangile du billet vert*
648. William Gay *La mort au crépuscule*
649. Gabriel Trujillo Muñoz *Mezquite Road*
650. Boileau-Narcejac *L'âge bête*
651. Anthony Bourdain *La surprise du chef*
652. Stefán Máni *Noir Océan*
653. *** *Los Angeles Noir*
654. *** *Londres Noir*
655. *** *Paris Noir*
656. Elsa Marpeau *Les yeux des morts*
657. François Boulay *Suite rouge*
658. James Sallis *L'œil du criquet*
659. Jo Nesbø *Le léopard*
660. Joe R. Lansdale *Vanilla Ride*
661. Georges Flipo *La commissaire n'aime point les vers*
662. Stephen Hunter *Shooter*
663. Pierre Magnan *Élégie pour Laviolette*
664. James Hadley Chase *Tu me suivras dans la tombe* et autres romans
665. Georges Simenon *Long cours*
666. Thomas H. Cook *La preuve de sang*
667. Gene Kerrigan *Le chœur des paumés*
668. Serge Quadruppani *Saturne*
669. Gunnar Staalesen *L'écriture sur le mur*
670. Georges Simenon *Chez Krull*
671. Georges Simenon *L'inspecteur Cadavre*
672. Kjetil Try *Noël sanglant*
673. Graham Hurley *L'autre côté de l'ombre*
674. John Maddox Roberts *Les fantômes de Saigon*
675. Marek Krajewski *La peste à Breslau*
676. James Sallis *Bluebottle*
677. Philipp Meyer *Un arrière-goût de rouille*

678.	Marcus Malte	*Les harmoniques*
679.	Georges Simenon	*Les nouvelles enquêtes de Maigret*
680.	Dashiell Hammett	*La clé de verre*
681.	Caryl Férey & Sophie Couronne	*D'amour et dope fraîche*
682.	Marin Ledun	*La guerre des vanités*
683.	Nick Stone	*Voodoo Land*
684.	Frederick Busch	*Filles*
685.	Paul Colize	*Back up*
686.	Saskia Noort	*Retour vers la côte*
687.	Attica Locke	*Marée noire*
688.	Manotti – DOA	*L'honorable société*
689.	Carlene Thompson	*Les ombres qui attendent*
690.	Claude d'Abzac	*Opération Cyclope*
691.	Joe R. Lansdale	*Tsunami mexicain*
692.	F. G. Haghenbeck	*Martini Shoot*
693.	***	*Rome Noir*
694.	***	*Mexico Noir*
695	James Preston Girard	*Le Veilleur*
696.	James Sallis	*Bête à bon dieu*
697.	Georges Flipo	*La commissaire n'a point l'esprit club*
698.	Stephen Hunter	*Le 47e samouraï*
699.	Kent Anderson	*Sympathy for the Devil*
700.	Heinrich Steinfest	*Le grand nez de Lilli Steinbeck*
701.	Serge Quadruppani	*La disparition soudaine des ouvrières*
702.	Anthony Bourdain	*Pizza créole*
703.	Frederick Busch	*Nord*
704.	Gunnar Staalesen	*Comme dans un miroir*
705.	Jack Ketchum	*Une fille comme les autres*
706.	John le Carré	*Chandelles noires*
707.	Jérôme Leroy	*Le Bloc*
708.	Julius Horwitz	*Natural Enemies*
709.	Carlene Thompson	*Ceux qui se cachent*

710.	Fredrik Ekelund	*Le garçon dans le chêne*
711.	James Sallis	*Salt River*
712.	Georges Simenon	*Cour d'assises*
713.	Antoine Chainas	*Une histoire d'amour radioactive*
714.	Matthew Stokoe	*La belle vie*
715.	Frederick Forsyth	*Le dossier Odessa*
716.	Caryl Férey	*Mapuche*
717.	Frank Bill	*Chiennes de vies*
718.	Kjell Ola Dahl	*Faux-semblants*
719.	Thierry Bourcy	*Célestin Louise, flic et soldat dans la guerre de 14-18*
720.	Doug Allyn	*Cœur de glace*
721.	Kent Anderson	*Chiens de la nuit*
722.	Raphaël Confiant	*Citoyens au-dessus de tout soupçon...*
723.	Serge Quadruppani	*Madame Courage*
724.	Boileau-Narcejac	*Les magiciennes*
725.	Boileau-Narcejac	*L'ingénieur aimait trop les chiffres*
726.	Inger Wolf	*Nid de guêpes*
727.	Seishi Yokomizo	*Le village aux Huit Tombes*
728.	Paul Colize	*Un long moment de silence*
729.	F. G. Haghenbeck	*L'Affaire tequila*
730.	Pekka Hiltunen	*Sans visage*
731.	Graham Hurley	*Une si jolie mort*
732.	Georges Simenon	*Le bilan Malétras*
733.	Peter Duncan	*Je suis un sournois*
734.	Stephen Hunter	*Le sniper*
735.	James Sallis	*La mort aura tes yeux*
736.	Elsa Marpeau	*L'expatriée*
737.	Jô Soares	*Les yeux plus grand que le ventre*
738.	Thierry Bourcy	*Le crime de l'Albatros*
739.	Raymond Chandler	*The Long Goodbye*
740.	Matthew F. Jones	*Une semaine en enfer*
741.	Jo Nesbø	*Fantôme*
742.	Alix Deniger	*I cursini*

303137

Composition: Nord Compo
Impression Novoprint
le 5 octobre 2016
Dépôt légal : octobre 2016

ISBN 978-2-07-079336-5/ Imprimé en Espagne.